AF163006

SILKE PORATH
Mops und Möhren

EIN MOPS WIRD GÄRTNER Stuttgarts charmanteste WG mit Tanja, dem Männerpärchen Rolf und Chris und natürlich dem Mops Earl of Cockwood geht unter die Schrebergärtner! Doch das Idyll der Laubenkolonie ist bedroht – ein Investor will die Gärten plattmachen und schicke Lofts bauen. Tanja, die Jungs und allen voran der Mops und dessen Sohn Mudel kämpfen für ihr Paradies. Und für die Tierrettung, die Tanja und ihr Freund Arne betreiben. Damit der mobile Tierarzt nicht an die Wand fährt, muss schnell ein neues Konzept her. Blöd ist auch, dass Chris und Rolf beinahe gleichzeitig ihre Jobs verlieren. Und dann ist da noch Arnes Exfreundin, die plötzlich bei ihm einzieht und sich für Tanjas Geschmack sowieso viel zu gut mit ihrem Schatz versteht…

Silke Porath, Jahrgang 1971, lebt mit ihrem Mann, drei Kindern, einem reinrassigen italienischen Straßenköter und jeder Menge Kaninchen im schwäbischen Spaichingen. Die Autorin ist ausgebildete Redakteurin und Mitglied bei den 42erAutoren. Mehr zu Silke Porath auch unter www.silke-porath.de

Bisherige Veröffentlichungen im Gmeiner-Verlag:
Klosterbräu (2012)
Nicht ohne meinen Mops (2011)
Klostergeist (2011)

SILKE PORATH

Mops und Möhren

Roman

GMEINER

Ausgewählt von
Claudia Senghaas

Besuchen Sie uns im Internet:
www.gmeiner-verlag.de

© 2013 – Gmeiner-Verlag GmbH
Im Ehnried 5, 88605 Meßkirch
Telefon 0 75 75/20 95-0
info@gmeiner-verlag.de
Alle Rechte vorbehalten
1. Auflage 2013

Lektorat: Claudia Senghaas, Kirchardt
Herstellung: Julia Franze
Umschlaggestaltung: U.O.R.G. Lutz Eberle, Stuttgart
unter Verwendung der Fotos von © stockone - Fotolia.com,
© NinaMalyna - Fotolia.com und © chriskuddl I ZWEISAM /
photocase.com
Druck: GGP Media GmbH, Pößneck
Printed in Germany
ISBN 978-3-8392-1344-5

Dumme rennen, Kluge warten, Weise gehen in den Garten.

Tagore

Für Charlotte, Bellamissimo, Rattentod, The Alice, Herrn Palomar, Beowulf und Eulchen, die mir ihre echten Namen hinter den Nicknames aus dem Büchereulenforum für Figuren des Romans geliehen haben. In Wirklichkeit seid Ihr ganz anders – und einfach unglaublich!

Er liegt auf dem Rücken. Den Kopf zur linken Seite geneigt. Die Zunge hängt heraus und ein Speichelfaden seilt sich Richtung Kissen ab. Wie ich sehe, seilt er schon ziemlich lange, denn das rote Polster hat unter Earls zerknautschtem Kinn einen dunklen Sabberfleck. Als ich mit den nackten Zehen gegen eine umgekippte Sektflasche stoße, hört das Schnarchen abrupt auf. Der Mops quittiert das Klirren auf den Fliesen mit einem unwilligen Brummen.

Mudel, der Welpe, seines Zeichens Sohn von Earl of Cockwood, einem reinrassigen Mops, und einer namentlich nicht bekannten Pudeldame, fiept leise, als sein dicker Vater sich auf die Seite rollt. Das Fiepen hallt in meinem Schädel wider, knallt von innen mit der Macht einer Billardkugel gegen die Stirn und rollt zurück in den Nacken. Aus verquollenen Augen versuche ich, die Lage zu peilen: Plattgetretene Kartoffelchips und Cracker bilden einen interessanten Belag auf den Fliesen. Umgekippte Sektflaschen liegen dekorativ auf dem Tisch, dem Boden. Nur eine steht noch – auf der Armlehne der Couch.

Auf dem Couchtisch quellen drei als Aschenbecher genutzte Kaffeebecher über. Zerfetzte Luftschlangen hängen träge von den Blättern des Gummibaums in der Ecke, und der Flachbildschirm an der Wand wurde mit Blümchen aus rosa Lippenstift verziert. Über Nacht sind die Nudeln, die irgendwer direkt aus der Salatschüssel auf den Tisch gekippt hat, trocken geworden.

Ein glitzerndes Partyhütchen hängt an der Decken-
lampe. Durch das Oberlicht fällt fahles Morgenlicht
auf die Müllhalde, die gestern Abend noch ein aufge-
räumtes WG-Wohnzimmer war.

Geile Party!

Scheiß Kopfschmerzen.

Ich versuche, mich an den Fliesenfugen zu orientie-
ren und tappe langsam Richtung Küche. Sehr langsam.
Denn bei jedem Schritt hüpft die graue Masse in meinem Kopf gegen die Schädeldecke. Ungutes Gefühl.
Mein Magen rumort in Tönen, die ich so sonst nur von
Magenverstimmungen kenne. Und in meinem Mund
scheint eine Hamsterfamilie – alle tot – zu hocken.

Als ich vorsichtig die Küchentür aufstoße, schlägt
mir gleißend helles Licht entgegen. Ich kneife die
Augen zusammen und stoße auf. Zum Glück funktionieren meine Reflexe auch unter Alkohol einigermaßen und das Gurgelzäpfchen hält das letzte Glas Sekt
von gestern, das ins Licht strebt, gekonnt in Schach.

»Willkommen im Jahr 2010, Prinzessin!«

Wie macht der das? Der hat doch mindestens doppelt so viel Sekt in sich hineingeschüttet wie ich? Chris
hat keine Augenringe. Chris hat keine fahle Haut.
Chris ist so frisch wie das neue Jahr. Typisch schwu-
ler Mann – der zerknitterten Weiblichkeit in Sachen
Schönheit immer einen Schritt voraus.

»Du siehst verheerend aus.« Danke, Rolf. Du siehst …
leider genauso proper aus wie dein Verlobter.

»Euch auch ein gutes neues Jahr«, presse ich hervor. Das Licht schmerzt in meinen Augen. Rolf tut, was ein guter Mitbewohner in solchen Momenten immer tut – er füllt ein Glas mit Wasser, gibt zwei Aspirin hinein und streckt es mir entgegen. Mein Gurgelzäpfchen hat Mühe, die Medizin an sich vorbeizulassen und auch der Pförtnermechanismus meines Magens mag diesen Neuzugang nicht wirklich. Mit gewaltiger Anstrengung gelingt es mir trotzdem, das Aspirin in meine Blutbahn zu pushen.

»Schlummert dein Doktor noch?« Chris zwinkert mir zu und Rolf formt einen tuntigen Kussmund. Ich brumme etwas Unverständliches, denke an den Tierarzt, der in meinem Zimmer liegt und keine Kleider anhat, und lasse mich auf den nächsten freien Stuhl fallen. Zwischen einem Dutzend kleiner Töpfchen, in denen Glücksklee steckt, haben meine Prachtkerle Aufbackbrötchen, Marmelade und Honig, eine kleine Wurstplatte und Orangensaft gestellt. Eine Tasse Kaffee später dämmert es in meinem Hirn. Schemen der Silvesterparty tauchen auf: Chris und Rolf, die eng umschlungen auf dem Balkon stehen. Arne und ich, wie wir zu Partymusik abrocken, jeder eine Flasche Sekt in der einen und eine Kippe in der anderen Hand. Dazwischen irgendwo Earl und sein Spross, die die neuen Flyer für die Tierrettung annagen …

Geile Party.

Scheiß Kopfschmerzen.

Die hat Arne auch. Jedenfalls sieht er so aus, als er wenig später mit hängenden Schultern, hängendem Haar und sehr tief hängenden Augenringen in die Küche schleicht.

»Happy new year!«, ruft Chris.

»Du mich auch«, kontert mein Liebster und lässt sich wie ein Sack Kartoffeln auf den Stuhl plumpsen.

»Käffchen?« Unser Sonnenschein Chris ist durch nichts leicht zu beeindrucken. Schon gar nicht durch die Katerstimmung anderer Leute.

Arne und ich nippen schweigend an unserem Koffeingebräu, während Rolf und Chris schäkern, sich Luftküsschen zuwerfen und die Glücksklee-Töpfchen auf dem Tisch hin und her schieben, als wollten sie einen Glücksklee-Wald zwischen den Marmeladegläsern bauen.

Widerlich, diese gute Laune, denke ich.

»Widerlich, diese gute Laune«, sagt Arne. Rolf und Chris verziehen die Gesichter.

»Junge, wenn du saufen kannst, dann kannst du auch arbeiten, sagt meine Oma«, kommentiert Chris. »Und genau das werde ich jetzt auch tun. Kommst du?«

Chris erhebt sich und zieht Rolf am Ärmel. »Wir wollen das schweigende Glück nicht weiter stören.« Ich werfe ihm einen bösen Blick zu – leider. Allein das Zusammenkneifen der Augen facht das Pochen und Wummern in meinem Kopf wieder an.

»Wehe, ihr macht irgend welche Geräusche«, sage ich matt.

»Huuuu, Prinzesschen!« Rolf schwingt sich in die Senkrechte und kneift Chris in den Po. Frisch verliebte Schwule sind eine Landplage!

»Das Einzige, was ihr hören werdet, ist das Scharren des Bleistifts. Ehrenwort!« Rolf hebt die Hand zum Schwur. Arne sieht fragend von mir zu meinen Mitbewohnern und zurück. Scheinbar war der letzte Kleine Feigling gestern Nacht doch übers Verfalldatum, wenn er die Hirnzellen meines Liebsten dermaßen lahmlegen konnte.

»Die Gartenplanung«, flüstere ich Arne zu. Der macht große Augen – und ich sehe, wie er sich allmählich erinnert: Chris. Rolf. Der Schrebergarten, den die beiden im letzten November gepachtet haben. Das nahende Frühjahr – so in drei, vier Monaten –, die drängende Frage, was gepflanzt werden soll – so in drei, vier Monaten. DAS Jahresprojekt meiner Mitbewohner. Und mir. Aus der Nummer komm ich nicht raus – mitgefangen, mitgehangen. Oder, wie Chris jüngst sagte: Mitgewohnt – mitgebuddelt.

»Ich habe eine extrem süße Gartenlaube entdeckt«, schwärmt Chris und biegt mit Rolf um die Ecke. Ich ahne Schlimmes: Die nächsten Stunden wird der arme Rolf an der Seite seines Liebsten durch die virtuellen Schrebergärten der Republik surfen. Verschwommene Fotos von überladenen Lauben und prunkvol-

13

len Gärten taxieren. Berechnungen anstellen, wie viel Holz für diese oder jene Hütte im Baumarkt beschafft werden muss. Nur um dann von Chris am Ende eines langen Internettages zu hören, dass DIE Laube nun doch noch nicht dabei war.

»Käffchen?« Arne hebt seine geschwollenen Lider einen Millimeter nach oben und schaut mich über die Kaffeekanne hinweg an.

»Och, ich wüsste da was anderes«, flüstere ich.

»Aber wehe, du machst irgendwelche Geräusche!« Arne zwinkert mir zu. Mein Schädel ächzt auf dem Hals, als ich aufstehe und ein bisschen mit den Hüften wackele.

»Gehen wir zu mir oder zu dir?«

»Bleiben wir hier, Süße, dein Bett ist noch warm.« Arne springt auf, nimmt mich in die Arme und drückt mir einen dicken, fetten Neujahrskuss auf den Mund. Dann gehen wir zu mir. Und wie! An meinen tiefroten Kontostand, an den neuen Job als Fahrerin der Tierrettung und an all das Grünzeug, das Chris mit seinem Floristenherz auf die Parzelle packen will, kann ich noch später denken. Das Jahr hat eben erst angefangen – und so betrachte ich meinen künftigen Chef lieber noch einmal ganz nah. Ohne seine, zugegeben: sehr knackige!, Tierretteruniform. Und so sagt sich Scarlett O'Hara: »Verschieben wir's auf morgen. Auf morgen.«

14

Ganz so lange schlafe ich nicht. Irgendwann wacht der tote Hamster in meiner Mundhöhle auf und kratzt an der Zunge. Der Durst treibt mich aus dem Bett und in die Küche. Nach zwei Gläsern ›Hahnenheimer Gold‹, frisch gezapft am Spülbecken, habe ich zwar noch keinen besseren Geschmack im Mund, dafür aber das Gefühl, den Neujahrskater so langsam zu besiegen. Arne scheint da bereits weiter fortgeschritten zu sein, denn mein Tierdoc ist spurlos verschwunden. Mittlerweile wundert mich das nicht mehr, der Kerl neigt dazu zu gehen, wann er mag. Und zwar in seine Wohnung. Die praktischerweise genau gegenüber liegt, getrennt von unserer WG nur durch zwei Meter abgetretenes Linoleum und zwei Fußmatten.

Der Küchentisch ist komplett abgeräumt und blank gewienert. Noch so ein Vorteil, wenn frau mit zwei schwulen Männern unter einem Dach lebt: Tanja kann in aller Ruhe die Schlampe raushängen, denn Rolf ist die Ordnung in Person. Dass seine hausfraulichen Talente nichts, aber auch rein gar nichts mit seiner sexuellen Orientierung zu tun haben, hat er mir mehrfach erklärt. Ich glaub's ihm trotzdem nicht – dazu habe ich zu viele heterosexuelle Männer kennengelernt, für die Abwasch, Staubwedel oder Mülleimer fremde Welten sind. Trotzdem beharrt Rolf darauf, dass es auch jede Menge schlampige Homos gäbe. Vorgestellt wurde mir allerdings noch keiner.

Mitten auf dem Tisch steht ein brauner Karton in

doppelter Schuhschachtelgröße. Mit meinem Namen drauf! Ach Arne, wie süß von ihm! Über dem ›j‹ von Tanja hat er statt eines Punktes mit dem roten Edding ein Herzchen gemalt. Was mein eigenes Herzchen zum Hüpfen bringt. Hastig nehme ich den Deckel ab und.

Vor meinem inneren Auge taucht in Technicolor eine Szene aus ›Pretty Woman‹ auf – die Schöne öffnet die Designerschachtel eines Designerladens mit Designerschleife oben dran und entnimmt dem Schächtelchen mit verzücktem Blick ein Designerkleidchen. Bei ›Freaky Tanja‹ ist das ein brauner Karton ohne Schleife, und die Hauptdarstellerin hält sich staunend einen knallroten Rettungsblazer mit silbernen Leuchtstreifen vor die verquollenen Augen. Die dazugehörende Hose linst frech aus dem Karton. Ehe ich mich ärgern oder freuen kann – ich weiß nicht, wofür ich mich entscheiden soll –, bimmelt es an der Tür. Earl kläfft verschlafen und Mudel schickt ein kleines Bellerchen hinterher.

»Hey super, du hast es gefunden«, sagt Arne und schiebt sich an mir vorbei. Er selbst steckt schon in seinem Arbeitsanzug. Und ich muss zugeben: Das Knallrot steht ihm ausgesprochen gut. In der Hand hält mein Tierarzt seinen schwarzen Notfallkoffer.

»Dann zieh es schnell an, wir haben einen Einsatz!«

»Ja, Moment mal«, protestiere ich, »mein erster Arbeitstag ist aber erst morgen.«

»NOTFALL!«, ruft Arne. »Muss ich es buchstabieren?«

Am liebsten hätte ich ihm den Anzug vor die Füße und die Tür vor der Nase zugeknallt. Aber erstens sieht Arne verdammt sexy aus in seiner Tierrettungsuniform. Und zweitens ist er nicht nur mein Lover, sondern auch mein Chef.

Keine drei Minuten später sitze ich neben Arne im Rettungswagen. Dieses Mal auf dem Beifahrersitz – ich wäre zu nervös, um jetzt zu fahren. Klar haben wir letzte Woche schon geübt. Aber es ist ein verdammter Unterschied, ob Tanja einen handlichen Fiat durch die Straßen bugsiert oder einen Rettungswagen mit den gefühlten Ausmaßen eines amerikanischen Trucks mit Überbreite. Arne meinte zwar, Auto sei Auto, aber allein die technische Ausstattung im Cockpit erinnert dann doch mehr an ein Flugzeug. Tacho und Tanknadel konnte ich noch zuordnen. Mit den Knöpfen fürs Funkgerät wurde es schon schwieriger. Zum Glück ist das Martinshorn nebst Blaulicht abgeklemmt, solcherlei Warnsignale sind nur bei menschlichen Notfällen erlaubt.

Ansonsten gleicht der Wagen ziemlich genau einem handelsüblichen Rettungswagen – der er ja auch einmal war. Abgesehen von den Hundeboxen, den Maulkörben und den Krallenschutzhandschuhen hat unser Sanka alles, was in der menschlichen Version auch drin ist: Stahlliege, Beleuchtung, eingebaute Schränkchen mit allerlei Spritzen und Kanülen. Sogar ein Beatmungsgerät ist mit an Bord.

Und das, glaube ich, brauche ich gleich. Für mich. Arne rast mit Karacho um die Kurven. Rote Ampel? Nicht doch – dem Feiertag sei dank sind nur wenige Autos unterwegs, und so nimmt mein Tierretter es nicht ganz so genau mit der Verkehrsordnung. In null Komma nichts ist mir schlecht. Zum Glück sind wir beinahe im selben null Komma nichts am Einsatzort angelangt. Arne bringt den Rettungswagen mit einer knackigen Vollbremsung in der Einfahrt eines Hochhauses zum Stehen. Und dann geht alles ganz schnell, als ob wir seit Jahren nichts anderes tun: Im selben Moment, in dem Arne den Zündschlüssel zieht, habe ich schon meinen Gurt gelöst, springe aus dem Wagen, reiße die Schiebetür auf und den Notfallkoffer an mich. Arne knallt die Tür zu, rast zum Eingang des Hochhauses, ich hinterher. Zum Glück steht die Haustür offen und wir stürzen zum Lift. Arne drückt auf die Sieben. Keuchend starren wir uns an.

»Ich war schon mal da«, hechelt mein Lover, noch ehe ich ihn fragen kann, warum er den Weg wie ein Schlafwandler kennt. Bevor ich etwas sagen kann, kommt der Aufzug zum Stehen und die Tür gleitet auseinander. Direkt gegenüber wird eine Wohnungstür aufgerissen.

»Die Alice, Herr Doktor!« Eine zitternde Stimme quäkt uns entgegen. Ich sehe einen adrett ondulierten

Grauschopf und die fliegenden Schöße einer Kittelschürze, als das Muttchen durch den kurzen Flur der
Wohnung rennt. Arne folgt ihr mit ruhigem, aber festem Schritt. Ich linse auf das Klingelschild: Jirak. Dann
stürze ich hinter dem Lebensretter in die Wohnung.
Typischer Plattenbau, funktional, ein wenig duster.
An den Wänden hängen auf Pappe geklebte Puzzles –
Sonnenuntergänge, Palmeninseln, jedes mindestens
2.000 Teile. Auf dem Telefontischchen, auf dem immerhin ein schnurloses Gerät im Ladeteil parkt, liegt ein
Häkeldeckchen.

Im Wohnzimmer riecht es ein wenig muffig. Die
gehäkelten Gardinen bedecken nur die obere Hälfte
des Fensters und scheinen mit den Spitzenborten die
Blüten der Orchideen auf dem Fensterbrett zu strei-
cheln. Über der Couch – mit Häkeldeckchen auf den
Armlehnen – hängt ein Puzzle mit einem Van Gogh-
Sonnenblumenmotiv. Geschätzte 5.000 Teile. Auf der
Couch sitzt Arne und streichelt ein riesiges getiger-
tes Fell, das die Hälfte des Sitzmöbels einnimmt. Das
Fell schnurrt.

»Ist das Alice?«, frage ich und will den Notfallkoffer auf den Tisch stellen. Geht aber nicht, denn zwischen den Tassen, der Kaffeekanne und dem Teller mit
Mohnschnecken ist dafür kein Platz.

»Das ist Alice«, sagt Arne und krault das Fell an
einer Stelle, die vermutlich das Ohr ist.

»Äh«, sage ich. Und nochmal »Äh.« Ich bin ja keine

Tierärztin – aber für einen echten Notfall schnurrt die Katze zu laut und sieht mein Tierdoc zu entspannt aus. Ich lasse den Koffer neben dem Couchtisch zu Boden gleiten und starre Arne an. Der grinst und sagt mit Blick über meine Schulter:

»Ja, gern mit Sahne, Frau Jirak.«

Ich fahre herum und sehe, wie das Muttchen eine Glasschale mit einem Schlagobersberg zum Tisch balanciert. Arne zwinkert mir zu und bedeutet mir mit einer Kopfbewegung, mich zu setzen. Da das Plumeau von einer riesenhaften Katze nebst Leibarzt besetzt ist, wähle ich den Sessel, in dem ein mit Rosen besticktes Kissen liegt. Frau Jirak platziert sich in den anderen Sessel und beginnt sogleich, die drei Tassen mit dampfendem Kaffee aus der Thermoskanne zu füllen.

»Nennen Sie mich doch Helene«, sagt sie, als sie mir die Tasse über den Tisch reicht.

»Tanja«, stottere ich. Und ich habe jede Menge Grund zu stottern, schließlich habe ich ein verblutendes Tier, ein Viech mit einer Darmverschlingung oder zumindest einen Blutdruckabfall erwartet. Nicht aber Mohnschnecken.

»Was hat Alice denn?«, wage ich zu fragen, nicht ohne Arne einen bösen Blick quer über das Zuckerdöschen hinweg zuzuschießen. Mein Herzliebster sieht mich ungerührt an.

»Na ja, sie ist halt so einsam«, sagt Helene und wirft sich zwei Stück Zucker in den Kaffee. »Und heute morgen war sie so ruhig.« Verpennt, nehme ich mal an, oder im Verdauungskoma. So fett wie die Katze ist, bekommt sie die Brekkies ganz sicher stets mit Sahne serviert.

»Hat sie denn gefressen?«, fragt Arne und beißt genussvoll in eine Mohnschnecke.

»Ja, doch Appetit hatte sie«, meint Frau Jirak und greift nun ihrerseits nach einem süßen Stückchen. Ein Krümel bleibt an den rosa geschminkten Lippen hängen. Ich starre zwischen Krümel, Katze und Kaffeepot hin und her. Will die uns vereiern?

»Blutdruck?«, presse ich hervor und starre Arne an. Der hat die Wangen voll mit Hefeteig.

»Machmal, kannsuja«, krümelt er und leckt sich über die Lippen. Ich kann meine Augenbrauen gar nicht so weit hochziehen, wie ich will. Und als Arne mir mit diesem leicht debilen, aufmunternden Gesichtsausdruck zunickt, schnellt mein Blutdruck nach oben. Ganz oben. Geht's noch?

Frau Jirak beugt sich über den Tisch und balanciert die Tortenplatte direkt vor Arnes Gesicht, kaum dass der das letzte Stückchen Mohnschnecke in den Mund geschoben hat. Ich stöhne innerlich auf, schnappe mir den Notfallkoffer, klappe ihn auf und nehme eine leere Spritze. Wollen doch mal sehen, wer das bessere Schmierentheater spielt.

Während ich mit der Plastikspritze an den Ohren von Alice rumfummele – was der Katze gefällt, denn sie schnurrt nun noch lauter –, steht Frau Jirak auf und geht zur Anrichte. Dort grabbelt sie in einer Schublade rum. Ich nehme die Spritze und halte sie Alice vor die Schnauze. Der Stubentiger schnuppert daran und gibt dem Plastikteil einen Stüber mit der Pfote. Ich lasse die Spritze vor der Nase der Katze hin und her baumeln. Alice lässt den Kopf hin und her schwingen und fixiert das Plastikteil.

»Herr Doktor, ich habe da mal eine Frage.« Helene Jirak reicht Arne ein Heft über den Tisch.

»Seite 42«, sagt sie. Arne blättert im Heft. Alice gibt der Spritze einen lahmen Stoß mit der Tatze.

»Sieben senkrecht.« Frau Jirak beugt sich zu Arne und tippt auf die Seite. »Anderes Wort für Genesis.«

Coole Band, denke ich.

»Wie viele Buchstaben?«, fragt Arne. Frau Jirak zählt mit dem Finger nach.

»Dreizehn.«

»Deuteronomium«, schnurrt Arne. Alice schnurrt meine Hand an. Helene schnurrt Arne an.

»Sie wissen wirklich alles, Herr Doktor!«

Ich schnaube die Luft an. Alice wackelt mit der Schwanzspitze hin und her.

»Will die Schwester denn keinen Kaffee?« Helene Jirak gießt Arne nach. Obwohl die Tasse noch halb voll ist. Und der lässt es geschehen. Obwohl er aufgegossenen Kaffee nicht mag.

»Die Schwester«, sage ich, »würde gern mal mit dem

Herrn Doktor reden.« Ich weiß, dass ich giftig klinge. Frau Jirak schaut auch sehr besorgt drein.

»Ist was mit meiner kleinen Alice?«

»Sicher nicht, Frau Jirak«, kommt Arne mir zuvor und legt der alten Dame beruhigend eine Hand auf den Arm. Die atmet erleichtert aus, schnappt sich einen Kugelschreiber und füllt das Kreuzworträtsel aus.

»Kaffeepause!«, ruft sie dann. Machen wir doch schon, denke ich.

»Kaffeepause kommt raus!«, freut sich die Jirak.

»Was können Sie denn gewinnen?«, fragt Arne und tut so, als trinke er einen Schluck lauwarme Kaffeebrühe.

»Ein Teeservice für zwei Personen.« Helene Jirak dreht die Zeitschrift so, dass auch ich den Hauptgewinn sehen kann.

»Toll.« Okay, klingt nicht begeistert. Ist es auch nicht gemeint.

»Blutdruck ist okay«, lege ich nach.

»Wunderbar«, sagt Arne und steht auf. »Dann sollte die Patientin heute leichte Kost zu sich nehmen.«

Frauchen auch, denke ich, verkneife mir aber jeden Kommentar. Stattdessen werfe ich die Plastikspritze auf den Teppich. Alice zögert einen Moment, dann springt sie hoch – ich frage mich immer wieder, wie Katzen so was hinbekommen –, ist mit einem Satz auf dem Teppich und kickt die Spritze mit den Pfoten hin und her.

»Danke, Herr Doktor.« Helene Jirak strahlt. Ich klappe den Notfallkoffer zu.

»Wollten Sie gar nichts Süßes?«, fragt Frauchen und reicht mir die Kuchenplatte. Ich schüttele verneinend mit dem Kopf.

»Mein Blutdruck ist zu hoch«, sage ich und gifte dabei Arne an. Der grinst. Aber nur, bis wir im Aufzug stehen. Dann keife ich los. Im dritten Stock bin ich so laut wie noch nie in unserer Beziehung. Im Erdgeschoss legt Arne trotz allem den Arm um meine Schulter.

»Eins musst du wissen«, sagt er. »Ein guter Tierarzt behandelt in erster Linie die Besitzer.«

»Ach ja, mit Mohnschnecken und Kreuzworträtseln?« Ich kann meine Wut kaum im Zaum halten. Ich fühle mich vorgeführt. Vereiert. Komplett.

»Nein, in diesem Fall mit Aufmerksamkeit«, sagt Arne und drückt mir einen Kuss auf den Mund, ehe ich etwas keifen kann. Kaum haben seine Lippen meine berührt, da macht es Puff und mein Ärger verraucht. Mistkerl!

Von mir aus hätten Arne und ich das restliche Jahr – immerhin noch 364 Tage – unter den sanften Blicken der Dame im Tiffanyglas-Fenster über meinem Bett verbringen können. Wir schafften aber gerade mal zwei Tage, ehe der Alltag nach uns krallt. Das heißt: Als Erstes krallt Mudel nach uns. Im Gegensatz zu Earl, der über ein phänomenales Blasenvolumen verfügt und schon mal länger als zwölf Stunden dicht hält, hat sein Sprössling regelmäßig ein dringendes Bedürfnis. Und nimmt dabei – Kinder eben! – keinerlei Rücksicht auf schwer verliebte Tierärzte und deren Partnerin, die sich wohlig in den Laken räkeln. Selbst die Aussicht, das Pipi in der Eiseskälte des Januarmorgens zu verrichten, die Pfötchen im Schneematsch steckend, konnten Mudels Blase nicht überzeugen. Tja, und dann war da noch der Rettungswagen, der sich nun mal nur mit regelmäßigen Einsätzen finanzieren ließ. Und meine beiden Jungs, die die ersten drei Monate des Jahres sämtliche Gartencenter, Baumärkte und Kataloge für Pflanzenbedarf abcheckten.

Tante Trude hatte immer gejammert, wie schnell die Zeit verfliegt. Damals, ich war zehn oder elf Jahre alt und ein unendlich langer Sommer lag vor mir, konnte ich sie nicht verstehen. Die regelmäßigen Ausrufe: »Kinder, wie die Zeit verfliegt!« waren für mich nichts weiter als eine Art Stundengebet einer uralten Frau. Anderthalb Jahrzehnte später stehe ich eines Morgens in der Küche, zupfe das Kalenderblatt ab, starre auf das Datum ›24. April‹ und rufe: »Kinder, wie die Zeit verfliegt!«

Chris schlurft in Pantoffeln in die Küche. Seine Augen sind verquollen und die Haare stehen vom Kopf ab, als habe er in eine Steckdose gelangt.

»Mann, Prinzessin, hast du ekelhaft gute Laune«,

brummt er und zapft sich eine Tasse schwarzen Kaffee.

»Riechest du nicht den Frühling? Spürest du nicht das laue Lüftlein?«, säusele ich und reiße die Balkontür auf. Tatsächlich ist es draußen mild. Und sonnig. Der Duschvorhang bläht sich im Luftstrom und gibt eine Prise Mangoseifenduft frei. Einer der Vorteile unserer Wohnung ist ja, dass man direkt aus der Dusche beobachten kann, wie das Nudelwasser kocht. Am Anfang war das gewöhnungsbedürftig, aber mittlerweile wissen Chris, Rolf und ich die Vorteile unserer ›Wasch-Küche‹ zu schätzen.

Chris schlürft seine Koffeinbrause und streckt die Nase – übrigens ein sehr schönes Näschen – zur Tür hinaus. Schnuppert. Und lächelt dann.

»Perfekt«, sagt er und kippt den mit Sicherheit noch sehr heißen Kaffee in einem Zug runter.

»ROLF!«, brüllt er dann. Earl springt von seinem Kissen, das unter dem Esstisch liegt, auf. Mudel wimmert vor Schreck.

»Rohooolf!«, schreit Chris noch einmal. »Steh auf! Wir gehen in den Garten!« Earl saust auf seinen Stummelbeinchen unter dem Tisch vor. Mudel, der inzwischen einen halben Kopf größer als sein Vater ist, bellt entzückt. Mit der platten, aber mit schwarzen Locken umgebenen Schnauze stupst er Chris an.

»Ist ja gut, ihr kommt auch mit«, sagt der und tätschelt beide Hunde abwechselnd auf den Kopf, wobei er mit der anderen Hand die leere Kaffeetasse in meine Richtung streckt.

»Willst du noch einen?«, frage ich. Chris schüttelt den Kopf.

»Keine Zeit«, sagt er. »Und nun mach hinne, Prinzessin, du kommst auch mit.«

Ich ahne, dass Widerspruch zwecklos ist. Und eine Ausrede will mir auch nicht einfallen. Kopfschmerzen ziehen nur bei Heteromännern, und der, den ich als Date angeben könnte, ist just heute zu einem zweiwöchigen Seminar gen Hamburg aufgebrochen. Irgendein sauteurer Kurs an der Tierklinik, die sich mit den Gebühren meines Schatzes wahrscheinlich ein neues Röntgengerät anschafft. In der Deluxeversion. Okay, Fortbildung muss sein. Und, auch noch okay, die Eltern auf Langeoog besuchen, von mir aus. Arne kann ja nichts dafür, dass Paul und Hella ihren Lebensabend auf der Nordseeinsel verbringen wollen. Nicht ganz okay bei der Sache: Seine Ex lebt derzeit ebenfalls auf der Insel. Sandra hat in einer Pension angeheuert, um die Zeit zwischen BWL-Studium und Jobangebot als Zimmermädchen rumzubringen. Und gar nicht okay: Langeoog ist so groß nun auch wieder nicht und so. Arne konnte – und wollte – mir auch gar nicht erzählen, dass er seine Ex nicht treffen wird.

Earl rülpst mir gegen das Schienbein. Dieses Mal zum Glück ohne Material. In letzter Zeit scheint der Mops nicht mehr ganz dicht zu sein, was den Reflex angeht. Arne wollte ihn nach seiner Rückkehr untersuchen. Meine Diagnose: Der Mops frisst zu viel. Mehr, als in einen Magen passt.

Jedenfalls lenkt der Hund mich vom Nachdenken ab, denn da Arne nicht da ist, habe ich Zwangsurlaub. Allein kann ich den Rettungswagen nicht fahren und das bisschen Buchhaltung, das in mein Ressort fällt, ist längst erledigt. Meine Tage verbringe ich also mit Earl und Mudel, die Abende mit Chris und Rolf. Und die stehen eine halbe Stunde später fix und fertig bereit, um in die Schrebergartenkolonie zu düsen. Wenn man sie allerdings so ansieht, dann könnte man meinen, sie hätten mindestens zwei Stunden – pro Person! – für das Styling gebraucht. Chris steckt in von einem Designer genau da ausgewaschenen Jeans, wo sich seine edelsten Körperteile befinden. Darüber trägt er ein rot kariertes Holzfällerhemd, das Haar ist sorgsam gekämmt, und in der Hand hält er glänzende neue Gummistiefel. Rolf sieht aus wie sein Klon, nur mit anderer Haarfarbe – braun statt blond – und anderer Hemdfarbe – seins ist blau. Ich seufze und zwänge mich auf den Fahrersitz: Selbst wenn ich zwei Stunden im Bad verbringe – diese wie zufällig verwuschelten Haare, die meine Jungs scheinbar mühelos aus der Geldose zaubern, bekomme ich nie hin.

Chris klemmt sich auf den Beifahrersitz, die Gummistiefel wie ein Stofftier an sich gepresst. Fehlt nur noch, dass er den Gartentretern einen Kuss gibt. Rolf,

Earl und Mudel quetschen sich auf die Rückbank. Was so einfach nicht ist, denn sie müssen sich den Platz mit einem Rechen, einem Spaten und zwei Säcken Blumenerde teilen, für die beim besten Willen kein Platz mehr im Kofferraum ist. Ich wundere mich, dass ich beim Anfahren keinen Wheely mache, denn die acht weiteren Säcke voller Erde und Rindenmulch, die Großhandelspackungen an Blumensamen, Dünger und zwei nagelneuen Gießkannen drücken meinem alten Uno ganz schön den Hintern runter. So fest ich das Gaspedal auch durchtrete – die Weinsteige schaffen wir mit Höchsttempo 48. Statt der Tachonadel steigt die Temperaturanzeige. Und zwar stetig. Und schnell. Ich werfe einen besorgten Blick auf die Anzeige – noch vollkommen analog mit Zeiger, ohne hochtechnischen Schnickschnack. Chris und Rolf bemerken nichts – sie singen im Duett ›Veronika, der Lenz ist da!‹

Beim dritten Mal ›… der Spargel wächst‹ erreicht die Temperaturanzeige den Anschlag. Mir wird heiß. Ich trete aufs Gaspedal, bis meine Turnschuhe qualmen. Der Schweiß tritt mir auf die Stirn und ich fixiere die Straße vor mir. Zwei Kurven noch. Zwei jämmerliche Kurven. Für einen Augenblick habe ich den widersinnigen Gedanken, dass ich nur schnell genug oben sein müsse, ehe das Kühlwasser zu kochen beginnt. Eine ähnliche Logik entwickele ich regelmäßig dann, wenn die Tankanzeige gen leer tendiert: Schneller fahren, damit man die nächste Zapfsäule erreicht, ehe kein

Benzin mehr im Tank ist. Beim Benzin funktioniert es regelmäßig. Beim Kühlwasser – nicht. Als meine Jungs zum Doppeljaulen der Hunde ›die Mädchen singen tralala‹ intonieren, beginnt der Uno zu husten. Röchelt zwei Mal leise, dann einmal laut und schaltet mit einem Geräusch, das an Schluckauf erinnert, sich selbst den Motor ab. Rolf und Chris verstummen schlagartig. Der Wagen rollt noch ein paar Meter weiter den Berg hinauf. Dann ist Schluss.

Hinter mir tritt ein Porschefahrer in die Eisen und wechselt mit einem halsbrecherischen Manöver auf die linke Spur. Zum Glück kommt uns gerade keiner entgegen. Der Typ zeigt mir einen ausgewachsenen Vogel.

»Scheiße«, sagt Rolf und sieht mir gleichzeitig fasziniert dabei zu, wie ich mit dem allerletzten bisschen Schwung versuche, das Auto an den rechten Fahrbahnrand zu bugsieren. Es gelingt leidlich. Wenigstens würden wir nicht die Straße blockieren. Die Räder berühren mit Ach und Krach den Gehsteigrand.

»Oh«, kommentiert Chris und schnallt sich ab. Synchron geschehen in der nächsten Sekunde mehrere Dinge. Chris und Rolf öffnen die Türen und schwingen ihre Astralkörper aus dem Auto. Mudel und Earl beginnen zu bellen und drücken die feuchten Schnauzen gegen die Scheiben. Aber auf einen Schmierstreifen mehr oder weniger kommt es auch nicht mehr an. Ich drücke den Knopf für die Warnblinkanlage und

30

starre auf den weißen Nebel, den mein treues Wägelchen ausspuckt. In dicken Schwaden quillt der Dampf unter der Kühlerhaube hervor. Was eigentlich ganz schön aussieht – diese weißen Wattewölkchen gegen den perfekt blauen Himmel.

»Das kocht«, konstatiert Rolf. »Mach mal die Haube auf.«

Ich ziehe am Hebel links unterhalb des Steuers. Die Motorhaube klackt. Rolf hebt sie nach oben und ist gleich darauf im Nebel verschwunden.

»Juhuuuuu!«, ruft Chris und hüpft auf und ab wie ein Kind, dem man einen Lolly vor die Nase hält. »Sieht das schön aus!«

»Schöne Scheiße ist das.« Ich lasse das Gurtschloss schnappen und springe aus dem Auto. Wildes Hupen lässt mein Trommelfell schwingen wie ein gespanntes Kuhfell. Ein Lamborghini rast um Haaresbreite an mir vorbei. Ich könnte über das rot glänzende Metall streichen. Der Fahrer sieht ziemlich sauer aus, macht einen Schlenker und tritt aufs Gas. Rolf sieht dem Wagen sehnsuchtsvoll hinterher und beugt sich dann über den Motor des Fiat. Chris wedelt die Dampfschwaden zur Seite.

»Wann hast du das letzte Mal Kühlwasser nachgefüllt?« Rolf sieht mich von oben herab an wie ein Vater seine siebenjährige Tochter, die den Kaninchenstall mal wieder nicht ausgemistet hat. Ich schaue Rolf an mit einem Blick, der ihn schmelzen lassen soll, mein Tan ja-kann-kein-Wässerchen-trüben-Blick. Kühlwässerchen schon gar nicht.

»Noch nie?«, sage ich kleinlaut und ziehe die Schultern ein wie die junge Diebin, die eine Ohrfeige erwartet. Oder zumindest eine Standpauke.

»Ich kann das erklären«, sage ich. »Das war immer Marcs Aufgabe.«

»Zwischen dir und Mr. Macho ist seit fast zwei Jahren Schluss.« Rolf verdreht die Augen. »Wo der Benzintank ist weißt du aber?«

Oh. Das klingt säuerlich.

»Ist es schlimm?« Chris beugt sich nun seinerseits über den – im Übrigen sehr übersichtlichen – Motor des Uno. Ich muss mir ein Grinsen verkneifen, denn unser Florist hat von Autos so viel Ahnung wie der Mops vom Stricken.

»Exitus«, sage ich und gehe um den Wagen herum. Dieses Mal auf der anderen Seite, schließlich lege ich keinen Wert darauf, mir von einem Raser den Hintern anfahren zu lassen. Die Fahrer in den vorbeirasenden Autos schauen genervt auf uns, ein Junge winkt vom Rücksitz aus. Ich winke zurück, dann klappe ich den Kofferraum auf. Eine Gießkanne kullert auf die Straße. Ich kann sie eben noch mit dem Fuß unter den Wagen kicken, ehe ein Kleinlaster sie zermalmt.

»Da ist irgendwo eine Flasche Wasser drin«, rufe ich meinen Jungs zu. Ich sehe, wie die beiden diesen Chris-und-Rolf-Blick austauschen. Synchron zucken sie mit den Schultern und tappen ergeben zum Kofferraum. Ächzend hieven sie die Blumenerde auf den Boden. Gießkanne zwo landet auf dem Gehsteig. Chris friemelt die Säckchen mit den Tulpenzwiebeln heraus. Das braune Netz verfängt sich in der Ritze neben dem Reserverad. Mit einem leisen Ratsch reißen die Plastikfäden und die Zwiebeln kullern heraus. Während Chris stumm flucht und die Tulpenembryonen vorsichtig, als wären sie aus Glas, einzeln einsammelt und in das Säckchen packt, grabe ich hinter den Schäufelchen und Häckchen im Kinderhandformat. Irgendwo unter der Decke muss doch … verdammt. Ich finde ›Pauls versammelte Bräute‹ – der Roman hat die Versenkung im Kofferraum mit erstaunlich wenig Knicken überstanden, einen sündhaft teuren Lippenstift – leider zu einer unförmigen roten Masse geschmolzen – und ein Rezept für hammerharten Hustensaft – ein knappes Jahr alt. Von einer Wasserflasche keine Spur.

»Super, Prinzessin, deine Ordnung ist legendär.« Rolf tritt gegen einen der Säcke.

»Ich dachte wirklich …«, sage ich kleinlaut. Chris verdreht die Augen und hievt den ersten Sack hoch. Ich will ihm helfen, das sauschwere Teil zurück in den Kofferraum zu bugsieren, aber unsere Hände kommen sich in die Quere. Chris schiebt, ich hebe an. Der Haken an der Sache: Der Sack bleibt am Haken des Handrechens hängen. Halbfeuchte Blumenerde klatscht auf den Boden. Leider nicht nur dahin – die andere Hälfte pladdert in den Kofferraum. Der Lippenstift wird unter einer zentimeterdicken Torfschicht begraben.

»Oh«, sagt Chris. Rolf sagt nichts, sondern bückt sich, grabbelt nach der Gießkanne unter dem Auto, zieht sie heraus und macht auf der Hacke kehrt. Chris und ich laden schweigend den Rest wieder ein. Ich wollte sowieso gelegentlich das Auto putzen. Warum also nicht heute noch den Staubsauger schwingen? Mit Schwung knalle ich den Kofferraumdeckel zu. Chris wischt sich die Hände an seiner nagelneuen Gartenhose ab, die dadurch eine authentische Patina bekommt. Dann pfriemelt er ein Päckchen Camel light aus der Hosentasche, zündet zwei Kippen auf einmal an und reicht mir eine. Immer noch schweigend lehnen wir nebeneinander am Wagen und paffen kleine Wölkchen in die Luft. Mudel und Earl haben sich auf dem Rücksitz zusammengerollt und schlafen.

»Ist Rolf sauer?«, unterbreche ich nach der Hälfte der Zigarette das Schweigen.

»Neee, nicht wirklich«, antwortet Chris und schnippt die Asche auf den Boden. »Der hat bloß keine Lust auf den Garten. Er meint, dass ich zu viel Energie in das Grünzeug stecke und dass die Parzelle so, wie sie ist, schön genug sei, um in der Sonne zu sitzen und das Leben zu genießen.« Chris rollt mit den Augen. »Dabei ist das da die reinste Wildnis.«

Ich ahne, worauf Chris hinauswill. Er liebt Pflan-

34

zen über alles und gehört zu jener Sorte Mensch, die dem Ficus gern mal Mozart vorspielt, wenn's denn der Fotosynthese dient. Unkraut und Wildwuchs in allen Ehren: Chris ist Florist mit Leib und Seele und dass er sein Geld in einem Callcenter und nicht mit Rosen, Tulpen und Nelken verdient, ist schlimm für ihn. Rolf dagegen ist als Briefträger den ganzen Tag, bei Wind und Wetter, auf den Beinen und verbringt seine Freizeit am liebsten in der Horizontalen. Gut, sein Job als Postbote sorgt dafür, dass sein Knackarsch in Form bleibt, aber so ein Platz an der Sonne, Beine hoch und nichts tun, das ist wohl eher nach seinem Geschmack.

Ich beschließe, lieber nichts zu dem Thema zu sagen. So gern ich meine Jungs habe – verstehen kann ich beide. Und einmischen will ich mich ungefragt auch nicht. Muss ich in dem Moment auch nicht, denn Rolf biegt um die Kurve. Ich kneife die Augen zusammen, um ihn besser sehen zu können – nein, ich will keine Brille, ich will sie einfach nicht! Und tatsächlich, da ist es wieder, mein geliebtes Rolfgrinsen. Schnaufend und hoch erhobenen Hauptes passiert unser Ritter von der gefüllten Gießkanne uns, geht zum Motor und schüttet vorsichtig, als wäre es das letzte Wasser bei einer Wüstentour, das kühle Nass in den mittlerweile abgekühlten Kühler.

»Das glaubt mir jetzt keiner«, sagt er, als der letzte Tropfen im Schlund des Fiat verschwunden ist. Chris nimmt ihm die Kanne ab und gibt ihm ein Küsschen auf die Wange. »Im ersten Haus war keiner, im zweiten hat eine Frau mit Kopftuch aufgemacht, die mich nicht verstanden hat«, sagt Rolf und zieht genüsslich an seiner Camel, die Chris ihm angesteckt hat.

»Dann hab ich bei ›Knümann‹ geklingelt. Ich sag euch, die hat einen Vogel«, sagt Rolf und lacht. »Und zwar auf der Schulter! Die macht mir in einem knallroten Kimono auf, und das Erste, was ich sehe, ist der Wellensittich. Und bevor die Frau was sagen kann, kreischt mich der Vogel an.« Rolf macht eine Kunstpause. Kenn ich schon. Aber Chris fällt wie immer darauf rein und hechelt fast so wie Earl, wenn der eine Wurst will.

»Erzähl weiter!« Chris klatscht in die Hände.

»Ich war völlig geblendet von diesem knalligen Rot, das hat echt in den Augen wehgetan. Jedenfalls hab ich der Frau die Gießkanne hingestreckt, und da schreit mich der Vogel an: ›Alte Wutz!‹, sagt der zu mir! Die Frau ist mit einem Schlag leichenblass geworden. Ich glaube, die dachte, ich bin der Mörder mit der Gießkanne.« Rolf schüttelt sich vor Lachen.

»Die knallt die Tür zu und brüllt was von Polizei.« Rolf hustet vor Lachen. »Ich hab noch mal geklingelt und nach ein bisschen Wasser gefragt. Erst musste ich mir anhören, wie teuer das Wasser neuerdings sei, dann wurde ich noch ein Dutzendmal als alte Wutz betitelt, aber schließlich hat sie doch ein paar Tropfen rausgerückt.«

»Alte Wutz«, sagt Chris und gibt unserem Retter einen Schmatzer auf die linke Wange.

»Turbowutz«, lege ich nach und knutsche rechtsseitig. Dann verstauen wir uns und die Kanne im Wagen. Der Uno springt ohne Zicken an. Zwar kommen wir auf den letzten Kurven den Berg hinauf nicht mehr über 50 Stundenkilometer raus, aber immerhin verläuft der Rest der Fahrt ohne weitere Zwischenfälle. Eine knappe Viertelstunde später lenke ich den Wagen auf den geschotterten Parkplatz vor der Kolonie ›Zur Wonne‹.

Earl wuselt auf seinen kurzen Beinchen zwischen den altersschwachen Rosen, den mit Moos überzogenen abgebrochenen Ästen und den gerade die Blütenknospen in die Sonne reckenden Büschen hin und her. Mudel tobt über das, was einmal ein Rasen war und laut Chris schon in diesem Sommer wieder einer werden soll. Der Köter steckt seine Nase in jedes Wühlmausloch, das er in unserer Parzelle finden kann. Die Schnauze noch halb im Boden steckend versucht er zu bellen. Außer einem entrüsteten Husten bringt er aber nichts zustande. Meine Jungs und ich hocken auf den feuchten und morschen Stufen vor dem, was sich Laube nennt, jeder eine Zigarette in der einen und eine Dose Prosecco in der anderen Hand. Wir haben uns beides redlich verdient: Mit der Schubkarre, die Chris vom Vormieter übernommen hat, haben wir

Sack um Sack und Rechen um Hacke vom Parkplatz quer durch die Kolonie zur Laube geschafft. Die wie mit dem Lineal gezogenen Wege wären viel zu eng, um ein Auto durchzubugsieren. Selbst mit meinem Uno müsste ich befürchten, die eine oder andere akkurat gestutzte Hecke ins ewige Gartenparadies zu befördern.

»Eigentlich ganz schön hier«, sagt Rolf und hebt seine Proseccodose gegen den stahlblauen Himmel. Drei Wölkchen ziehen am Horizont träge ihre Bahn, und die Sonne ist für die Jahreszeit erstaunlich warm. »Wenn das Dings nicht wäre.« Rolf zeigt mit der Kippe hinter sich. Mit ›Das Dings‹ meint er den Schrotthaufen von Hütte.

Chris Augen füllen sich mit Tränen. Mit einem kräftigen Schluck aus seiner Dose spült er sie hinunter. Dann rülpst er leise und zerknüllt die Dose in seiner Hand. Ich staune – der Mann muss wirklich wütend sein!

»Letztes Jahr sah es nicht so schlimm aus.« Chris' Tonlage liegt irgendwo zwischen Geisterbahn und Julio Iglesias, dem ein Groupie ins Gemächt kneift.

»Ja klar, da war das noch ein Palazzo Protzo«, kann ich mir nicht verkneifen zu sagen. »Du verkennst die Realität«, schiebe ich nach. Und das tut Chris in der Tat: Der lange Winterschlaf, der sich über die Kolonie gelegt hatte, hat wohl auch den Sehsinn meines Mitbewohners getrübt. Vom Geruchssinn ganz zu schweigen.

»Die Hütte war damals schon eine Bruchbude«, gibt Rolf mir recht. Tröstend legt er den Arm um Chris' Schultern. »Das bekommen wir wieder hin.«

Chris schnieft leise und sieht dann mit seinem Hundeblick von mir zu Rolf und wieder zurück. »Echt?«

Ohne mich, will ich rufen. Ich habe keine Lust, in der schimmeligen Miefbude die Tapete aus einem Vorkriegsbaumarkt abzureißen oder auch nur einen von den Römern gedengelten Nagel in die morschen Bretter zu kloppen. Von Arne mal ganz abgesehen ... wenn mein Tierarzt zurück ist von seinem Seminar, dann wollen wir uns ganz bestimmt nicht um das flohstrotzende Bett in der Laube kümmern.

»Klar«, sage ich stattdessen. Mist. Ich bin zu nett. Aber kann man einem Kerl, der aussieht wie eine Mischung aus George Clooney und dem jungen Johnny Weißmüller und der einen ansieht wie Lassie etwas abschlagen? Eben.

Chris strahlt, als habe jemand eine Glühbirne in seinem Kopf angedreht. Und zwar eine von denen, die längst vom Markt genommen wurden, nicht die funzeligen Energiesparlämpchen. Über seinen Kopf hinweg tauschen Rolf und ich einen Blick aus, der ganz klar sagt: »Aber heute nicht!« Selbst die Hunde scheinen die Stimmung zu spüren. Earl, in diesem Moment ganz der Lord von Cockwood, reckt seine Plattnase in den Wind und watschelt mit stolz erhobenem Ringelschwänzchen zum Wasserhahn, wo wir einen Blechnapf aufgestellt haben. Mudel saust hinterher, kann nicht mehr rechtzeitig bremsen und landet mit den Vorderpfoten im Napf. Das Wasser spritzt und Earl bellt entrüstet. Rolf drückt Chris seine leere Proseccodose in die Hand.

»Kann ich mal eben den Autoschlüssel haben?«, fragt er dann.

»Klar!« Ich ahne, dass der Gute ein Ablenkungsmanöver par excellence plant. Rolf ist zwar unter uns dreien der beste Heimwerker, aber das heißt noch lange nicht, dass er sich sofort und auf der Stelle in die Renovierung der Laube stürzt. Ich werfe ihm den Schlüssel zu. Chris kann gar nicht so schnell winken, wie Rolf aus dem Garten sprintet.

»Bin gleich wieder da!«, ruft er. Die Scharniere des Gartentürchens quietschen. Mudel quietscht zurück.

»Na, wen sollen wir zuerst ölen, das Tor oder den Hund?« Ich knuffe Chris in die Seite. Der stöhnt theatralisch, stopft die Dosen in die Tüte zurück und reicht mir die Hand.

»Spring auf, oh edles Fräulein«, sagt er. Ich schlage ein. Aber als er mich in die Laube ziehen will, bohre ich die Hacken in die Erde.

»Oh nein, mich bekommst du in dieses Loch nicht rein«, rufe ich. »Erst mal muss da drinnen gelüftet werden!«

Chris zieht einen Flunsch. »Hast ja recht. Eigentlich. Na ja, dann fangen wir eben hier draußen an.« Das liebe ich so an Chris – wenn er mal schlechte Laune hat, dann hat sie das Verfallsdatum eines Sushiteilchens in der Sonne. Lange stinkig kann mein Lieblingsflorist nie sein. Chris fummelt einen Lageplan des Gartens aus der Tasche. Umständlich faltet er das Papier auseinander und breitet es dann auf den Stufen aus.

»Wow«, sage ich. Was ich sehe, hat mit unserer Parzelle ungefähr so viel zu tun wie ein Paar ausgelatschte Sneaker mit echten Manolo Blahniks: Vor mir liegt der Plan eines perfekten Englischen Gartens. Brunnen und Heckenlabyrinth inklusive.

»Na ja, alles wird keinen Platz haben«, sagt Chris und seufzt beim Blick auf die heruntergekommenen Büsche und das bisschen Freifläche, das sich Rasen schimpft. »Aber ein paar Ideen können wir umsetzen.« Ich will ihn nicht entmutigen und stimme kopfnickend zu. Er wird schon selbst merken, dass die sieben rosenberankten Bögen nie und nimmer Platz haben. Von der Voliere ganz zu schweigen.

Wenig später kläffen der Mops und sein lockenbefellter Sohn empört. Denn Chris beschließt, genau den verkrüppelten Strauch, unter dem sie sich zu einem Nickerchen zusammengerollt haben, als Erstes in die ewigen Jagdgründe zu befördern. Mit meiner Hilfe, klar. Wie praktisch, dass er zwei Spaten gekauft hat, so können wir dem, was einmal eine Forsythie war, von zwei Seiten an die Wurzeln gehen. Und die sind stark. Verdammt stark. Ich hätte nie gedacht, dass so ein bisschen Geäst sich so fest ans Leben klammern kann. Aber nicht mit uns: Eine knappe Stunde später liegt der Busch neben dem Kompost, und ich fülle gemeinsam mit Chris das enorme Loch mit frischer Erde auf. Der Schweiß, der mir von der Stirn tropft, würde gut und gern ausreichen, um eine komplette holländische Tulpenplantage zu wässern. Neidvoll blicke ich zu den Hunden, die unsere Schufterei komplett verpennt haben. Pünktlich zum Einrollen des leeren Plastiksackes rollt Earl sich auseinander. Mudel gähnt lautstark, reckt sich und marschiert hinter dem Mops her Richtung Buschwerk. Synchron heben sie die linken Hinterbeine und strullern gegen ein Astgerippe.

»Ich hab mal gelesen, dass Katzen Zimmerpflanzen totpinkeln können«, gebe ich zu bedenken. Chris fährt herum und fuchtelt mit den Armen Richtung Hunde. Was die wenig beeindruckt – beide schnuppern verzückt an ihren eigenen Duftmarken und schlendern dann zum nächsten Busch.

Ehe Chris die beiden mit dem Spaten davon überzeugt, dass der Urin von Rüden den langsamen und qualvollen Tod einer Pflanze bedeuten kann, quietscht das Gartentor. Das Scharnier würde auf der Stelle eine Stelle in einer Geisterbahn bekommen, wenn es sich denn für ein Gruselkabinett bewerben wollte. Der schrille Ton geht einem durch Mark und Bein. Earl jault zurück und Mudel bellt leise. Dann erkennen sie, wer da kommt und stürmen mit Karacho auf Rolf zu. Beide Hunde springen an seinen Beinen in die Höhe und er hat Mühe, nicht das Gleichgewicht zu verlieren, während er die beiden prallen Einkaufstüten hoch hält und somit einigermaßen vor den Hunden in Sicherheit bringt. Earls Sabbern zufolge befinden sich in der linken Tüte mindestens zwei Kilo Würstchen.

»Würstchen?«, rufe ich Rolf zu.

»Bockwurst«, brüllt der über das Gekläffe der Hunde hinweg zurück.

»Mayo?«, schreit Chris. Er isst neuerdings immer Mayo zu seiner Wurst, seit er gelesen hat, dass das mit dem Cholesterinspiegel scheinbar doch nicht so tragisch sei, wie die Pharmaindustrie uns jahrelang weismachen wollte.

»Klar doch!« Rolf schlängelt sich an den Hunden, die ihn wie die Indianer das Lagerfeuer umtanzen, zur Laube. Dort packt er die Tüten auf den wettergegerbten Tisch, an dem nur noch ein Bruchteil der ursprünglichen blauen Lackierung klebt. Das blanke Holz ist erstaunlich gut in Schuss, verglichen mit dem Mobiliar im Inneren der Hütte. Vier Augenpaare – zwei davon auf Kniehöhe – sehen Rolf dabei zu, wie er die Schätze ausbreitet: Kartoffelsalat im Eimer, eingeschweißte Bockwürste, Chris' geliebte Mayo, Ketchup für Earl – der Mops frisst seine Wurst ungern trocken, frische Bäckerbrötchen und zwölf Dosen Bier. Plus zwei Flaschen Mineralwasser, ein bisschen gesund soll's schon sein. Selbst an den Einweggrill hat der Gute gedacht.

Während die Portion Kohle in der Aluschale anglimmt, ritzen meine Jungs lustige Muster in die Würstchen. Ich verteile die Pappteller Marke ›Prinzessin Lillifee‹ – andere gab es laut Rolf nicht – auf dem Tisch, kappe mit der Rosenschere ein paar knospende Triebe und dekoriere sie auf dem Tisch. Bis die Würstchen gar sind, haben wir jeder eine Dose Bier intus. Die Hunde schleichen um den Minigrill, der auf einer zerbrochenen Waschbetonplatte auf dem Rasen steht.

»Ganz schön idyllisch«, sagt Rolf und wendet die Würstchen. Rauchschwaden steigen in die Luft, als das Fett zischend in die Einwegkohlen tropft. »Könnt mich glatt dran gewöhnen.«

»Klar, du hast ja auch nicht einen ganzen Urwald ausgerissen«, gebe ich zurück. Vorwurfsvoll halte ich ihm meine Hände unter die Nase. In den Handflächen sind deutlich rote Stellen zu erkennen. »Noch ein Busch mehr und ich hätte Blasen bekommen.«

»Ooooooh«, machen die Jungs synchron.

»Iiiiieeeeetsch«, macht das Gartentor. Fünf Köpfe schnellen herum, zwei davon mit viel Fell dran. Und die kläffen auch sofort und stürmen auf ihren Stummelfüßchen auf den Besucher zu. Dass Earl mit dem Schwanz wedelt, kann angesichts des geringelten Etwas hinten am Hund dran nur ein Eingeweihter verstehen. Aber bei Mudel sieht man, dass sich zumindest der hin-

44

tere Teil des Hundes freut. Unser unerwarteter Gast
erkennt das offensichtlich nicht und ist schneller wieder draußen aus dem Garten, als ein Pups von Earl zur
Detonation braucht.

»Der tut nix«, ruft Chris. »Der will nur spülen!«
Ich kichere – der Mann da am Gartentor kennt unseren WG-internen Gag ganz sicher nicht. Überhaupt
sieht er nicht so aus, als ob ihm zum Lachen zumute
wäre. Sein Mund unterhalb eines gewaltigen Schnauz-
bartes, den er gut und gern von einem Seehund ent-
liehen haben könnte, entspannt sich erst, als Chris die
beiden Hunde am Halsband schnappt. Beide geben
sofort Ruhe, strecken sich aber so weit nach vorn, bis
sie synchron würgen. Der Mann hält das rote Klemmbrett wie ein Schutzschild vor sich.

»Die wollen sie nur mal beschnuppern«, sage ich
und öffne das Gartentor.

»Ich hab's nicht so mit Hunden«, murmelt der Mann
und betritt vorsichtig, als würde er bei einem Minen-
suchtrupp arbeiten, unseren Garten. Dann hält er aber
brav still und lässt die Hunde mit ihren feuchten Nasen
an seine Hosenbeine ran. Die haben ziemlich schnell
das Interesse verloren und trollen sich zum Grill. Verständlich – eine echte Bockwurst ist weitaus attrakti-
ver als eine Polyesterhose mit einzementierter Bund-
falte. In Mausgrau.

»Hünken«, sagt der Mann und streckt mir die Hand
hin. »Klaus Hünken.«

45

»Böhme«, antworte ich und schlage ein. Die Hand ist erstaunlich rau und der Händedruck fest. »Tanja Böhme.«

Chris und Rolf winken vom Grill aus, vor dem sie jetzt knien.

»Meine Wurst bitte noch drauf lassen«, rufe ich. Ich mag Bockwurst am liebsten, wenn sie kurz vor dem Verkohlen ist. Nur dann ist sie knackig genug.

Klaus Hünken räuspert sich und knispelt an seinem Klemmbrett. »Das ist aber nicht so gut für den Rasen«, sagt er schließlich leise. »Also, ich mein, wenn da Glut rausfällt«, setzt er nach. »Sie sollten sich einen guten Grill besorgen, ich hab da Beziehungen ...«

Ich nehme das als Stichwort. »Wollen Sie auch eine Wurst?«, frage ich. Der sehnsuchtsvolle Blick unseres Besuchers ist mir nicht entgangen, und dem strammen Bäuchlein nach zu urteilen, das sich unter einem karierten Hemd über die Polyesterhose wölbt, ist Herr Hünken kein Kostverächter.

»Ach, das wäre nett«, sagt er prompt. »Aber ich will nicht stören ...«

»Sie stören doch nicht«, sagt Chris und drückt Herrn Hünken eine Dose Bier in die Hand. Dann bugsiert er ihn zum Tisch, wo Rolf eben einen vierten Lillifee-Teller aufdeckt.

»Mensch, das ist der neue Vorsitzende«, raunt Chris mir zu. »Ein ganz harter Hund, mit dem müssen wir uns gut stellen.« Ich verstehe zwar nur Bahnhof, nicke

aber ergeben. Wenn wir uns gut stellen müssen –
warum auch immer? – dann stellen wir uns eben gut.
Schließlich steht nicht mein Name unter dem Pachtvertrag für die Parzelle.

»Was ist denn mit Emmi und Paul?«, will ich von
Chris wissen. Aber der zuckt nur mit den Schultern.
Komisch. Letztes Jahr waren die Wuchtbrumme und
ihr im Leben außerhalb der Gartenkolonie am liebsten in Lack und Leder gekleideter Sklave noch stolze
Inhaber des Postens der Kolonievorsitzenden. Was aus
den beiden wohl geworden ist? Ich für meinen Teil bin
nicht wirklich traurig, dass Klaus Hünken in Emmis
Fußstapfen getreten ist, schließlich erinnert mich die
bloße Nennung ihres Namens an ein ganz dunkles
Kapitel meiner jüngsten Vergangenheit. Während ich
meiner Bockwurst beim Rösten zusehe und nebenbei versuche, Earl davon abzuhalten, sich seine Wurst
sofort vom Grill zu ziehen, muss ich an jenen Tag denken, als ich pleite wie der Gesundheitsminister auf das
Inserat angerufen hatte, in dem eine Empfangsdame
gesucht wurde. Der ausschreibende Betrieb war ein
Puff, Emmi die Inhaberin und Paul, im Schrebergarten
stets korrekt in Jeans gekleidet, kroch mir förmlich in
Sklavenhaltung entgegen. Dass die beiden bei so einem
anstrengenden Arbeitsalltag Entspannung im Garten
suchten, fand ich verständlich. Andererseits – ich hatte
ehrlich gesagt keine Lust, bei Emmis Anblick ständig
an mein Beinaheleben als Hure zu denken.

Auf der Terrasse der Laube haben sich die Herren ausgiebig miteinander bekannt gemacht, ehe meine Wurst den perfekten Röstgrad erreicht hat. Als ich schließlich dazukomme, haben alle die erste Wurst gegessen, vom Kartoffelsalat ist nur noch die Hälfte übrig und auch der Biervorrat schwindet erstaunlich schnell. Muss einen guten Zug draufhaben, der Herr Hünken.

»Klaus«, sagt der, als ich mir Ketchup auf den Pappteller klatsche. »Sagen Sie doch alle Klaus zu mir. Wir sind hier in der ›Wonne‹ alle per Du.«

»Gern«, flötet Chris und schöpft seinem neuen Freund gleich noch mal Salat nach. Schleimer.

Wortlos strecke ich ihm meinen Pappteller hin. Chris kratzt den letzten Rest Kartoffelpampe aus dem Plastikeimerchen. Ein winziges Häufchen klatscht direkt auf das Gesicht der Fee. Passt prima zum Ketchup auf ihrem Flügel. Macht mich aber sicher nicht satt. Einzige Alternative: Ich klaube den restlichen Salat aus Hünkens Bart. So weit will ich dann aber doch nicht gehen.

Apropos gehen: Das will Klaus offensichtlich nicht. Fasziniert und mit Bierdose Nummer drei in der Hand sieht er dabei zu, wie Earl erst den Ketchup von der Wurst schleckt und wie dann erst Grillgut und danach der Pappteller im Mops verschwinden.

»Das sollte er nicht tun, ist nicht gut für seinen Magen«, sagt Chris, als er den hilflosen Blick unseres Gastes bemerkt.

»Er bekommt Medikamente«, sage ich zur Erklärung. »Hat Epilepsie.« Aber weil ich dabei Chris anschaue und nicht den Hund, muss Hünken denken, der Pächter von Parzelle 42 sei der Epileptiker. Der Mund unter dem Bartgestrüpp verzieht sich.

»Der Hund! Der Hund nimmt Medikamente, Chris ist völlig gesund«, rufe ich. Hünken sieht mich fragend an, entspannt sich dann aber sichtlich und trinkt einen langen Schluck aus seiner Dose.

»Tanja ist Tierretterin«, gibt Rolf zu Protokoll. Woraufhin Hünken fragend die Augenbrauen hebt und mich von oben bis unten und wieder zurück mustert. Danach scannt er mit dem selben Blick die Hunde. Okay, der Mops steht mächtig gut im Futter. Und Mudel sieht auf seinen Stummelbeinen, mit der platten Schnauze und dem gelockten Fell nicht gerade wie ein Zuchtrüde aus.

»Du arbeitest beim Tierschutz? Bist du so … eine … Hühnerbefreierin?« Das letzte Wort presst Hünken mit Mühe hervor. Wahrscheinlich tauchen vor seinem geistigen Auge gerade Bilder auf, wie ich nachts in Legebatterien einbreche, um halb gerupfte Hühner zu klauen. Die ich dann in der Laube hier mit dem Gnadenbrot füttere.

»Oh nein, sie ist Arzthelferin«, springt Rolf ein. »Sie arbeitet als Assistentin beim Tier-Rettungswagen.« Hünken nickt. Erleichtert, wie mir scheint.

»Wisst Ihr, wir sind hier eine ehrenwerte Kolonie«,

sagt Hünken und strafft sich. »Wir legen Wert auf ein gutes Miteinander.« Rolf und Chris nicken. Ich verdrehe innerlich die Augen. Spießer. Hünken greift zu seinem Klemmbrett und räuspert sich. Aha, jetzt wird's also offiziell.

»Der Grund meines Besuches ist der, dass ich Ihnen, also ... dass ich euch die neue Gartenordnung übergeben will. Soll. Also ... muss.« Klaus knispelt das oberste Blatt vom Klemmbrett.

»Ihr wart ja bei der Mitgliederversammlung Anfang Dezember nicht da«, sagt er und fixiert uns der Reihe nach. Chris bekommt sofort ein schlechtes Gewissen und senkt betreten den Kopf. Rolf hält Hünkens Blick stand. Ich sowieso. Ich bin ja auch nur Gast hier. Über den Tisch weg zwinkert Rolf mir zu, als Klaus wieder auf sein Klemmbrett starrt. Und dann geht's los. Punkt für Punkt liest er uns die Paragraphen der Gartenordnung vor, als ob wir selbst des Lesens nicht mächtig wären. Die Hecken dürfen höchstens 1,20 Meter hoch sein. Die Lauben dürfen von außen nur mit weißer, blauer oder grüner Farbe gestrichen werden, um das Gesamtbild nicht zu zerstören. Übernachtungen in den Lauben sind nicht erwünscht, aber auch nicht streng verboten – einige Mitglieder, erläutert der Vorsitzende, verbringen regelmäßig die kompletten Wochenenden in der ›Wonne‹, denen könne man das Gewohnheitsrecht schlecht ausreden. Es folgen Aufzählungen der gestatteten Pflanzenarten, was Chris mit einem leisen Murren zur Kenntnis nimmt – ich nehme an, sein schöner Gartenplan löst sich gerade in Wohlgefallen auf. Betonierarbeiten sind nur im Rahmen des Üblichen, also für kleine Gartenwege gestattet. Rasenmäher dürfen niemals an Sonn- und Feiertagen betrieben und Laubsauger nie und nimmer und auf gar keinen Fall eingesetzt werden.

»Wegen der Igel und Insekten«, erklärt Klaus Hünken. »Die saugt man dann ja mit auf.« Aha, klar, auf einen gehäckselten Igel haben wir auch keine Lust. Eine weitere Dose Bier und das letzte Würstchen, auf das Earl schon spekuliert hatte, landen in Klaus, ehe er mit der Verlesung der Vereinsregeln durch ist. So wird von uns gewünscht, dass wir an den regelmäßigen Vereinsabenden in der kolonieeigenen Kneipe teilnehmen, dass wir den Weg vor unserer Laube von Unkraut freihalten und dass wir mindestens einen Obstbaum im Garten stehen lassen. Dann, meint Klaus, stünde einem erfolgreichen und friedvollen Leben als Laubenpieper nichts im Wege.

Chris nickt so stark mit dem Kopf, dass ich befürchte, seine Haare lösen sich und segeln davon. Rolf kann sich ein Grinsen nicht verkneifen, und ich muss mich in einen Hustenanfall flüchten, um meinen Lachkoller zu kaschieren. Himmel! Fehlt nur noch, dass Hünken uns erzählt, welche Farbe die Mützen unserer Gartenzwerge haben dürfen.

»Ach ja, eines noch«, sagt Klaus und räuspert sich.

»Gartenzwerge sind grundsätzlich erlaubt, aber bitte nur solche, die die Würde der Nachbarn nicht verletzen.« Als Rolf ihn fragend anstarrt, wird Hünken rot um die Nase. Sein Zinken könnte in dem Zustand als Zwergenmützchen durchgehen. Mein Lachkoller verstärkt sich, als Hünken mit gequältem Gesichtsausdruck für den Bruchteil einer Millisekunde einen Stinkefinger sehen lässt. »Solche halt.«

Ich kann nicht mehr und flüchte mich auf das Bio-Campingklo, das hinter der Laube unter einem kleinen Dachvorsprung steht, vor neugierigen Blicken durch zwei mächtige Koniferen geschützt. Als ich wiederkomme, haben Earl und Mudel sich rechts und links von Mister Polyesterhose auf dem Boden zusammengerollt. Verräter.

»Sag mal, Klaus, wieso ist denn die Emmi nicht mehr da?«, frage ich und fixiere unseren Gast. Das Licht wird allmählich schwächer, und langsam wird es auch kühl. Zeit für den Feierabend, denke ich.

»Na ja, es gab da … gewisse Probleme.« Wieder leuchtet Klaus' Nase wie die von Rudolf, dem Rentier. Chris und Rolf sammeln die Pappteller ein und verstauen sie in den nun leeren Einkaufstüten. Earl legt den Kopf schief, registriert aber schnell, dass hier nichts Fressbares mehr abfällt, und sinkt erneut in den Schlaf. Klaus beugt sich näher zu mir und flüstert nun.

»Paul ist eines Tages in einem schwarzen Lederanzug gesehen worden.« Klaus schnappt nach Luft. »Hier! In seinem Garten!«

»Ooookay«, sage ich gedehnt. Und hoffe, dass Hünken nie erfährt, dass ich sehr wohl weiß, was eine Domina und ihr Sklave so treiben.

»Und die Emmi … also …« Das Sprechen fällt Klaus sichtlich schwer. Darum verlegt er sich auf das Gestikulieren. Er holt weit mit dem rechten Arm aus und simuliert einen Peitschenschlag. An dem Punkt, an dem die Ledergerte Pauls Sklavenhintern hätte treffen müssen, steht in unserem Fall eine halb volle Bierdose. Klaus trifft sie zielsicher. Mit Schwung. Die Dose kippt um, rollt über den Tisch. Die Bierlache platscht über den Rand und wird von Klaus' Polyesterbeinkleid aufgesogen.

»Mist«, sagt er leise. Dann steht er auf, schnappt sich sein Klemmbrett und reicht nacheinander meinen Jungs und dann mir die Hand. Meine hält er für meinen Geschmack einen Moment zu lang. Ich muss an Arne denken. Was der wohl gerade macht? Ob er in den Dünen sitzt, über die Nordsee starrt und Sehnsucht hat?

»Wie gesagt, wir sind eine ehrenwerte Kolonie und mit solchen Sauereien wollen wir nichts zu tun haben«, sagt er zum Abschied. Ich starre meine Jungs an, die synchron mit den Augen rollen.

»Im Pachtvertrag steht nicht, dass man nicht schwul sein darf«, flüstere ich ihnen zu, als Klaus – mit leichter Schlagseite, aber immer noch mit festem Schritt – über den Rasen geht. Am Gartentor dreht er sich noch mal um.

»War ein schöner Mittag«, ruft er und winkt. Wir winken zurück. »Und wegen des Grills … also, ich hab da gute Beziehungen!«

Chris und Rolf haben sich eben zu einem sonntäglichen Mittagsschlaf zurückgezogen – es regnet, also fällt der Garten ins Wasser –, als das Handy in voller Lautstärke ›Die Schlümpfe‹ intoniert. ›Doktor Schiwago‹ wär mir lieber gewesen, denn das ist Arnes Rufmelodie. Dann hätte ich mir noch einen Kaffee aus der Saeco gezapft, mich samt Earl und Mudel auf die Couch gekuschelt und nach Langeoog geflirtet. ›Die Schlümpfe‹ gehören leider zum Rettungswagen. Eigentlich sollte die Rufnummer umgeleitet werden, wenn Arne nicht da ist. Als Helferin allein darf ich nicht ausrücken. Ich ahne, wer dran ist … und richtig: Frau Jirak.

»Die Alice hustet«, sagt Helene Jirak, noch ehe ich meinen Namen nennen kann. »Glaube ich jedenfalls.«

»Frau Jirak, Herr Fuchs ist nicht da, er ist auf einer Fortbildung«, sage ich. Sie kann sich ja denken, wer dran ist, also spare ich mir meinen Namen.

»Sind Sie das, Frau Böhme?« Bingo. Bin ich.

»Ja, aber wie gesagt, der Herr Doktor ist nicht da.« Ich spreche langsam. Sehr langsam. Vielleicht versteht sie mich dann.

Schweigen am anderen Ende. Dann raschelt es. Es gibt einen lauten Knall, der mein Trommelfell zum Schwingen bringt. Dann raschelt es wieder.

»Sind Sie noch dran? Sie sind mir eben runtergefallen«, brüllt Frau Jirak in den Hörer.

»Ich bin noch da, aber der Herr Fuchs ist nicht zu sprechen«, sage ich. Langsam. Sehr langsam. Und kraule dabei Mudel hinter dem rechten Ohr. Der gähnt und macht sich, gefolgt von Earl, schon mal auf den Weg zum Sofa.

»So«, sagt Frau Jirak. »Wann ist er denn wieder da?«

»Nächste Woche, Frau Jirak«, sage ich und folge den Hunden. Earl wuchtet seinen Prachtkörper auf die Couch. Mudel springt leichtfüßig hinterher.

»So, nächste Woche. Gut. Ich rufe noch mal an.« Zack. Leitung unterbrochen. Ich klappe das Handy zu und schiebe den Mops ans Fußende. Mudel klemme ich mir zwischen die Beine, stopfe mir ein Kissen hinter den Kopf und schnappe mir ›Pauschaltourist‹ von Tom Liehr. Wenn ich schon keinen Urlaub machen kann, dann will ich wenigstens lesen, wie mies es in den Bettenburgen auf Mallorca abgeht. Bei meinen Jungs geht's grade auch ab. Musikmäßig. Rolf hat offensichtlich in seiner Sammlung gekramt und jetzt nudelt Jacko sein ›Beat it‹ durch Chris' CD-Player. Ich quetsche meine Zehen unter Earls Bauch und fühle mich so kraftlos, wie der tote King of Pop in seinem Schneewittchensarg. Irgendwo zwischen Djerba und Portugal döse ich ein.

Und dann bimmelt Mudel. Der Hund springt hoch, wie von der Tarantel gestochen, als ›Die Schlümpfe‹ gegen seinen Bauch dröhnen. Ich fummele das Handy unter der Decke hervor.

»Nein, Frau Jirak, er! ist! nicht! da!«, belle ich in den Apparat. »Und die Katze stirbt jetzt auch nicht!«

»Wer ist nicht da?« Arne! Warum wählt er die Schlumpf-Nummer und nicht Schiwago?

»Du bist nicht da …«, stottere ich.

»Liegt Alice mal wieder auf dem Totenbett?« Wie gut es tut, seine Stimme zu hören. Sofort verwandeln sich die Stresshormone in meiner Blutbahn in Endorphine. Tennisballgroße Endorphinmoleküle.

»Jaaaa«, schnurre ich. »Und deine Lieblingspatientin vermisst dich. Frau Jirak kann ohne dich nicht leben.«

»Nur Frau Jirak?«

»Ooooch«, mache ich. Mudel zieht sich beleidigt auf das Hundekissen zurück. Earl grunzt im Schlaf.

»Na ja, wenn du mich so fragst, lass mich mal überlegen … nein, ich wüsste niemanden, der einen Tierarzt vermisst.«

Arne lacht. »Gut, dann weiß ich auch niemanden, der sich nach einer gewissen Tanja Böhme sehnt.«

»Kann auch gar nicht sein«, pariere ich grinsend. »Die liegt mit dem weltbesten Typen auf dem Sofa.«

»Leider schnarcht der und hat einen Ringel-schwanz.« Arne lacht.

»Durchschaut! Aber was machst du? Mit wem wälzt du dich durch die Dünen?«

»Hör mal, ich bin zum Arbeiten hier«, tut Arne beleidigt. Aber ich höre im Hintergrund ein Rau-schen.

»Sind das Wellen?«

»Ja, hör mal!« Es raschelt und dann rauscht es im Telefon und eine Möwe kreischt. Und irgendwo lacht jemand. Ein perlendes Lachen.

»Bin wieder da«, meldet Arne sich nach einer Hör-probe der Langeooger Wasserspiele zurück.

»Und wer noch?« Okay, das war zickig. Arne bemerkt es zum Glück nicht.

»Sandra ist auch da, wir haben uns auf einen kur-zen Schnack getroffen.«

So lang ihr nicht geschnackselt habt, will ich sagen, kann mich aber gerade noch bremsen. Meine Güte, ist doch nichts dabei, wenn der Lover mit seiner Ex am heimatlichen Strand fläzt.

»Aha.« Mehr fällt mir nicht ein.

»Ich soll dich lieb grüßen«, sagt Arne. Und ich sehe sie vor mir, seine Sandra, stahlblaue Nordmenschenau-gen, hellblondes Haar und eine porenlose Haut. Und das alles verpackt in einen Baywatch-Badeanzug in Ferrarirot. Zum Kotzen.

»Toll«, sage ich lahm. »Grüß mal zurück.«

»Mach ich. Wie geht's den Jungs?« Immerhin – der Herr Doktor interessiert sich noch für seine Umwelt.

»Gut, sie sind im Gartenfieber.«

»Na, da wachsen zwei echte Laubenpieper ran, was?« Ach Arne, wenn du wüsstest … Ich verdränge den Gedanken an Sandra, die sich mit makellosen Fingern durch die lange Mähne streicht. Und erzähle stattdessen von Klaus Hünken, dessen Beziehungen zu Grillherstellern und unserer ersten Grabung auf Parzelle 42. Und ich habe den Eindruck, dass Arne tatsächlich zuhört. Auf Liebesschwüre muss ich dann aber doch verzichten. Klar, wenn die Ex daneben sitzt … dumme Kuh!

»Du, Sandra und ich müssen dann mal los, wir sind mit Knut verabredet.« Wumms. Der Kerl, der wie der berühmteste Eisbär aller Zeiten heißt und laut Arne auch dessen ungefähre Ausmaße hat, ist Arnes Schulfreund. Und Sandras. Klar, auf so einer kleinen Insel lernen sich Menschen eines Jahrgangs zwangsläufig schon im Windelalter kennen – und zwar GUT kennen. Eigentlich ausgeschlossen, dass Arne heute einen romantischen Abend verbringt. Einigermaßen beruhigt beende ich das Telefonat und kuschle mich zurück in die Kissen.

Die Tür zu Chris' Zimmer geht auf. Um die Hüfte hat er ein Handtuch geschlungen, der Rest meines Mitbewohners ist nackt. Dafür bräuchte er eigentlich einen Waffenschein! Ich pfeife ihm in bester Bauarbeitermanier hinterher. Chris lässt seine Hüften schwingen, wackelt mit dem Po und wirft, ganz Tucke von Welt, den Kopf in den Nacken. Dann schwebt er ins Bad. Sekunden später rauscht die Dusche. Dann klappert die Verbindungstür zwischen den Zimmern der Jungs, und kurz darauf wird Michael Jackson von Katie Melua abgelöst. Perfekte Dösmucke. Nach dem zweiten Song fallen mir die Augen zu. Beim dritten quieken die Schlümpfe los. Im Halbschlaf und in Gedanken ganz bei meinem privaten Doktor Schiwago greife ich nach dem Apparat.

»Ahoi, mein sexy Seemann«, hauche ich ins Telefon.

Hemmungsloses Schluchzen ist die Antwort.

»Hallo?«

Ich höre, wie jemand die Nase hochzieht.

»Frau Jirak? Ist was mit Alice?« Schlagartig bin ich hellwach. Was, wenn die Katze dieses Mal wirklich die letzte Maus gefressen hat?

»Kikiiiiiii«, kommt als Antwort.

»Bitte? Wer ist denn da?«

»Nina Pukallus … und Kiki … Atmet nicht mehr …«

»Wer ist Kiki?«

»Meine Ratte …«

»Das tut mir leid, aber die Tierrettung ist erst nächste Woche im Einsatz.«

»Dann brauch ich euch nicht mehr«, patzt Nina Pukallus. »Kiki ist jetzt tot, und spätestens übermorgen riecht sie auch nicht mehr so fein.«

»Moment mal, wir sind für die lebenden Tiere zuständig«, gebe ich zurück.

»Ja, toll, da spende ich die ganze Zeit was für euch und wenn ich einmal Hilfe brauche … das ist das Letzte. Das Allerletzte!« Zack. Die Verbindung ist weg.

Ich starre auf das Display. Diese Nina war der Stimme nach ziemlich jung. Und ziemlich verzweifelt. Auch wenn ich selbst mit Ratten als Schmusetier nichts anfangen kann – Tier ist Tier und Spender ist Spender. Ohne Leute wie diese Nina könnte die Tierrettung nicht existieren. Ohne weiter zu überlegen schwinge ich die Beine vom Sofa und schlüpfe in meine Sneakers. Im Runtergehen suche ich die Anruferliste und wähle Ninas Nummer. Aus den Augenwinkeln sehe ich, dass die olle Frau Stiller hinter der halb geöffneten Tür steht und ins Treppenhaus glotzt. Unsere hauseigene Staatssicherheit funktioniert also.

»Also gut, ich komme«, sage ich, als Nina abnimmt. »Wo wohnen Sie?« Nina sagt mir eine Adresse nur zwei Querstraßen weiter. Ich zünde mir eine Kippe an und bin wenige Minuten später da. Im dritten Stock schaut ein roter Lockenschopf aus dem Fenster. Selbst von hier unten kann ich erkennen, dass die Augen so rot geheult sind, dass sie leuchtender sind als die Haare.

»Ich mache auf«, ruft Lockenschopf und schon ertönt der Summer. Was ich von unten nicht sehen konnte: Nina ist höchstens zwölf.

»Äh … wie alt bist du denn?«

»Elf«, sagt Nina. »Und ich hab schon drei Mal mein halbes Taschengeld gespendet.«

Ich atme tief ein. Und wieder aus. Ich kann mit Tieren. Ich kann mit Schwuchteln. Aber ich kann nicht mit Kindern.

»Okay«, sage ich lahm. »Wo ist denn … Kiki?«

»In ihrem Käfig«, sagt Nina und verschwindet in der Wohnung. Ich gehe hinter ihr her. Am Ende des Flurs biegt sie ab und öffnet die Tür, an der Hannah Montana als Starschnitt klebt. Die Tochter von Billy Ray Cyrus glotzt mich aus viel zu blauen Augen an.

»Da.« Nina zeigt auf den Käfig, über dem ein blaues Duschtuch liegt. Sofort schießen dem Mädel wieder die Tränen in die Augen. Sie wischt sie mit dem Ärmel weg und schnieft.

»Mach du das«, sagt sie leise. Also gehe ich zum Käfig und hebe das Tuch hoch. Mitten auf der Einstreu liegt eine weiße Ratte, die Beinchen steif nach oben gestreckt. Die winzige Zunge hängt aus dem Maul und die toten Augen starren ins Nichts. Nina ist leise hinter mich getreten. Als sie Kiki erblickt, heult sie auf. Dann wirft sie sich in meine Arme. Der kleine Körper wird vom Weinen geschüttelt. Mein Shirt wird nass, wo Nina ihre Nase dagegen drückt. Prima. Kinderrotze auf dem letzten gebügelten Shirt. Ich werde nachher noch waschen müssen.

Minutenlang stehen wir so da. Irgendwann wird das Schluchzen leiser und geht in einen Schluckauf über.

»Wo sind denn deine Eltern?«, frage ich.

»Arbeiten«, sagt Nina und löst sich langsam aus der Umklammerung. Ich pfriemele ein Tempo aus der Hosentasche. Hicksend und schnäuzend schaut das Mädchen mich an. Erst jetzt bemerke ich die Sommersprossen auf ihrer Nase. Die Zahnspange sehe ich, als sie lächelt, ein kleines bisschen jedenfalls.

»Hilfst du mir?«, sagt Nina. »Ich kann das nicht.« Mit dem Kopf deutet sie zum Käfig.

»Klar. Hast du eine Schachtel?«

»Ich glaube schon«, sagt Nina. Gemeinsam gehen wir in der Wohnung auf die Suche. Eine halbe Stunde später ist aus einem Schuhkarton – Deichmann, Sandalen Größe 33 –, etwas Watte, Krepppapier und dem Einsatz von zwei kompletten Prittstiften ein ansehnlicher Sarg geworden. Wir arbeiten schweigend, Nina klebt, ich schneide. Zum Schluss malt sie mit Edding den Namen der Ratte auf den Deckel.

Dann gehen wir zurück ins Kinderzimmer. Ich öffne den Käfig und greife nach der Ratte. Mich schaudert, als ich das kalte, steife Tier in die Hand nehme. Kikis Schwanz ist so steif wie der Rest der Ratte und schwebt grotesk geringelt in der Luft.

»Darf ich?«, fragt Nina leise. »Streicheln, meine ich. Oder nicht?«

»Warum solltest du Kiki nicht streicheln dürfen?« Ich kämpfe gegen einen leichten Brechreiz an. Der nackte Rattenschwanz wippt sinnlos in der Luft.

»Mama sagt, tote Tiere sind giftig.«

»Das stimmt nicht«, antworte ich.

»Ja, aber das Leichengift?«

»Das gibt es nicht, Nina, trotzdem solltest du keine toten Tiere anfassen, die du auf der Straße findest. Bei Kiki ist das aber etwas anderes.«

Ich hoffe, dass Nina sich schnell überwindet. Es gibt Schöneres, als mit einer toten Ratte in der Hand da zu stehen. Vorsichtig streckt das Mädchen die Hand aus. Mit dem Zeigefinger streicht sie langsam, als könnte der Kadaver zerbrechen, über das weiße Fell.

»Sie ist immer noch ganz weich«, sagt Nina. Dann nickt sie mir zu und zieht die Hand zurück. Ich lege die Ratte in den Pappsarg. Nina schließt den Deckel.

»Tschüss, Kiki«, flüstert sie. Zwei dicke Tränen kullern ihr über die Wangen. Noch einmal streicht sie über den Deckel.

»Und jetzt?«

Ja, Nina – gute Frage. Und jetzt? Was macht man bei einer Beerdigung? Ich kann doch dem Mädel nicht erzählen, dass ich die tote Ratte zur Kläranlage fahre, wo ein für Tierärzte zugänglicher Kühlraum ist, aus dem immer dienstags und freitags ein Spezialtransport die Kadaver von Hund, Katze, Reh oder Karnickel abholt. Um sie zur Verbrennungsanlage zu karren. Meine Gedanken rasen.

»Ich denke, wir sollten Kiki begraben«, höre ich mich sagen.

»Wir schmeißen sie nicht in den Müll?«

Wie bitte? Das sagt eine Elfjährige zu mir?

»Wie kommst du denn darauf?«, frage ich. Nina zuckt mit den Schultern.

»Papa hat Obelix, das war mein Hamster, unten im Hof in die Biotonne gemacht.« Okay. Papa ist bestimmt Beamter.

»Was arbeitet denn dein Papa?«

»Der ist bei der Stadt. Stadtbauamt, glaube ich.« Alles klar. Keine weiteren Fragen.

»Weißt du was, Nina, ich habe da eine Idee.«

Eine halbe Stunde später steht die kleine Trauergemeinde in Parzelle 42: Chris und Rolf sind mitgekommen. Meine Schätze hatten nichts dagegen, dass ich einen toten Nager neben der Laube zur letzten Ruhe betten will. Im Gegenteil: Chris hat in aller Eile aus dem Efeu aus dem Balkonkasten und ein paar Stoffblüten einen winzigen Kranz gebunden. Und dabei feucht schimmernde Augen bekommen.

Mudel und Earl müssen im Auto warten. Wir wollen ja nicht, dass die Hunde direkt auf die Spur gelotst werden und die Ratte nach der Bestattung als Zwischenmahlzeit wieder ausbuddeln. Dafür ist Klaus Hünken da. Ihn haben wir auf dem Parkplatz getroffen. Eigentlich wollte er eben nach Hause fahren, aber als er hörte, in welcher Mission wir da sind, hat er sich dem Trauerzug sofort angeschlossen.

»Eigentlich ist das ja nicht erlaubt, tote Tiere im eigenen Garten zu begraben«, raunt Klaus mir zu, als Chris und Rolf mit Handspaten ein Loch ausheben. Den Platz hat Nina ausgewählt: zwischen dem Rosenbeet – oder dem, was einmal eins werden soll – und dem Holunderbusch. Von der Terrasse aus werden wir so einen Blick auf Kikis letzte Ruhestätte haben.

»Steht darüber was in der Gartenordnung?«, raune ich zurück. Klaus kratzt sich am Kopf.

»Eigentlich ... nicht, dass ich wüsste.«

»Siehste, und so ein bisschen Ratte ist ja auch gar kein ganzes Tier.«

»Wo du recht hast. Übrigens, ein alter Schulfreund von mir, der hat ein Bestattungsunternehmen. Wenn du also mal selbst, also privat ... ich meine ... du weißt schon, Tanja.«

»Klar, Klaus, du hast da Beziehungen.« Unser Vorsitzender nickt wichtig.

»Ich hoffe sehr, dass ich diese Beziehungen noch lange nicht in Anspruch nehmen muss, lieber Klaus.« Herr Hünken wird knallrot. Betreten schaut er zu, wie meine Jungs einen kleinen Erdhaufen aufschichten. Nina steht daneben, den Schuhkarton fest umklammert. Ich habe einen Kloß im Hals.

Schließlich nickt Rolf. Die beiden treten zurück vom Grab. Sorgfältig, als könnte sie Kiki aufwecken, legt Nina den Schuhsarg in die Erde. Einen Moment verharrt sie in der Hocke. Dann steht sie auf und sieht Hilfe suchend zu mir. Ich wische mein Tränchen weg. Tanja, du bist hier die Erwachsene!

Ich trete einen Schritt nach vorn und räuspere mich.

»Wir sind hier zusammengekommen, um von Kiki Abschied zu nehmen«, beginne ich. Rolf grinst. Chris boxt ihn missbilligend in die Seite. Klaus guckt auf den Rasen. Nina sieht mich aus großen, feucht schimmernden Augen an.

»Kiki war eine weiße Ratte«, fahre ich fort. »Sie war eine gute Ratte. Und sie war eine echte Freundin für Nina.« Mehr fällt mir nicht ein. Muss aber wohl auch nicht. Das Mädchen nickt dankbar. Dann nimmt sie meine Hand. Gemeinsam treten wir vor das winzige Grab.

»Lieber Gott, pass auf Kiki auf«, sagt Nina und bückt sich nach der Schaufel. Ich nehme die andere. Erde klatscht auf den Schuhkarton und Minuten später türmt sich ein Erdhügelchen auf dem kleinen Grab. Chris und Rolf reichen Nina die Hand und drapieren den Kranz auf dem Grab. Klaus Hünken kondoliert als Letzter.

»Mein Beileid«, sagt er, macht auf der Hacke kehrt und verschwindet. War das eine Träne in seinem linken Auge?

»Jetzt will ich ein Eis«, sagt Nina. Entgeistert starren die Jungs und ich das Mädel an.

»Ja, guckt nicht so komisch, das macht man doch so bei Beerdigungen«, sagt Nina. »Da geht man doch nachher zum Leichenschmaus.« Dann greift sie nach meiner Hand und zieht mich zum Parkplatz. Chris und Rolf folgen uns stumm.

»Du, Tanja«, sagt Nina, als wir sie nach einem opulenten Eis – Schoko für mich, Erdbeere für Nina und Nussbecher für die Jungs, Rolf hat bezahlt – wieder zu Hause absetzen. »Darf ich euch mal wieder im Garten besuchen? Falls ich Blumen auf Kikis Grab legen will?«

»Klar«, höre ich mich und die Jungs unisono sagen. Und wundere mich über das Glücksgefühl, das ich spüre, als Nina mir ein Küsschen auf die Wange haucht. Vom Schokoeis jedenfalls kommt das nicht.

»Das war eine ganz tolle Beerdigung«, sagt Nina. Dann schießen ihr wieder die Tränen in die Augen. Ich knuffe sie am Arm. Keine Ahnung, wie man eine Elfjährige tröstet. Nina schnieft, dann rennt sie ins Haus.

Vom Rücksitz kommt Abschiedskläffen im Duett. Chris seufzt, wie nur eine Tunte seufzen kann. Und Rolf kurbelt die Scheibe beim Beifahrersitz wieder hoch.

»Ich glaube, das ist der Beginn einer wunderbaren Freundschaft«, sagt er. Humphrey Bogart war gegen diesen Prachtkerl ein Nichts. Ich schwöre.

Wenn ich annähernd so viele Beziehungen wie Klaus Hünken hätte, dann würde mir das Warten auf Arne nicht so schwerfallen. Ich bin aber nicht mit Hinz und Kunz bekannt. Und so sitze ich Tag für Tag und vor allem Nacht für Nacht in unserer WG, sehe dem Geturtel meiner Jungs zu, schmuse ersatzweise mit Mudel und Earl und warte. Warte auf einen Anruf. Eine kleine SMS. Ein Zeichen, irgendeins, dass Arne an mich denkt. Nur an mich. Nicht an Sandra. Und dass er schon gar nicht olle Kamellen wieder aufwärmt.

Es ist nicht einfach, die Bilder nicht in den Kopf zu lassen: Arne, der Sandra über die perfekten Brüste streichelt. Arne, der Sandra zärtlich ins Ohr haucht. Arne, der seinen Mund auf den von Sandra presst. Aber ich kann nichts machen – das kleine Tierchen Eifersucht fühlt sich pudelwohl bei mir und nagt. Nagt mit Wonne. Mit steigendem Appetit. Je länger Arne auf seiner Insel hockt und weiß der Geier was mit Sandra tut, desto fieser wird die Eifersucht.

Und dann kommt der 1. Mai. Traditionell der Tag der Arbeit – und in diesem Jahr der Tag von Arnes Rückkehr. In den heimischen Hafen, wie ich hoffe. Jedenfalls würde dort eine extrem aufgemotzte Fregatte auf ihn warten. Ich nämlich. Chris hat wieder einmal ganze Arbeit geleistet: Ich bin perfekt geschminkt: dezentes Gloss, Schimmer um die Augen, die Haare tun, was sie sollen, Lockenstab sei Dank, und meine Problemzonen verschwinden unter einer leichten

Tunika, durch deren dünnen Stoff man den dunkelblauen BH erahnen kann. Und auch Rolf trug sein Scherflein bei: Er führt Chris aus. Erst zum Thai am Marktplatz, dann ins Kino. Selbst die beiden Hunde ziehen sich auf ihre Kuschelkissen zurück und schnarchen in trauter Zweisamkeit. Und ich? Ich tigere von der Küche – Zigarette rauchen – zum Fenster – Ausschau halten – zum Klo – nervöse Blase – und zurück. Und sehe dabei verdammt sexy aus.

Bis es so weit war, hatten Chris und Rolf allerdings ein heftiges Stück Arbeit vor sich. Ich weiß nicht, woher sie es wissen – aber Pickel kommen immer genau dann, wenn ich etwas vorhabe. Und zwar nur dann. Pünktlich zu Arnes Rückkehr wird meine Nase von einer prachtvollen Pustel gekrönt, die mich beim ersten morgendlichen Blick in den Spiegel anlacht.

»Chris!«, brülle ich durch die noch stille Wohnung. »Chrihihiiiis! Komm schnell!« Earl fängt an zu bellen und Mudel stimmt jaulend mit ein. Ich starre entsetzt auf mein Spiegelbild, als Chris, bekleidet nur mit Boxershorts, mit zerstrubbeltem Haar und einer prächtigen Morgenlatte in die Küche stürzt.

»Was ist passiert?«, keucht mein Mitbewohner und reibt sich den Schlaf aus den Augen. Zwei Millisekunden später steht Rolf hinter ihm. Ohne Morgenlatte und ohne Shorts. Wären die Jungs nicht schwul und würde ich nicht aussehen wie eine Hexe, ich könnte glatt in Versuchung geraten.

»Da«, hauche ich stattdessen und deute auf meine Nase. »Ein Pickel.«

»Du spinnst.« Rolf gähnt und macht auf der Hacke kehrt. »Ich gehe wieder ins Bett.«

»Du spinnst echt«, sagt auch Chris. Aber er bleibt. Wie der Pickel, der rot und pulsierend auf dem linken Nasenflügel prangt. Chris starrt mich an, fixiert den Pickel und greift dann zur Zahnpasta-Tube. Er quetscht etwas Paste auf seinen Zeigefinger und schmiert sie dann auf meine Nase. Sofort steigt mir der frische Minzegeruch ins Riechorgan.

»Das trocknet aus«, sagt mein Retter und schlurft zur Kaffeemaschine. Ich starre in den Spiegel.

»So kann ich doch nicht …«, lamentiere ich. Chris, der mittlerweile die Zutaten für das Frühstück aus dem Kühlschrank klaubt, seufzt.

»Musst du auch nicht, Prinzessin, Onkel Chris startet nachher sein Schönheitsprogramm.« Ich atme erleichtert auf: Meine Jungs, insbesondere Chris, haben Zauberhände. Schon einmal hat ihr Werk wahre Wunder gewirkt. Dank der Hilfe meiner Jungs sah die kleine Tanja aus wie ein Vamp, dem Arne nicht widerstehen konnte. Seit dem sind der nette Tierarzt und ich ein Paar.

Chris bugsiert mich zum Tisch, platziert dampfenden Kaffee und eine Schüssel Müsli vor mir.

»Essen!«

»Jawohl, mein Herr und Gebieter«, antworte ich.

Chris schält eine Banane und schnippelt sie in mein Müsli. Er wäre eine gute Mutter, denke ich.

»Heute ist also der große Tag, der Herr Doktor kehrt in den Heimathafen zurück«, sinniert mein Gegenüber und schlürft an seinem Kaffee.

»Ich hoffe doch sehr, dass er kein Beiboot dabei hat«, sage ich mit vollem Mund. Eine Haferflocke flutscht über meine Lippen und landet auf der Tischdecke. Rolf mag Tischdecken. Und weil er sie selbst bügelt, darf er sie auch benutzen. Ich hab's ja nicht so mit dem Dekokram. Schon gar nicht, wenn der Arbeit macht.

»Eifersucht ist eine Leidenschaft …«, beginnt Chris.

»… die mit Eifer sucht, blabla. Ja, ich weiß. Vielleicht würde es helfen, wenn wir eine gemeinsame Wohnung hätten.«

»Was du aber nicht willst, Tanja!«

»Nein, noch nicht. Für nichts in der Welt würde ich dich und Rolf aufgeben. Und so lange Arne mir nicht einen Ring an den Finger steckt, ziehe ich ganz gewiss nicht bei ihm ein.«

»Gebranntes Kind«, sagt Chris. Eine Weile schweigen wir. Ich weiß, dass auch er an Marc, den Arsch, denkt. Für den ich alles stehen und liegen ließ, bei dem ich wohnte, dem ich den Haushalt machte und der mich über Nacht gegen seine Sekretärin ausgetauscht hatte. Wegen der griffigeren Körbchengröße, nehme ich bis heute an. Die ihm aber ein Kind angehängt hat. Was mich, ich gebe es zu, mit Schadenfreude erfüllt.

»Wir würden dich auch nicht gehen lassen«, unterbricht Rolf schließlich die Stille. In einem nachtblauen Kimono schwebt er in die Küche, drückt mir einen Kuss auf die Wange und Chris einen auf den Mund. »Mit uns, Chérie, kann kein Kerl mithalten.« Rolf wackelt mit den Hüften und lässt seinen Knackarsch kreisen. Ich pfeife in bester Bauarbeitermanier. Sofort stürmen Earl und Mudel in die Küche.

»Jetzt sind wir ja komplett«, sagt Chris.

»Die wahrscheinlich schrägste WG der ganzen Stadt«, meine ich.

»Mit der schönsten Frau«, sagt Rolf. Ich verdrehe die Augen.

»Da hat dein Lover aber noch einiges zu tun, mein Lieber«, entgegne ich.

»Lass den Onkel Chris mal machen«, kommentiert unser Mann fürs Feine. Und dann macht er: Während die Jungs die Spülmaschine einräumen und die Hunde mit Schinken füttern, stehe ich unter der in der Küche integrierten Dusche. Wir haben das ›Bad‹ optisch vom Ess- und Kochplatz abgetrennt – für unsere Besucher ist das gewöhnungsbedürftig, aber unsere WG kennt und will es nicht mehr anders. Wo sonst, wenn nicht in unserem schnuckeligen Altbau, kann man gleichzeitig Haare waschen, klönen und das Nudelwasser im Auge haben? Eben! Rolf spendiert zur Feier des

Tages eine Portion seines aus London importierten Duschgels mit echter Minze. Genau den Frischekick braucht mein Body jetzt. Chris, der über eine Haarpracht verfügt, um die jede Frau ihn glühend beneidet, reicht mir sein heiß geliebtes Mango-Shampoo unter die Brause. Gemeinsam mit der Kokos-Spülung tut es wahre Wunder: meine Haare werden weich und fluffig. Und riechen unwiderstehlich. In meinem Zimmer steht auf dem kleinen Schminktisch – Erbstück von Tante Trude – die pervers teure Bodylotion von Jil Sander. Die massiere ich mir in die Haut. Und schreie Sekunden später vor Schmerzen: Das Zeugs brennt wie Feuer auf meinen eben unter der Dusche rasierten Beinen. Sofort wird die Haut rot wie die Feuerwehr, und an jeder einzelnen Haarwurzel entsteht ein fieses, rotes Pünktchen.

»Hilfe!«, brülle ich. Earl kläfft und stürmt zwischen Rolfs Beinen hindurch ins Zimmer. Gefolgt von Chris und Mudel, die beide ähnlich ratlos schauen. Stumm zeige ich auf meine Waden.

»Oh«, sagt Rolf.

»Oha«, sagt Chris.

»Aua!«, rufe ich. Der Mops umschwänzelt meine Beine und stupst mich mit seiner kühlen Schnauze an. Ich glaube, er mag den Kokosduft des Rasierschaums. Jedenfalls leckt er mit seiner schlabbrigen Zunge hingebungsvoll über die Pusteln. Linderung bringt das allerdings auch nicht.

»Und jetzt?« Ratlos schaue ich meine Jungs an. Rolf zuckt mit den Schultern und starrt auf meine Beine. Chris kratzt sich am Kinn.

»Wir legen erst mal kühle Handtücher drum«, beschließt er. Wenig später liege ich mit Wadenwickeln auf meinem Bett und bejammere mich – allerdings mit geschlossenem Mund. Mein Gesicht ist nämlich dick mit Quark bestrichen, und auf den Augen liegen Gurkenscheiben. Das hat schon Oma hübsch gemacht, also wird es auch bei Tanja Wunder tun. Mudel hat sich in meiner linken Armbeuge eingerollt und schnarcht leise. Earl schnarcht lauter – direkt auf meinem Bauch. Der Mops ist eine prima Wärmflasche. Ich höre, wie die Jungs meinen Kleiderschrank aufmachen. Wie sie Bügel hin- und herschieben. Sich leise beraten, ich höre, wie die Deckel von meinen Lippenstiften ploppen, wie Chris ob der einen Farbe schwärmt und Rolf die andere vorschlägt. Aus der Anlage im Flur wabert Lounge-Musik durch die Wohnung, und der Lärm der Autos, der durch das gekippte Fenster dringt, klingt wie Meeresrauschen. Meer. Langeoog. Arne. Langsam gleite ich in einen Schlummerzustand, aus dem Chris mich viel zu früh weckt, indem er die Gurkenscheiben von meinen Augen reißt. Sofort verschwindet das Gemüse in Earls Maul. Unser Mops ist ein prima Abfalleimer. Der Hund frisst alles – vom Salatblatt bis hin zum Pappteller.

Die Pusteln an meinen Waden sind bedeutend kleiner geworden. »Unter einer schicken Strumpfhose sieht man das nicht«, meine ich. Chris tippt sich an die Stirn.

»Strumpfhose? Geht's noch? Hey, halterlose Strümpfe, was anderes kommt heute nicht an deine Beine!«

»Ich hab aber keine.«

»Hast du wohl!« Rolf schwenkt eine Papiertüte in der Hand. Das Logo ist vom teuersten Dessousladen der westlichen Hemisphäre. »Und die passenden Stöffchen hast du auch.« Rolf schüttet den Inhalt der Tüte, deren Design allein ein Vermögen gekostet haben muss, auf meinen Bauch.

»Eine kleine Spende deiner Mitbewohner«, sagt Chris und streicht über das bisschen Stoff, das wohl ein Tanga sein soll. Außer einer Schnur und einem Hauch von lila Spitze besteht das Höschen aus Luft – und die hat mit Sicherheit so viel gekostet wie ein Vier-Gänge-Menü für eine Großfamilie.

»Wow«, sage ich und greife nach dem BH. Ich preise den Gott der Büstenhalter für meine Jungs, die a) meine Körbchengröße kennen und b) wissen, dass viel Watte nötig ist. Der BH ist so raffiniert geschnitten, dass die Einlagen gar nicht zu bemerken sind. Es dauert nur Millisekunden, dann habe ich den schönsten BH aller Zeiten an – und plötzlich tatsächlich einen BUSEN!

»Lecker«, meint Chris und schiebt mich zum

Schminktisch. »Wenn Arne da nicht sofort über dich herfällt, dann ist er schwul.«

»Haaaach«, macht Rolf. »Wäre ja schon auch ein Zuckerschneckchen, unser Tierarzt.« Chris wirft ihm einen gespielt bösen Blick zu.

»Keine Angst, Schatz.« Rolf drückt Chris einen fetten Kuss auf die Wange. »Der ist so, so, so hetero!«

»Zum Glück!«, werfe ich ein.

»Du bist still«, kontert Chris und klatscht mir die Puderquaste auf die Stirn. Ich ergebe mich, schließe die Augen und genieße. Chris Finger huschen über mein Gesicht, tupfen hier, streicheln dort. Ich spüre schmale Pinsel, dicke Pinsel, mache gehorsam die Augen auf und lasse mir die Wimpern tuschen, ich blecke die Lippen, bis das Gloss sitzt – und erkenne die Frau, die mir eine knappe halbe Stunde später aus dem Spiegel entgegensieht, kaum wieder. Keine Falten, kein Pickel, makellose Haut, strahlende Augen und Lippen, die einfach geküsst werden müssen. Chris hat ganze Arbeit geleistet! Dasselbe tut er auch mit meinen Haaren – zum makellosen Gesicht kommt dank Chris' Zauberhänden eine Lockenmähne, die genau so aussieht, wie sie soll: nämlich rein zufällig entstanden.

»Wieso arbeitest du eigentlich nicht als Friseur?«, frage ich und schüttele die Pracht auf meinem Haupt.

»Weil ich was verdienen und nicht für einen Sklavenlohn den ganzen Tag fettige Haare schneiden will«, sagt Chris. »Und weil Pflanzen den Mund halten, wenn man ihnen die Blätter stylt und nicht die ganze Familiengeschichte vor einem ausbreiten.«

»Wär auch ziemlich langweilig!«

»Sag das nicht. Wenn mein Gummibaum mal loslegen würde … was der schon alles gesehen hat.« Ich denke an den Prachtbaum, der neben Chris' Bett steht.

»Ich glaube, DAS will ich gar nicht wissen!«, schäkere ich. Chris grinst und überlässt mich den Klamotten, die er und Rolf ausgesucht haben. Während ich mich in Schale werfe, machen die Jungs sich stadtfein. Das heißt: Erst sind die Hunde dran. Earl trägt zur Feier des Tages seine Echtlederjacke aus der Mopskollektion, Mudel ist in ein Poloshirt mit dem Aufdruck ›Der will nur spielen‹ gewandet. Ich kassiere von den Jungs Applaus für mein Outfit, von jedem ein Küsschen auf die Wange und die besten Wünsche. Dann klappt die Wohnungstür zu, und es beginnt das Warten. Ich probiere schon mal aus, wie ich am besten auf dem Bett liege, ohne meine Haarpracht in den ersten Sekunden zu plätten. Dann springe ich auf, rase zum Fenster. Kein Arne ist zu sehen. Ich drapiere mich auf der Couch und teste, wie ich die Beine so übereinander schlage, dass es Sharon Stone auf der Leinwand am nächsten kommt. Es gelingt mir nicht mal annähernd, dazu ist der Rock zu eng, und ich gehöre nicht zu den Frauen, die gern freie Sicht auf die Unterhose gewähren. Auch wenn die heute verboten sexy ist! Ich rase wieder zum Fenster und drücke mir die Nase platt. Das Make-up hinterlässt einen runden braunen Fleck auf der Scheibe. Hastig wische ich mit dem Ärmel darüber. Leider fällt mir erst in dem Moment ein, dass ich ein weißes Shirt trage, das nun von einem unschönen Streifen geziert wird.

Die nächsten Minuten gehen dafür drauf, dass ich vor dem Spiegel am Ärmel ziepe und zerre, bis der Fleck nicht mehr zu sehen ist. Der Stoff schneidet jetzt, in anderthalbfacher Umdrehung um den Unterarm, zwar etwas ein, aber das kann ich aushalten. Besser aushalten jedenfalls als das Warten. Wieder gucke ich aus dem Fenster, dieses Mal allerdings vorsichtiger. Kein Arne. Kann ja auch nicht, wenn die Uhr stimmt. Geht die überhaupt? Ja, der Wecker tickt. Aber verdächtig langsam.

Ich beschließe, meine Nerven mit einer Zigarette auf dem Balkon zu beruhigen. Doch kaum habe ich drei Züge genommen, fällt mir siedend heiß ein, dass ein Mund, der wie ein kalter Aschenbecher schmeckt, ganz und gar nicht geht. Ich drücke die Kippe aus und krame im Küchenschrank nach den Strohhalmen. Einen davon stecke ich in die Flasche mit Mundwasser. Ich hab das im Fernsehen gesehen, die Damen dort trinken vorzugsweise mit Strohhalm, um den Lippenstift nicht zu beschädigen. Ich sauge einen großen Schluck Listerine in den Mund, spüle und gurgele und versuche, die blaue Flüssigkeit anschließend so auszuspucken, dass die meine geschminkten Lippen nicht berührt. Es geht, sieht aber garantiert aus wie ein Kugelfisch, der Seifenblasen macht. Kaum habe ich den Deckel zurück auf die Flasche geschraubt und mich vergewissert, dass das Lipgloss noch immer da ist, wo es sein soll, fällt mein Blick auf den Küchentisch. Neben einem Marsriegel liegt ein Päckchen Kaugummi und ein Zettel mit Chris' Handschrift: »Für nach der Zigarette.«

Den Kaugummi lasse ich links liegen und verziehe mich samt Schokoriegel zu meinem Beobachtungsposten am Fenster. Kein Arne. Ich seufze, reiße das Papier ab und nehme einen großen Bissen. Wie immer – ich hätte es wissen müssen! – bröckelt ein Stück Schokolade ab und landet auf meinem linken Busen. Bei dem Versuch, die Schokolade herunterzuklauben, arbeite ich sie mit zitternden Fingern in den Stoff ein. Diesen Fleck kann ich durch geschicktes Drapieren niemals verbergen! Ich überlege gerade, ob ich irgendwo in meinem Fundus eine Brosche habe, die ich über den Fleck pinnen könnte, als die Türklingel losrattert. Ich erstarre zur Salzsäule. Das Mars flutscht mir aus der Hand und landet mitten auf dem Bettvorleger.

»Ich hab keine Zeit«, brülle ich und bücke mich nach der Schokolade. Der sündteure Seidenslip kneift in meiner Pofalte. Wieder rattert die Bimmel.

»Jetzt nicht!«, brülle ich und hoffe, dass Frau Otto

oder die olle Stiller nicht taub sind und sich verziehen. Eine Else Kling kann ich im Moment wirklich nicht gebrauchen. Scheinbar ist der Besucher doch taub, denn es schellt schon wieder.

»Himmelarschundzwullich!«, brülle ich und reiße die Haustür auf. Vor mir steht – Arne.

»Ich dich auch«, ruft er und breitet die Arme aus. Ich lasse meine sinken und starre ihn an. Mein Mund öffnet sich. Schließt sich. Und sagt dann: »Was machst du denn hier?«

»Dich in den Arm nehmen«, kommt als Antwort. Und ehe ich irgendetwas denken kann, tut er genau das. Meine Knie werden weich, als Arne seine Arme um mich schlingt und mir einen Kuss in die Halsbeuge haucht. Ich habe Gänsehaut und seufze wohlig, atme Arnes Geruch ein und genieße.

»Ich hab dich vermisst«, flüstert er.

»Ich dich auch.«

Ich schlinge meine Hände um Arnes Nacken. Meine Lippen berühren die kleine Kuhle an seinem Hals, in der ich am liebsten versinken würde. Ich hauche ihm einen Kuss aufs Ohrläppchen. Meine Hände wandern ohne mein Zutun zu seinem Hintern. Meine Herren, ist der knackig! Ich kneife voller Wonne in den aller-wertesten aller Allerwertesten.

»Ah, Tanja …«, macht Arne. Das Ah klingt aber nicht nach einem wohligen Seufzen. Es klingt eher wie ein Ah, das jemand macht, der gerade ein Schamhaar in seiner Suppe gefunden hat. Ein fremdes Schamhaar. Meine Nackenhaare stellen sich auf. Und das nicht, weil ihnen wohlig wäre. Eher haben sie die Alarmglocke gehört. Arne schiebt mich ein Stück von sich weg und damit in den Flur der WG zurück.

»Was ist?«, frage ich. Arne starrt auf mein Shirt. Sein Blick ruht definitiv nicht auf dem Fleck, sondern auf meinem Ausschnitt. Oder eher darin. Ein bisschen Sehnsucht kann ich erkennen, aber die passt nicht zu Arnes Gesichtsausdruck. Der hat nämlich was von begossenem Pudel.

»Ist jetzt vielleicht schlecht«, flüstert er und zuckt entschuldigend mit den Schultern. »Da ist … noch wer.«

Wer das ist, sehe ich eine Millisekunde später: eine Frau. Sie lugt hinter Arnes Rücken vor und legt meinem (!) Liebsten die Hand auf die Schulter.

»Hi«, sagt sie.

»Hi«, sage ich und dehne das ›i‹ bis zum Anschlag. Das gibt mir die Gelegenheit, die Frau von oben bis unten zu betrachten: Sie ist kleiner als ich, aber auch nur halb so breit. Unter der taillierten Jacke zeichnet sich ein gigantischer Busen ab. Schwarzglänzende Locken umrahmen ein Puppengesicht, zu dem stahlblaue Kulleraugen, eine Stupsnase und ein Schmollmund gehören. Sie ist, kurz gesagt, ekelhaft hübsch.

»Das ist Sandra«, sagt Arne. Mein Magen droht sich umzustülpen. Nach außen. So muss sich ein Tiefschlag anfühlen, den Klitschko persönlich gelandet hat.

»Sie wohnt erst mal bei mir«, sagt Arne. Meine Knie geben nach. Ich kralle mich an der Tür fest. Klitschko schickt mich auf die Matte. Und ich die Tür zurück ins Schloss. Mit Schmackes.

»Tanja!« Arne klopft gegen die Tür, hinter der ich gerade mit Tränen und Würgereiz gleichzeitig kämpfe. Der Boden unter meinen Füßen schwankt.

»Tanja, jetzt mach doch wieder auf!«

Ich taumele zur Couch und schaffe es, mich hinzusetzen, ehe ich der Länge nach auf den Fliesen aufschlage.

»Tanja!« Arne wummert gegen die Tür.

»Du kannst mich mal!«, brülle ich. »Kreuzweise!« Meine Stimme überschlägt sich. Arne drückt die Klingel, wummert gegen die Tür.

»Hau ab!«, brülle ich.

»Wir reden morgen!«, brüllt Arne zurück. »Das verstehst du falsch!«

»Du mich auch«, schreie ich zurück. Dann beiße ich ins nächstbeste Kissen. Es ist das von Mudel, und jetzt würgt es mich erst recht, denn ich habe den Mund voller Hundehaare. Vom Flur her höre ich Stimmen, aber ich kann kein Wort verstehen. Dann klappt die Wohnungstür gegenüber und es herrscht Ruhe.

In meinem Hirn geht es dafür umso bunter zu. In den schillerndsten Farben präsentiert mir mein Kopfkino, was in der Wohnung gegenüber geschieht. Ein tiefer

Blick in die Kulleraugen – Arne schmilzt dahin. Ein leises Seufzen, das Beben der Atomtitten – Arne werden die Knie weich. Dafür wird etwas anderes sehr, sehr hart. Ich verwette Earl und Mudel darauf, dass der Herr Tierarzt in diesem Moment zum Tier wird und über das Püppchen herfällt. Wer weiß, was die beiden die ganzen Tage auf ihrer Insel getrieben haben. Ich könnte heulen. Und tue es auch. Hemmungslos. Ist ja keiner da, der mich sieht. Es dauert keine zwei Minuten, dann hab ich die erste Packung Tempo durchgerotzt. Earl wuchtet seinen Mopsbauch zu mir auf das Sofa und stupst mich mit der Plattnase an. Der Hund schaut mich aus traurigen Kulleraugen an und wedelt mit dem Ringelschwanz. Er meint es nur gut, nehme ich an, bewirkt aber das genaue Gegenteil. Da sitze ich nun, allein, verlassen, und nur ein Hund tröstet mich. Na ja, zwei Hunde, Mudel macht es sich vor der Couch bequem und starrt mich mit schief gelegtem Kopf an. Der Begriff Heulboje bekommt in diesem Moment eine ganz neue Dimension. Ich wusste selbst nicht, dass ich so laut plärren kann. Das hat nicht einmal Marc, der Arsch, geschafft. Meinen Ex habe ich zwar auch betrauert, aber damals fühlte sich mein Herz nicht an wie eine ausgelutschte Coladose, die jemand in den Rinnstein getreten hat.

Mudel wird mein Trauerspiel schnell zu viel. Der Kleine zieht sich auf das Hundekissen zurück, dreht sich acht Mal um die eigene Achse, bis er die optimale

Schlafposition gefunden hat. Dann pennt er ein. Nur
Earl, der gute Mops, hält mir die Stange.

»Und wer hält Arnes Stange?«, frage ich Earl.
Der bellt leise und presst sich gegen meinen Bauch.
Ich schlinge die Arme um den Hund und verberge
das Gesicht in seinen Fellfalten. Von Heulkrämpfen
geschüttelt lasse ich den Tränen freien Lauf. Mir doch
egal, wie mein kunstvolles Make-up aussieht. Interessiert ja sowieso keinen. Dem Hund ist es wurscht, wie
ich aussehe. Der, für den ich mich aufgebrezelt habe,
kümmert sich in diesem Moment um Sandra. Allein
der Name verursacht mir Brechreiz. Sandra. Schlager-
sängerinnen aus den 1980ern heißen Sandra. Und die
Musik ist ähnlich quälend wie mein aktueller Gemüts-
zustand. Ich drücke den Hund fester an mich. Earl
beginnt zu zittern und jault leise. Dann leckt er mir
die Tränen von den Wangen.

»Wenigstens du liebst mich noch«, jaule ich. Earl legt
den Kopf schief und gibt ein schnarchendes Geräusch
von sich. Ich interpretiere das als Ja. Und quittiere es
mit einem erneuten Heulkrampf. Earl sabbert mein
Shirt voll, ich sein Fell. Ein fairer Tausch. Der Hund
hat sich seinen Anteil an den Leckereien, die ich mit
Ich-sage-seinen-Namen-nicht-sonst-heule-ich-noch-
mehr verzehren wollte, redlich verdient. In der Küche
finden sich Erdbeeren – mit denen man tolle Sachen
hätte machen können, eine Schinkenplatte, Weintrau-
ben und knackfrisches Baguette. Dazu eine Flasche

Prosecco und Zartbitter-Schokolade. Die frisst der Hund im Alleingang, die Erdbeeren und den Schinken teilen wir uns. Nur vom Prosecco bekommt mein tierischer Tröster nichts ab. Tut mir leid, aber den Alkohol brauche ich für mich ganz allein. Auf ein Glas verzichte ich und schlürfe die Brause direkt aus der Pulle. Gemeinsam mit der Schokolade schafft sie es, meine Heulkrämpfe auf ein erträgliches Maß zu reduzieren. Dafür bekomme ich Schluckauf.

»Ea…hiiieeks…rl, du bissu…bisssu du … hick … mein einsssiger Freund. Bissu.« Und er ist ein richtig guter Freund. Einer, der mitfühlt. Mitleidet. Und der aus lauter Sorge um mich auch Schluckauf bekommt. Dass er bei jedem Hickser rülpst und mir eine Erdbeer-Schinken-Fahne ins Gesicht bläst, ist wirklich das kleinste Übel. Denn langsam wird mir übel. Das ständige Hicksen trägt auch nicht gerade zur Entspannung meines Magens bei. Ich muss mich flach legen. Noch ein letzter Schluck Blubberwasser, dann packe ich den Mops als Wärmekissen auf meinen Bauch. Das Sofa schwankt. Vorsorglich stelle ich mein rechtes Bein auf den Boden. Ein wenig bremst die Couch ab. Earl wimmert leise.

»Bissu echtn ssssuper Kumbbbl«, flüstere ich. Eine letzte Träne kullert über meine Wange und tropft ins Sofakissen. Dann kommt der große Gong und ich falle in den narkotisierten Schlaf einer sternhagelvollen Liebeskranken.

Der dauert allerdings bei Weitem nicht so lange, wie er sollte. Nach gefühlten zwei Minuten wird mir warm ums Herz. Nein, eher auf dem Herz. Ich ramme den rechten Fuß gegen den Boden und bremse das schwankende Sofa. Meine Augen sind komplett verklebt, und es braucht starke Lidmuskeln, um sie zu öffnen. Als mir das schließlich gelingt, starre ich direkt in Earls Knautschgesicht. Der Hund steht auf meinem Bauch und bläst die Wangen auf. Dabei macht er ein Geräusch, als ob er sich selbst nach außen umstülpt. Ehe ich begreife, was das bedeutet, landet ein zweiter Schwall Hundekotze auf meiner Brust. Vor Anstrengung japsend starrt der Mops mich an. Ich bin froh, dass der Prosecco mich noch so weit dämpft, dass ich nicht aus lauter Solidarität zurückspeie.

Als ich mich aufrichte, rutscht Earl auf den Boden. Irgendwie gelingt es mir, ein paar noch nicht vollgeheulte Taschentücher zu finden. So gut es eben geht, wische ich Earls Hinterlassenschaft ab. Dann streife ich das Shirt ab. Zum Glück hat der schweineteure BH nichts abbekommen. Ich rieche zwar nicht gut, habe dafür aber das geilste Dessous der ganzen Stadt an.

Earl quiekt leise. Ich beuge mich zu ihm hinunter, wobei ich mich am Couchtisch festhalten muss. So ganz scharf sehe ich nicht. Aber scharf genug um zu erkennen, dass der Hund im ganzen Gesicht rote Punkte hat.

»Was hassn du da?« Ich rubbele über die Punkte. Sie bleiben genau da, wo sie sind.

»Issja komisss.« Selbst ein mit Spucke angefeuchtetes Tempo kann die Tupfen nicht beseitigen. »Du hassja Pickel«, sage ich. Earl jault leise. Mudel springt vom Kissen und saust zu ihm hin. Der Kleine beschnüffelt ihn, niest und tritt dann wieder den Rückzug an. Eine kluge Entscheidung, wie mir zwei Sekunden später bewusst wird. Earl macht ein Geräusch wie eine Badewanne, wenn der letzte Rest Wasser im Abfluss verschwindet. Bei ihm geht das aber andersrum. Ein Schwall Galle landet auf meinen perfekt pediküren Füßen. Earl kippt von den seinigen und hechelt. Das Geräusch, das er dabei macht, klingt gar nicht gut. Als er dann auch noch zu zucken beginnt und sich der ganze Hund verkrampft, bin ich mit einem Schlag um mindestens fünf Promille nüchterner. Wieder und wieder wird der Mops von Krampfanfällen geschüttelt. Das Einzige, was ich tun kann, ist aus dem Weg zu gehen. Ich schiebe den Tisch zur Seite, damit er sich nicht stößt. Earls epileptische Anfälle dauern normalerweise keine zwei Minuten. Dieser aber scheint gar nicht aufzuhören. Der Hund hat Schaum vor dem Maul und bekommt offensichtlich keine Luft mehr. Er starrt aus weit aufgerissenen Augen zu mir hoch. Angst spiegelt sich in seinem Gesicht.

Zwei Sekunden später klingele ich bei der Wohnung gegenüber Sturm und wummere gegen die Tür.

»Notfall!«, brülle ich. »Hilfe!« Es scheint Tage zu dauern, bis Arne die Tür aufmacht. Nur mit Boxershorts bekleidet starrt er mich aus kleinen Augen an. Seine Haare stehen in alle Richtungen vom Kopf ab und auf der linken Wange hat das Kissen tiefen Eindruck hinterlassen.

»Spinnst du?«, herrscht er mich an. »Es ist vier Uhr!«

»Scheißegal!«, pampe ich zurück. »Earl stirbt!« Ich ziehe Arne aus seiner Wohnung über den Flur in meine. Auf nackten Füßen und mit nacktem Oberkörper. Aber dafür habe ich jetzt keinen Blick. Mudel hat sich unter den Sofatisch verkrochen und wimmert leise. Earl krampft noch immer. Der Mops schnappt verzweifelt nach Luft, und sein kleiner Körper windet sich auf dem Boden.

»Koffer!«, brüllt Arne. Ich rase in seine Wohnung und kralle mir das Notfallset, das wie immer direkt neben der Eingangstür steht. Als ich zurückkomme, hat Arne sich neben Earl gekniet und schüttelt mit dem Kopf.

»Aufmachen«, herrscht er mich an. Ich funktioniere. Schließlich haben wir diese Szene – mit anderen Tieren und an anderen Schauplätzen – oft genug geprobt. Aus den Augenwinkeln sehe ich eine Gestalt, die sich in den Raum drängt. Aber für das blauseidene Nichts an Sandras Körper habe ich jetzt wirklich keinen Blick.

»Histamin, 20«, poltert Arne. Beruhigend legt er

dem Mops die Hand auf den Bauch. Dass er sich dabei mit Earls Mageninhalt vollsaut, ist ihm offensichtlich egal. Ich liebe ihn dafür … aber jetzt ist keine Zeit für Gefühle. Mit zitternden Händen ziehe ich die Spritze auf. Tausend Mal geübt. Arne jagt dem Hund die volle Dosis des Medikaments in den Schenkel.

Das blauseidene Gewand verschwindet. Klar, Hundekotze und ein erstickender Mops sind wirklich kein schöner Anblick. Diese Memme, denke ich und balle innerlich die Hände zu Fäusten.

»Was ist denn passiert?« Arne lässt sich auf das Sofa fallen und starrt auf den Hund. Earl wird ruhiger, er zuckt jetzt nur noch ganz leicht.

»Kommt er in Ordnung?«, frage ich.

»Ich denke schon«, sagt Arne. »Du siehst aber auch nicht gerade frisch aus.«

»Danke für das Kompliment, genau das wollte ich jetzt hören.« Ja, es klingt pampig. Soll es auch. Schließlich sitzt der Verursacher meiner rot verquollenen Augen just in diesem Moment nur in Unterhosen auf meiner Couch. Ich will gar nicht wissen, wobei ich Arne und seine Schnecke eben gestört habe.

Arne lässt den Blick über das Chaos auf dem Tisch schweifen. Dann beugt er sich über Earl, der jetzt nicht mehr zuckt und schon wieder gleichmäßiger atmet.

»Der hat ja überall Pickel.«

»Was hat der?« Ich krabbele auf allen vieren zu Earl. Tatsächlich: Sein Gesicht ist unter dem Fell übersät mit winzigen roten Pusteln. Ein Teenager in der Hochpubertät könnte nicht schlimmer aussehen.

»Was ist das denn?«

»Allergische Reaktion. Möpse bekommen dann Pickel«, erklärt Arne. »Das kann aber auch stressbedingt sein.«

Ich tippe auf Letzteres, schließlich waren die vergangenen Stunden alles andere als lässig für den Hund. Hunde leiden mit ihren Menschen mit. Und ich habe gelitten wie ein Tier.

Arne nimmt die letzte Erdbeere, die noch in der Schüssel war, in die Hand.

»Hat der Hund auch davon gegessen?«, fragt er und lässt die Frucht vor meinem Gesicht hin- und herpendeln.

»Hat er.«

»Dann wird es das sein. Der Mops reagiert allergisch auf Erdbeeren.«

»Wie bitte?«

»Auch Tiere haben Lebensmittelallergien, das solltest du wissen. Und Allesfresser wie unser Earl of Cockwood sind prädestiniert für Unverträglichkeiten.«

»Ach.«

»Was habt ihr denn sonst noch in euch reingestopft?« Ich finde, Arne klingt ein bisschen pampig. Dazu hat er aber keinen Grund. Er nicht. Wenn, dann darf ich beleidigt sein.

»Dein Abendessen«, gebe ich zurück. »Und es war verdammt lecker!«

»Ach Tanja«, sagt Arne, steht auf und verschwindet im Klo. Ich höre, wie er sich die Hände wäscht. Als er wieder kommt, sitze ich auf dem Sofa, Earl wie ein Schutzschild auf meinem Schoß. Den Sabber habe ich dem Mops notdürftig abgewischt. Die große Badeaktion stehe ich jetzt nicht durch. Earl sicher auch nicht, er hängt wie ein nasser Waschlappen in meinen Armen. Mudel wagt sich vorsichtig aus seinem Versteck heraus. Seine schwarzen Kulleraugen heftet er fest auf seinen Vater. So, wie der kleine Kerl ihn anschaut, möchte man meinen, er habe eben den Schock seines Lebens bekommen. Kein Wunder, wen würde es nicht aus den Latschen hauen, wenn der eigene Vater mit dem Tod ringt? Einen Moment lang beobachtet er den Kranken. Als der Mops leise seufzt und zu schnarchen beginnt, ist Mudel zufrieden und trollt sich auf das Hundekissen.

Arne kniet sich vor die Couch. Ich versuche, ihn nicht anzusehen. Aber meine Augen suchen automatisch den Kontakt mit der nackten Männerbrust. Den starken Armen. Und der Gänsehaut.

»Mir ist kalt«, sagt Arne.

Geschieht dir recht, denke ich.

»Deck dich zu«, sage ich und deute mit dem Kinn auf die lila Kuscheldecke, die mir Chris und Rolf neulich von IKEA mitgebracht haben. Zu meinem eigenen Entsetzen. Wahrscheinlich haben die Aufregung und der Alkohol meinen Stolz in Grund und Boden gearbeitet. Ehe ich tun kann, was ich tun sollte – nämlich Arne vor die Tür setzen –, setzt mein Tierdoc sich ans andere Ende des Sofas und wickelt sich in den Fleece ein. Unsere Zehen berühren sich. Seine sind eiskalt. Ein Stromschlag jagt durch meinen ganzen Körper und ich zucke zusammen.

»Ich habe kalte Füße«, sagt Arne. Und da ist es, dieses schiefe Grinsen. Genau das Grinsen, bei dem seine Grübchen unwiderstehlich sind. »Tut mir leid.«

»Dir sollte etwas ganz anderes leidtun«, sage ich. Ganz leise. Denn erstens fehlt mir die Kraft, um ihn anzubrüllen – was ich sollte –. Und zweitens will ich den Hund nicht wecken.

»Ach, Tanja.« Arne legt seine Hand auf mein Knie. Ein Teil von mir will sich ihm sofort in die Arme werfen. Der andere Teil ist bockig. Und der gewinnt. Ich tue – nichts. Mudel fiept leise im Schlaf. Earl schnarcht sein Mopsschnarchen. Er klingt wie immer.

»Das wird schon wieder«, sagt Arne und ich bin mir nicht sicher, ob er in dem Moment den Hund meint oder das, was zwischen uns ist.

»Das wird schon wieder«, gebe ich zurück und lasse offen, wen oder was ich damit meine. Ich weiß es ja selbst nicht. Und ich habe auch keine Energie, um mir Gedanken zu machen. Ich fühle mich, als hätte jemand den Stecker gezogen. Saftlos. Müde. Entsetzlich müde. Mir fallen die Augen zu. Das letzte, was ich denke, ist, dass Arnes Füße langsam wärmer werden. Dann kommt der große Gong und ich schlafe so tief, als hätte ich sieben Nächte durchgetanzt.

Genau so – nämlich wie nach einem halben Dutzend durchtanzter Nächte – fühle ich mich auch, als ich nach Stunden – oder waren es Tage? Wochen? – versuche, meine verklebten Lider zu öffnen. Mein Nacken ist steif und meine rechte Schulter, die gegen die Lehne gepresst ist, fühlt sich an, als hätte ich einen Sack Kartoffeln einmal quer durch die Stadt geschleppt. Viel Zeit zum gemütlichen Aufwachen bleibt mir aber nicht, denn Chris' Schrei hätte Tote aufgeweckt. Bei den Hunden wirkt er bestens: Beide kläffen wie wild, als Chris vor dem Hundekissen auf die Knie sinkt.

»Was ist denn hier passiert?«, ruft er und streichelt abwechselnd Mudel und Earl. Rolf steht vor der Couch. In der Hand hält er die leere Spritze und starrt sie an, als wäre sie das Bein eines Aliens. Ich strecke vorsichtig die Beine unter der Decke aus und will mit den Füßen Arne anstupsen. Aber ich treffe ins Leere. Arne ist weg. Mit einem Schlag bin ich hellwach, na ja, mein Kopf wacht auf, meine Glieder brauchen wohl noch ein paar Minuten, um ihre Funktionen wieder zu erlangen.

»Seid ihr schon da?« Nicht gerade geistreich, ich weiß. Rolf sieht mich denn auch völlig entgeistert an.

»Nein, wir tun nur so«, antwortet er und hält mir die Spritze vors Gesicht. »Was war da los?«

»Wie spät ist es?«, frage ich. Zum einen, weil es mich interessiert, zum anderen, weil ich hoffe, ein bisschen Zeit zu schinden.

»Kurz vor acht«, sagt Chris und rappelt sich hoch. Mit zerzaustem Haar und verschwitztem Shirt steht er jetzt neben Rolf. Meine Jungs starren mich an, als hätte ich eine grüne Nase. Mindestens. Ich sehe die Dreckspritzer auf Chris' Schuhen.

»Wart ihr in der Laube?« Beide nicken. Wieder zwei Sekunden gewonnen.

»Regt euch bitte nicht auf«, sage ich und hebe beschwichtigend die Hände. »Es sieht schlimmer aus, als es ist.«

Beide schweigen mich an. Einzig Mudel macht ein leises Wuff und klettert dann zu mir aufs Sofa. Wenigstens einer, der zu mir hält. Ich vergrabe meine zitternden Hände in seinem weichen Fell und gebe einen Bericht des Vorabends ab. Die schlimmen Details lasse ich weg. Als ich fertig bin, hat auch Earl sich erhoben und watschelt in die Küche. Als wir hören, wie er gierig das Wasser aus dem Napf schlabbert, seufzt Rolf und lässt sich neben mich auf die Couch sinken.

»Und wo ist Arne jetzt?«

»Drüben. Nehme ich an.«

»Mit ihr?« Chris quetscht sich zwischen uns. »Ist ja schon ein dicker Hund, so gesehen«, sagt er. »Andererseits … vielleicht sind die beiden wirklich nur alte Freunde. Und sie schläft in einem ganz anderen Bett als er.«

»Das glaubst du doch selbst nicht«, schnaube ich. »Dann hätte er doch vorher mal einen Pieps machen können, dass die Tussi mitkommt. Wenn das alles angeblich sooo harmlos ist.« Ich spüre, wie ich gallig werde. Und ich finde, ich habe allen Grund dazu. Gemütliches Sofasitzen mit Arne hin oder her – da stimmt was nicht. Ich hab's im Urin. »Ich wette, da läuft was.«

»Nun mal langsam, Prinzessin«, sagt Rolf. Unser stets Besonnener rät mir, mich in aller Ruhe und ohne medizinischen Notfall mit Arne zu unterhalten. Klingt logisch – wäre aber zu einfach.

»Ich kann doch nicht einfach rübergehen, bimmeln und sagen: okay, von vorn, hallo und schön, dass du mit deiner Ex oder Neuen oder was auch immer wieder da bist.«

»Doch, genau das kannst du.«

»Nie im Leben! Nur über meine Leiche!«

»Tanja, ich verstehe, dass du angepisst bist. Ich an deiner Stelle wäre das auch. Trotzdem – gib ihm eine Chance.«

Ich schnaube und verschränke die Arme. Am liebsten würde ich wie ein trotziges Kind mit dem Fuß aufstampfen. Aber das verkneife ich mir gerade noch so.

»Wie war denn euer Abend«, sage ich, um vom Thema abzulenken.

»Du willst also vom Thema ablenken?«, sagt Chris. »Okay, von mir aus. Aber den Bericht bekommst du in der Küche. Ich glaube, drei starke Tassen Kaffee wären jetzt nicht schlecht.«

»Und Zähneputzen«, sage ich. Ohne Blend-a-med kann ich den toten Hamster nicht aus meinen Wangen fegen. Wenig später sitzen wir am Küchentisch, jeder einen Becher dampfende Koffeinbrause vor sich. Die Hunde haben sich unter dem Tisch lang gemacht.

»Wir waren nicht im Kino«, beginnt Rolf. »Wir waren in der Laube.«

»Oh là là«, sage ich und mache einen Knutschmund.

»Nein, nicht, was du denkst«, sagt Chris. »Leider …«

»Na ja, so kuschelig ist es ja auch noch nicht«, entgegne ich. Zwar haben die Jungs in der Zwischenzeit die alte Tapete abgekratzt und die blanken Bretter weiß gestrichen, die Gardinen gegen flotte Häkelvorhänge ausgetauscht und sich ein neues Bett gezimmert – das laut Rolf aussieht wie aus einem Landhaus, in meinen und Chris' Augen aber eher einem Palettenstapel gleicht – und einige Dekoartikel untergebracht, aber von einem kuscheligen Liebesnest ist die Laube noch einige Arbeitsstunden entfernt.

»Der Ofen funktioniert immerhin«, sagt Rolf

nicht ohne Stolz. »Hat nur ein bisschen Reinigung gebraucht.« Der Ofen ist in der Tat ein Schmuckstück. Nachdem Chris und ich ihn unter Einsatz sämtlicher Fingernägel vom Ruß der Jahrzehnte befreit hatten, glänzte die schwarze Bollermaschine wieder wie in ihren besten Tagen. Die Klappe für das Holz quietscht zwar immer noch, aber dafür wackelt die Platte, auf der man Wasser warmhalten kann, nicht mehr ganz so schlimm.

»Ein bisschen Reinigung ist gut«, lacht Chris. »Rolf hat ungefähr sieben alte Vogelnester aus dem Ofenrohr geholt.«

»Schürhaken sei Dank!«, sagt unser bester Handwerker und prostet mir mit seinem Kaffeebecher zu.

»Leider werden wir den Ofen verschrotten müssen. Und die Laube auch. Scheiße.« Chris wischt sich verstohlen über die Augen, aber ich sehe trotzdem, dass seine Augäpfel zu schwimmen beginnen. »Und die Blumen … die auch …«

»Was ist denn los?«

»Na, so schlimm wird es hoffentlich nicht kommen.« Rolf streichelt Chris über den Arm. Der schluckt trocken und zuckt mit den Schultern.

»Dein Wort in Gottes Ohr«, sagt er.

»Verdammt noch mal, was ist denn passiert? Hallo? Redet jemand mit mir?«

»Sorry, Tanja, ja, klar«, sagt Chris und vergräbt sich hinter einer Scheibe Toast.

»Okay, ich rede«, sagt Rolf. »Klaus Hünken war gestern da. Und dieses Mal scheinen seine Beziehungen nicht zu helfen. Besser gesagt – dieses Mal hat er keine in den besagten Kreisen.«

»Sagt mal, wollt ihr mich vereiern? Was zum Geier ist los? Könnt ihr – bitte! – Klartext reden?« Die Jungs starren sich an. Dann nickt Chris seinem Herzliebsten zu und Rolf berichtet. Er redet ohne Punkt und Komma. Und zwar so viel und so schnell, wie ich es nie zuvor von ihm gehört habe. Eine Salve von Fakten prasselt auf mich nieder, und am Ende, als Rolf außer Atem ist, mache ich mir folgendes Bild:

Die Laubenkolonie steht der Stadt im Weg. Genau da, wo meine Jungs ihr Liebesnest mit dem wahrscheinlich prächtigsten Garten – na ja, der muss noch wachsen – errichtet haben, soll eigentlich eine neue Kläranlage gebaut werden. Dass die Kolonie nicht, wie viele andere in der Republik, in einem Wasserschutzgebiet steht, hatte den Laubenpiepern in früheren Jahren Jubelschreie entlockt. Immer mehr Kleingärtner mussten landauf, landab ihre Parzellen verlassen, damit ja kein Dünger ins Grundwasser gerät. Davon war unsere Kolonie nie bedroht – und genau das wird jetzt wohl ihr Untergang.

»Scheiße«, sage ich.

»Ja, genau. Um Scheiße geht's.« Chris schnaubt. »Meine schönen Rosen sollen einem Scheiß-Becken weichen.«

»Haben die denn keinen anderen Platz für die Kläranlage?«, frage ich.

»Keine Ahnung, das wusste Klaus auch nicht. Wenn du mich fragst: Das Grundstück wäre einfach nur billig.« Rolf kratzt sich am Kopf. Dabei verrutschen die Haare über seiner Stirn und ich entdecke eine Geheimratsecke, die neulich noch nicht dort war. Steht ihm gut, die Denkerstirn. Hilft uns jetzt aber auch nicht weiter.

»Zum Winter sollen die Lauben geräumt werden, damit nach dem Frost direkt mit dem Aushub begonnen werden kann.« Rolf und Chris sehen sich an. Lange. »Aber noch ist das letzte Wort nicht gesprochen.« Prima, Rolf ist kämpferisch.

»Na ja …« Okay, Chris muss noch überzeugt werden.

»Hört mal, so einfach geben wir doch die Kolonie nicht auf«, höre ich mich selbst sagen. »Irgendeine Lösung gibt es immer.« Ich zitiere meine Tante Trude. Die mit diesem Leitsatz jeden bis zur Unkenntlichkeit zerliebten Ehemann losgeworden ist. Da dürfte die Entsorgung eines Klärwerks doch ein Kinderspiel sein.

»Das sehe ich auch so«, entgegnet Rolf. »Wir wollen uns am Wochenende mit den anderen zusammensetzen. Klaus schickt ein Rundschreiben raus.«

»Prima«, sage ich und lange nach dem Orangensaft.

»Da wäre allerdings noch etwas«, sagt Chris und ich ahne, dass es mit dem gemütlichen Frühstück nichts mehr wird. »Eine Eule.«

»Bitte?«

»In der Kolonie lebt eine Eule, und der geht's nicht gut.«

»Tagsüber geht's Eulen selten gut«, gebe ich zu bedenken. »Hat sie mit euch gesprochen? Euch angerufen?« Mein Scherz läuft ins Leere.

»Dem Vogel scheint was zu fehlen«, erläutert Rolf. »Jedenfalls sagt das Mariam.«

»Wer ist Mariam?«

»Parzelle 17«, sagen meine Jungs wie aus einem Mund.

»Alles klar, 17«, antworte ich. Ich gebe zu, dass ich keine Ahnung habe, wer in Parzelle 17 residiert. Aber so, wie die Jungs mich ansehen, werde ich das schneller erfahren, als mir lieb ist.

»Könntest du mit Arne mal nach dem Vogel sehen?« Chris blinzelt mit den Augen. Diesem Blick kann selbst eine Heterofrau nicht widerstehen. »Ziemlich bald vielleicht sogar?«

Ich kippe den Saft runter. »Wenn ich vorher noch duschen darf?«

»Darfst du, Prinzessin«, ruft Rolf. »Du darfst alles!«

20 Minuten später stehe ich frisch duftend vor Arnes Wohnungstür. Leider hält der Frischekick keine drei

Sekunden an, denn allein der Gedanke, den Klingelknopf zu drücken, treibt mir den Schweiß aus allen Poren.

»Da musst du durch, das ist dein Job«, sage ich zu mir selbst und schaue meinem rechten Zeigefinger dabei zu, wie er sich der Bimmel nähert. Darauf drückt. Und damit tatsächlich einen Ton produziert. »Es ist dein Job, Tanja, es ist dein Job.«

Das Mantra wirkt nicht. Das merke ich daran, dass mein Herz wie nach einem Ritt durch die Geisterbahn wummert, als ich in der Wohnung Schritte höre. Sekunden später schwingt die Tür auf.

»Eule!«, rufe ich.

»Wie bitte?«, keift Sandra und starrt mich hinter dicken Brillengläsern hervor an.

»Nicht du … also, das Tier … eine Eule«, stammele ich. Sandra schiebt sich die Brille demonstrativ zurecht.

»Aha«, sagt sie und brüllt dann in die Wohnung hinein: »Arne, für dich!« Dann macht sie auf den frisch pedikürten Hacken kehrt und schwebt davon. Das Fast-Nichts, das sich wohl Nachthemd nennt, weht theatralisch um ihren Po.

»Das war nicht so gemeint«, stammele ich. Woher zum Geier soll ich denn wissen, dass sie quasi blind ist? Hätte mir ja jemand sagen können, dass sie Kontaktlinsen drin hatte gestern. Sandra klatscht die Tür zum Badezimmer zu. Auftritt Arne: Nur mit Boxershorts bekleidet betritt er die Szene. Die Haare stehen in alle Richtungen ab. Der Protagonist gähnt und schleppt sich zur Wohnungstür. Dort angekommen lehnt er sich lässig gegen den Türrahmen.

»Eine Eule«, hauche ich. Meine Augen kleben förmlich an Arnes nackter Brust. Ich muss sämtliche Muskeln und den Sehnerv strapazieren, um sie in Richtung seines Gesichts zu lenken. »Eule in Not.«

»Krankes Tier?«

»Ja. In der Kolonie. Mariam hat sie in ihrer Laube, sagen die Jungs.«

»Moment, ich bin gleich da«, sagt Arne und macht auf der Hacke kehrt in Richtung Badezimmer. »Mach schon mal den Wagen startklar!«

»Klar. Mache ich. Zu Befehl.« Er hätte mich ja auch reinbitten können. Finde ich. Der Depp. Das sage ich aber nicht. Keine Blöße geben vor Frau Sandra Magister, die in den Tiefen der Wohnung verschwunden ist. Wutschnaubend stürme ich die Treppen hinunter, und es ist mir piepegal, ob ich dabei jemanden wecke. Zugegeben: So schnell war ich noch nie unten und so fix hatte ich den von der Humanmedizin ausrangierten Krankenwagen, den wir zur rollenden Tierarztpraxis umfunktioniert haben, noch nie aus der Garage des Nachbarhauses gefahren, wo wir ihn – einer Tierfreundin, die Arnes Charme erlegen ist, sei Dank – kostenlos unterstellen dürfen. Keine zwei Minuten später sitze ich mit laufendem Motor hinter dem Steuer und warte vor der Eingangstür unseres Hauses auf den Herrn Doktor. Der lässt sich offensichtlich Zeit, und ich will mir gar nicht vorstellen, was zum Geier er so lange da oben macht. Als Arne endlich anschlappt, habe ich die komplette ›Bohemian Rhapsody‹ von Queen gehört und die Hälfte von ›Billie Jean‹.

»Na dann, gib Gas«, sagt Arne und lässt sich auf den Beifahrersitz plumpsen. »Du kennst ja den Weg.«

Michael Jackson grölt gegen den aufröhrenden Motor an. Aber nicht lange, denn kaum habe ich den Wagen auf die Spur gebracht, fummelt Arne am Radio.

»Die ollen Schwarten kann kein Schwein ertragen«, murmelt er. Es knackt in den Lautsprechern, dann knödelt Lady Gaga.

»Sag mal – geht's noch?« Ich lange zum Regler und drehe zurück zu SWR1. Ich liebe diesen Oldiesender. Die bringen Musik aus meinen allerbesten Tagen, und ich schaffe es damit jedes Mal für ein paar Minuten, mich taufrisch und weit unter 30 zu fühlen. SWR3 kann ich nur am Abend ertragen.

»Ja, es GEHT noch«, kontert Arne und dudelt zurück zu Lady Gaga. Die ist gerade fertig und macht Platz für den nächsten Song. Lena Mayer-Landrut. Satellite. Unsere Göre für Oslo, deren Nachname an eine Diagnose erinnert, die Dr. House gestellt haben könnte: »Der Patient hat einen akuten Mayer-Landrut, Lebensgefahr, geben Sie Adrenalin!«

Ich habe auch Adrenalin im Blut. Jede Menge. Ich mag Lena – aber schon aus Prinzip drehe ich ihr den Saft ab. Jetzt lande ich beim SWR2. Klassiksender. Mit dem ollen Tschaikowski kann man nichts falsch machen. Sieben Takte lang darf er meine Nerven beruhigen. Dann regelt Arne das Radio – ich kann ihm nicht mal auf die Finger kloppen, weil ich vom zweiten in den ersten Gang schalten muss. Auf der Weinsteige macht die alte Mühle keine gute Figur, unser Krankenwagen schafft den Berg nur mit viel Mühe. Es fühlt sich an, als müsse gleich jemand aussteigen, um zu schieben. Da hilft auch Shakira nix, die mein Doc jetzt auf Extralaut stellt.

»So!« Triumphierend verschränkt Arne die Hände vor der Brust. Meine Chance: Hand an den Regler und fix gedreht! Arne schnellt aus dem Sitz nach vorn, greift nach meiner Hand. Ich schiebe ihn weg, er drückt dagegen, und dann gibt es einen Knall. Es klingt, als würde eine überdimensionierte Coladose zerdrückt werden. Auf den Knall folgt ein Ruck. Arne und ich stoßen mit den Köpfen zusammen.

»Kacke!« Arne besinnt sich als Erster. Seine Hand reibt über seine Stirn. Mein Schädel pocht und ich weiß schon jetzt, dass ich die nächsten Tage mit einer veritablen Beule geschmückt sein werde. Das ist aber mein kleinstes Problem: Vor mir türmt sich eine blaue Wand auf. Der Schriftzug ›Sicher ans Ziel – Ihre Lkw-Union‹ ist zum Greifen nah.

»Du hast den Laster gerammt«, kommentiert Arne.

»Wenn du hier den DJ machen willst und mich vom Fahren ablenkst«, gifte ich zurück. »Da kann ich nicht auf die Straße sehen!«

»Klar, der Lkw ist ja auch sooo klein, den kann man ja übersehen.« Arne schnallt sich ab und will eben die Tür öffnen, als der Laster vor uns Gas gibt. Ruß aus dem Auspuff nebelt die Scheibe ein. Dann gibt es einen Ruck, gefolgt von einem kreischenden Geräusch. Mit weit aufgerissenem Mund starren Arne und ich auf den Sattelzug, an dessen hinterem Ende unsere Stoßstange baumelt. Der Brummi fährt an der Ampel vorbei. In der Rechtskurve streifen die Hinterräder den Bordstein. Scheppernd knallt die Stoßstange auf den Asphalt.

»Der merkt das nicht mal«, sage ich fassungslos.

»Sei froh, sonst hättest du jetzt noch eine Anzeige am Hals«, meckert Arne. Dann reißt er die Tür auf und trabt zu unserer Stoßstange. Die Autos hinter uns scheren aus. Keiner hupt, immerhin – das ist einer der Vorteile, dass die Tierrettung einen ausgemusterten Krankenwagen fährt. Mein Doc tritt mit dem Fuß gegen die Stoßstange, an der das verbeulte Nummernschild baumelt. Dann hebt er sie auf, schultert das Blechteil und trottet zurück zum Wagen. Ich klebe wie angenagelt auf dem Fahrersitz. Meine Knie beginnen zu flattern und meine Hände werden schweißnass. Nicht auszudenken, wenn ich mit Vollgas …

dann wäre eine Beule am Kopf das kleinste Problem gewesen.

»Bravo«, brüllt Arne, als er vor dem Bulli steht und die Frontseite betrachtet. »Ganze Arbeit, Frau Kollegin!«

Ich löse mich aus meiner Schockstarre und steige aus.

»Schlimm?«, frage ich und schleiche nach vorn.

»Nein, überhaupt nicht. Mit ein bisschen Fingerspitzengefühl sieht das binnen Minuten aus wie neu.« Ich wünschte, Arne hätte recht. Aber die Ironie in seiner Stimme straft ihn Lügen. Und richtig: Dort, wo die Stoßstange an der Karosserie befestigt war, hat sich das Blech grotesk nach außen verzogen. Rechts und links unter den Scheinwerfern hat der Wagen zwei Löcher, deren Blechränder wie explodierte Dosen aussehen.

»Oh«, mache ich.

»Das kostet mindestens einen Tausender«, flucht Arne. Mir wird schlecht. Tausend Euro? So viel verdiene ich im ganzen Monat!

»Scheiße.«

»Genau.« Arne trottet um den Wagen und quetscht die Stoßstange hinten rein. Sie passt mit Ach und Krach zwischen den fest installierten Behandlungstisch und die Transportboxen für Hunde.

»Das tut mir leid«, sage ich. Arne hört mich nicht. Er klettert auf den Fahrersitz, schnallt sich an und massiert seinen Kopf. Durch die Windschutzscheibe sehe ich die rote Beule auf seiner Stirn. Ich wette, ich habe die größere.

Den Rest der Fahrt legen wir schweigend zurück. Arne hat das Radio abgestellt. Ist mir recht. So kann ich mich darauf konzentrieren, nicht zu heulen und damit noch mehr Unheil anzurichten. Ich bin froh, dass ich nicht fahren muss. Könnte ich auch gar nicht, so, wie ich zittere. Ich konzentriere mich auf meinen Atem und stelle mir vor, auf einem Hügel zu sitzen, irgendwo mitten in der Provence. Ich lehne am Stamm eines Olivenbaumes, der Wind streicht mir sanft durch das Haar, die Sonne streichelt meine Wangen …

… bis der Wagen auf den bekiesten Parkplatz der Kolonie zum Stehen kommt. Mein Traumhügel löst sich in Luft auf, als Arne den Motor ausmacht und die Handbremse zieht. Dem Rattern nach hat auch sie schon bessere Zeiten gesehen. Vielleicht kann man das auch gleich in der Werkstatt richten, denke ich. Hüte mich aber, einen Ton zu sagen. Bloß kein Öl ins Getriebe schütten!

Ich bin froh, dass der Einsatz unser professionelles Handeln erfordert. Arne macht sich mit der Notfalltasche in der Hand auf den Weg, ich stakse mit einer Transportbox und zwei Paar festen Handschuhen hinterher. Parzelle 17 liegt im ersten Weg links, die dritte Laube. Jetzt, wo ich davor stehe, erinnere ich mich an den babyblau gestrichenen Lattenzaun und die unzähligen Himbeerbüsche, die anstelle einer Hecke den Garten umranden. Die Laube selbst ist ziemlich klein und azurblau gestrichen. Unter dem blau-weiß gestreiften Sonnenschirm steht ein Liegestuhl. Ich wette, im Sommer liegt darauf eine blaue Auflage. Auf der Parzelle ist niemand zu sehen.

»Die Tierrettung ist da«, ruft Arne. Dem ungeschriebenen Koloniegesetz folgend treten wir nicht einfach ein.

»Komme schon!«, ruft eine Frau, und dann biegen sich die Ligusterhecken hinter der Laube auseinander. Äste knacken, als ein Mädel in Bundeswehrstiefeln, mit Cargohose und ausgewaschenem Snoopyshirt aus dem Gebüsch kommt.

»Super!«

»Hallo«, sage ich noch immer ziemlich kleinlaut. Arne schüttelt die Hand des Mädchens demonstrativ lange und ich verspüre den Impuls, ihn in den Hintern zu treten.

»Ich habe sie in der Laube«, sagt das Mädel, das sich als Mariam vorstellt, schließlich. »Eigentlich ist sie ja in Parzelle 16 zu Hause, wohnt in der alten Ulme. Heute Morgen saß sie in meinen Erdbeeren.«

»Erdbeeren sind botanisch gesehen übrigens Nüsse, weswegen Menschen und Tiere da auch allergisch sein können«, platze ich heraus.

»Bitte?« Mariam sieht mich irritiert an.

»Hab ich gelesen …« Arne schüttelt missbilligend den Kopf. Oh Mann! Ich könnte ihn … das ist alles nur wegen Sandra! Schweigend folge ich den beiden in Mariams hellblau gestrichene Laube. Das Häuschen ist ein bisschen windschief, aber sehr charmant eingerichtet. Und blitzsauber, wie ich auf den ersten Blick sehe. Mitten auf dem kleinen quadratischen Esstisch, um den sich vier Stühle gruppieren, steht ein großer Karton mit Löchern drin.

»Da ist sie«, sagt Mariam. »Wollt ihr Kaffee?«

»Oh ja«, sage ich.

»Später«, sagt Arne. Wieder kassiere ich einen Blick, auf den ich gern verzichtet hätte. Arne öffnet vorsichtig den Karton. Ich reiche ihm die dicken Handschuhe, wie er es mir für Wildvögel-Einsätze beigebracht hat. Dafür gibt's ein Lächeln!

»So, meine Hübsche, dann komm mal raus«, flüstert mein liebster Tierarzt und umfasst die Schleiereule ganz vorsichtig. Der Vogel sitzt regungslos im Karton – kein gutes Zeichen. Als er sie herausgehoben hat, sehe selbst ich sofort, was los ist.

»Mit dem Flügel stimmt was nicht«, konstatiert Arne und spreizt die Federn am rechten Flügel, der schlapp neben dem flauschig-fedrigen Leib herabhängt. Die Eule kneift die Augen zusammen. Wahrscheinlich hat sie Schmerzen.

»Gebrochen?«, frage ich.

»Kann ich so nicht definitiv sagen, aber ich vermute schon. Wir bringen sie am besten in die Auffangstation.«

»Die sind voll«, gebe ich zu bedenken. Schließlich bin ich es, die die Mails der Tierrettung checkt. Und vor zwei Tagen kam Post aus der Wildtier-Päppelstation.

»Ach so.« Arne setzt den Vogel vorsichtig in den Karton zurück.

»Und jetzt?«, will Mariam wissen, die sich auf einen der vier Stühle gesetzt hat. »Kommt sie durch? Ich meine, wär ja schade um den schönen Vogel.«

»Bei solchen Verletzungen sind die Prognosen leider schlecht«, antwortet Arne. Dann gibt er mir Anweisungen und ich ziehe ein Vitaminpräparat in die Spritze. Jetzt schlüpfe auch ich in ein Paar dicke Handschuhe. So, wie ich es eben bei Arne gesehen habe, greife ich nach der Eule und hebe sie hoch. Sie ist erstaunlich leicht. Arne verabreicht das Medikament.

»Soll ich sie pflegen?«, fragt Mariam.

Arne schüttelt den Kopf. »Das würdest du nicht schaffen. Also, versteh mich nicht falsch, aber du bräuchtest eine Halteerlaubnis, jede Menge Insekten und Mäuse als Futter ...«

Mariam schüttelt sich. »Iiiih!«

»Das essen die nun mal«, sage ich.

»Sag mal, bist du nicht die Freundin von den Schwulen aus der 42?«

»Ist sie nicht«, kommt mir Arne mit einer Antwort zuvor. Ach, bin ich nicht? Na, jetzt bin ich aber gespannt, Herr Doktor!

»Sie ist meine Freundin«, gibt Arne bekannt. »Bei Chris und Rolf wohnt sie nur. Oder sie bei ihr.«

»Ach«, macht Mariam.

Ach!, denke ich. Ich bin also seine Freundin. Tja, Sandra!

»Ich denke, wir bringen sie in die Wilhelma«, schlage ich, beflügelt von Arnes Bekundung, vor.

»Gute Idee«, nickt Arne. Wir sammeln unsere Taschen und den Karton ein, verzichten auf den Kaffee bei Mariam, versprechen ihr aber, uns wegen der Diagnose der Eule noch mal zu melden. Im Wagen nimmt Arne auf dem Fahrersitz Platz.

»Gute Arbeit!« Er lächelt mich an.

»Danke«, sage ich und werde ein bisschen rot.

»Du musst nicht rot werden«, flüstert er, beugt sich zu mir herüber und gibt mir einen Kuss. Als ich wieder Luft schnappen kann, will ich ihn fragen, was das mit Sandra ist. Oder nicht ist. Aber Arne startet den Motor und dreht das Radio auf. Nun gut – aufgeschoben ist nicht aufgehoben.

Die Eule hat tatsächlich einen gebrochenen Flügel. Ob sie jemals wieder in die Freiheit entlassen werden kann, steht in den Sternen. Erst einmal ist sie in der Quarantänestation des Stuttgarter Zoos untergekommen. Wenn sie Glück hat, findet sie in der Wilhelma eine neue Familie – falls der Flügel nicht mehr richtig heilt. Ich finde das eine schöne Vorstellung und sage das Arne, als wir wieder zu Hause sind.

»Meine kleine Tierretterin mit dem großen Herz«, lächelt er mich an.

»Na ja, das Herz schmerzt ein bisschen«, platze ich heraus.

»Wieso? Was ist los?«

»Sie ist los«, sage ich und deute auf Sandra, die eben den Kopf zu Arnes Wohnungstür streckt.

»Ach, ihr seid schon da?« Jetzt trägt sie offenbar wieder Kontaktlinsen.

»Ja, unglaublich, was?«, pampe ich.

»Und, alle Tiere gerettet?«, fragt sie schnippisch zurück.

»Haben wir!«

»Willst du weg?«, mischt sich Arne ein. Oh ja, weg – guter Plan, denke ich und schließe die Tür unserer WG auf.

»Ich gehe jetzt zu mir«, rufe ich.

»Nö, ich leg mich noch mal hin«, ruft Sandra. Arne tritt unschlüssig von einem Bein aufs andere. Dann sagt er: »Schlaf gut« und folgt mir in unsere Wohnung. Ich knalle die Tür lauter zu, als es nötig gewesen wäre.

»So, mein Lieber, und jetzt Tacheles«, fauche ich ihn an. »Was ist das mit Sandra?«

»Tanja, bitte …«

»Nix bitte! Deine Ex ist in deiner Wohnung. Und wie ich gesehen habe, hat sie so gut wie nichts an!«

»Echt?«

Oh Mann, wie blind sind Männer? Der muss doch auch gesehen haben, dass das Kleid, das sie trägt, eher ein Nachthemd ist. Mit verboten tiefem Ausschnitt.

»Ich finde, dass du zu viel anhast«, schnurrt Arne und will mich in die Arme nehmen. Aber ich winde mich aus seinem Griff und stürme in mein Zimmer. Zu seinem Glück folgt er mir.

»Bist du eifersüchtig?«

»Nein, neeeeiiiiin, das ist ja auch alles vööööllig haaaarmlos«, antworte ich, wobei meine Stimme vor Ironie nur so trieft.

»Ist es auch«, knurrt Arne. »Hör mal, Sandra hat ein Problem, ich helfe ihr.«

»Kann ich mir vorstellen, wie die Hilfe aussieht ...«, will ich loslegen, als Arne mich anbrüllt.

»Jetzt mach aber mal einen Punkt! Wenn ich eins nicht leiden kann, dann sind das eifersüchtige Weiber!«

Ich stemme die Hände in die Hüften und brülle zurück. »So, du kannst mich also nicht leiden! Na prima!«

Arne rauft sich die Haare. Ich pumpe nach Luft und starre ihn an. Sag jetzt ja nichts Falsches, fordere ich ihn mit meinem Blick auf.

»Ich gehe jetzt besser.« Sagt er. Macht auf der Hacke kehrt und … verschwindet tatsächlich!

»Dann geh doch!«, brülle ich ihm hinterher. Und meine eigentlich: komm her, nimm mich in den Arm. Was Arne natürlich nicht kapiert. Als die Wohnungstür ins Schloss fällt, stehe ich da wie ein begossener Pudel. Ich bin wütend. Auf ihn. Auf mich. Auf Sandra.

»Scheißtag!«, brülle ich die Wand an. Dann zerre ich mir die Uniform vom Leib, schnappe mir aus der Nachttischschublade meine Notschokolade und lege mich ins Bett.

Der nächste Tag fängt für mich schon um 4.42 Uhr an. Mudel, der sich irgendwann in der Nacht in mein Bett geschlichen und auf meinem Bauch eingerollt hat, sieht mich fassungslos an, als ich mich aufsetze, herzhaft gähne und die Beine über die Bettkante schwinge. Allerdings lande ich auf dem Boden der Tatsachen, sobald meine Füße den Vorleger berühren. Arne, gestern, Streit. Meine schlaftrunken-zufriedene Laune ist mit einem Schlag dahin. Stattdessen macht sich ein bitteres Gefühl breit, irgend etwas zwischen Wut und Scham. Der Mann muss mich ja für komplett hysterisch halten!

»Ach, Mudel, und nun?«, frage ich. Der Hund gähnt, hüpft vom Bett und trollt sich. Natürlich rennt er zu seinem Papa: Earl schläft in seinem Körbchen im Flur und zuckt nicht mal, als ich an den beiden vorbei in die Küche watschele. Wo Rolf bereits am Küchentisch sitzt. Seine Postuniform hat er auch schon an.

»Kommst du gerade erst heim?«, fragt er mich mit Blick auf die Klamotten, die ich unter der Uniform gestern anhatte und mit denen ich ins Bett geklettert bin.

»Schön wär's«, brumme ich und schnappe mir seine Tasse. Muss mich allerdings zusammenreißen, um die zuckersüße Milchplörre nicht in die Spüle zu speien.

»Bah!«

»Tja, wer anderen den Kaffee klaut.« Rolf steht auf und schnappt sich seine Jacke, die über der Stuhllehne hängt. »Geh noch mal schlafen, Prinzessin. Du siehst irgendwie ... zerknittert aus.«

»Ich hab dich auch lieb, Rolf!«

Mein Mitbewohner wirft mir eine Kusshand zu, dann ist er weg. Wie viele Liebesbriefe er wohl heute in die Kästen steckt?

Nach einer Tasse richtigen Kaffee, ohne Zuckerschock, fühle ich mich stark genug, einen ersten Blick in den Spiegel zu werfen. Stimmt, ich sah schon frischer aus. Die Mascara vom Vortag hat sich rings um meine Augen verteilt, sodass ich aussehe wie ein Pandabär. Auf der rechten Wange haben sich die Abdrücke des Kissens eingegraben. Ich strecke mir selbst die Zunge raus und beschließe, erst einmal ausgiebig zu duschen. Unter dem heißen Wasser kann ich gut nachdenken, und während die Haarkur mit Schokoladenextrakt einwirkt, plätschert in meinem Hirn eine Idee heran. Mit der gleichzeitig mein Kampfgeist zurückkehrt. Ich werde mich doch von einer Brillenschlange nicht um meinen Tierarzt bringen lassen!

Ein Blick auf die Uhr zeigt, dass es noch immer fies früh ist, als ich meine Dusche beendet habe. Auch gut, so bleibt genug Zeit für ein ausgiebiges Schönheitsprogramm: Augenbrauen mit einem bleistiftgroßen Rasierer in Form bringen – ich kann nicht verstehen, wie Frauen es aushalten, sich die Haare über den Augen mit einer Pinzette auszurupfen –, Zähne zwei Mal mit Zahnseide reinigen, unterdessen die noch leicht feuchten Haare auf zehn übergroße Wickler drehen, Handnägel feilen, Fußnägel schneiden. Nach einer guten halben Stunde bin ich durch. Mit den Wicklern auf dem Kopf mache ich mich auf die Suche nach Klamotten. Was gar nicht so einfach ist, denn mein Bestand ist noch immer sehr klein. Zwar nicht mehr so klein wie letztes Jahr, als ich kaum wusste, wovon ich mir das Essen kaufen sollte, aber ein prall gefüllter Kleiderschrank sieht definitiv anders aus. Ich nehme mir fest vor, mit dem nächsten Gehalt den Läden in der Königstraße einen Besuch abzustatten. Bis dahin muss ich eben mit den üblichen Jeans und Shirts vorliebnehmen. Ich entscheide mich für eine hellblaue Hose mit überbreitem Schlag, weil die einen Knackpo und eine schlanke Silhouette formt. Darüber ziehe ich das schwarze Shirt mit den üppigen Rüschen am Ausschnitt. Was frau nicht hat, muss sie eben dazumogeln, und dem wattierten BH sei Dank kann ich jetzt wenigstens mit einem Dekolleté aufwarten.

Was ich sonst für meinen Plan brauche, finde ich dank meiner Jungs in der Küche. Alle Zutaten packe ich in einen kleinen Korb. Dann wecke ich die Hunde. Mudel springt mir sofort entgegen, als ich mit der Zunge schnalze. Schwanzwedelnd steht er vor mir.

»Tut mir leid, wir gehen nicht Gassi«, sage ich. Was dem Mopspudelmischling ziemlich egal zu sein scheint, Hauptsache, es ist was los. Sein Vater Earl lässt sich länger bitten. Der Mops öffnet seine Augen, hebt aber die Schnauze nicht von den Pfoten, auf die er seinen Knautschkopf gebettet hat.

»Hopp, Earl, komm!«, versuche ich es. Der Hund sieht mich an, regt sich aber nicht. Mudel wuselt um meine Beine und kläfft. Was wahrscheinlich heißt ›Los, Papa, aufstehen, ich will spielen!‹ Jedenfalls kommt jetzt ein bisschen Regung in das hellbraune Fellknäuel. Earl hebt den Kopf und gähnt. Dann seufzt er, pupst leise und endlich, endlich geruht der Earl of Cockwood, seinen mopsigen Astralkörper aus dem Körbchen zu heben. Mit beiden Hunden platziere ich mich vor Arnes Tür, das Körbchen in der Hand. Ich klingele. Nichts. Klopfe. Nichts. Mudel will spielen und springt an meinen Beinen hoch.

»Sitz!«, befehle ich. Könnte das aber genauso gut der Fußmatte mit dem abgetretenen Bärchenmotiv erzählen, die Arne vom Vormieter übernommen hatte. Der schwarzgelockte Junghund kläfft. Earl sieht seinen Sohn mit schief gelegtem Kopf an. Dann bellt auch er.

»Nicht das ganze Haus wecken«, zische ich. Zu spät. Die Kehrwochenpolizei aus der Wohnung unter unserer WG reißt ihre Tür auf.

»Ruhe da oben!«, brüllt Frau Stiller ins Treppenhaus. Was die beiden Hunde mit einer neuerlichen Kläfforgie quittieren. Sie können Frau Stiller, deren Kittelschürzen und Putzfimmel genauso wenig leiden wie alle im Haus.

»Heimadsogga, isch jetzt a Ruah! Hend sie mol uff d'Uhr guckt?«

»Tschuldigung, Frau Stiller, ich weiß, dass es noch früh ist«, rufe ich nach unten und versuche dabei gleichzeitig, Mudel davon abzuhalten, an mir hochzuspringen und sich etwas aus dem Korb zu mopsen.

»Jetzt langt's so langsam mit den Kötern«, kreischt die Stiller. Dann knallt sie ihre Tür mit Schmackes zu. Wer jetzt noch nicht wach war im Haus, den hat es spätestens jetzt aus den Federn gefetzt. Und tatsächlich – endlich geht die Wohnungstür auf.

»Überraschung«, rufe ich gegen das Gebell an.

»Hä?« Vor mir steht … Sandra. Mit verquollenen Augen, zerzaustem Haar und einem Nichts aus Seide am Leib. Sie fixiert mich und ich muss grinsen – wahrscheinlich ist sie ohne Kontaktlinsen und Brille blind wie der berühmte Maulwurf.

»Für Arne, nicht für dich«, sage ich ein bisschen pampig.

»Komm rein.« Sandra tritt zur Seite und die Hunde sausen an ihr vorbei Richtung Wohnzimmer. Mit einem Satz sind beide auf der Couch. Sandra verschwindet im Büro. Durch die halb geöffnete Tür sehe ich die Klappcouch, auf der eine zerwühlte Decke liegt. Arnes sonst penibel aufgeräumter Schreibtisch verschwindet förmlich unter einem Berg Klamotten. Sandra gibt der Tür einen Tritt mit der Hacke.

»Gute Nacht«, rufe ich der geschlossenen Tür zu. Keine Reaktion. Auch gut. Ich gehe zum Schlafzimmer und öffne vorsichtig die Tür. Arne liegt zusammengerollt wie ein Embryo auf der Seite, mit dem Rücken zu mir. Er schnarcht leise. Der Mann hat einen Schlaf, von dem sich jedes Baby eine Scheibe abschneiden könnte. Den holt so schnell nichts aus den Träumen – aber genau das habe ich jetzt vor. Mit einem Blick erfasse ich die Lage im Schlafzimmer. Ein Kissen. Eine Decke. Arne trägt ein ausgewaschenes Shirt vom VfB Stuttgart. Ich nehme an, sein Po steckt in einer der Boxershorts, die er zum Schlafen gern trägt, durch die Decke kann ich das nicht erkennen. Jedenfalls sieht nichts hier so aus, als hätte es eine heiße Liebesnacht gegeben. Ich stelle den Korb auf das Bett neben Arnes Kopf, dann pfeife ich leise. Mudel saust sofort her und springt aufs Bett. Earl trottet hinter seinem Sohn her, setzt sich auf den Teppich vor dem Bett und sieht zerknautscht aus.

»Hey!« Arne setzt sich mit einem Ruck auf, als Mudel auf ihn springt und ihm mit seiner Schlabberzunge einen Hundekuss auf die Wange gibt.

»Frühstück ist fertig«, flüstere ich und bin heilfroh, dass ich die Hunde als Verstärkung mitgenommen habe. Arne sieht nicht gerade begeistert aus – aber er krault Mudel, der das mit einem begeisterten Schwanzwedeln quittiert.

»Tanja, was ...«

»Ich habe dir was mitgebracht!« Ich scheuche Mudel aus dem Bett, gebe ihm und Earl jeweils ein Wiener Würstchen und breite meine Schätze auf dem überbreiten Bett aus: eine kleine Thermoskanne mit Kaffee, zwei Becher, zwei Teller, Messer, Servietten. Dazu frisch aufgebackene Croissants, von Chris im Herbst aus den Himbeeren im Schrebergarten eingekochte Marmelade, irische Butter, Honig vom Hobbyimker aus Parzelle 89 und eine Packung Serranoschinken. Dazu einen Apfel, zwei Sahnejoghurts und mein strahlendes Lächeln.

»Guten Appetit!«

»Ist heute Weihnachten?« Arne sieht mich fragend an.

»Wenn du möchtest, darfst du später auch noch was auspacken ...« Ich zwinkere ihm zu und fasse mir so diskret-auffällig wie möglich an den Ausschnitt.

»Sag mal, Tanja, hast du ein schlechtes Gewissen?« Ich spüre, wie mir die Röte ins Gesicht schießt. Neulich habe ich gelesen, dass der Magen von innen auch rot wird, wenn man sich schämt. Zum Glück hat Arne keinen Röntgenblick!

»Na ja … nicht direkt … also … sieh es als Friedensangebot.«

»Okay.« Arne greift nach dem Apfel. Er isst gern erst ein Stück Obst zum Frühstück, ehe er seinen Magen mit ungesundem Zeugs vollstopft. Die Hunde haben ihre Würstchen längst vertilgt und betteln um Nachschub.

»Tut mir leid wegen gestern«, gestehe ich. »Ich habe da wohl ein bisschen überreagiert.«

»In der Tat.« Arne legt das Kerngehäuse auf seinen Teller und schnappt sich ein noch warmes Croissant. Er beißt genüsslich hinein und ein ganzer Schwall Krümel landet auf dem Leintuch.

»Ich weiß auch nicht, was ich sagen soll …«

»Sag gar nichts«, meint Arne mit vollem Mund. »Mach es aber bitte nie wieder. Ich mag keine Zicken. Und außerdem ist das mit Sandra wirklich völlig harmlos.« Ich spüre einen kleinen Stich, als er ihren Namen erwähnt, reiße mich aber zusammen.

»Was hat sie denn«, heuchele ich Interesse.

»Frag lieber, was sie nicht hat. Sie hat ab kommendem Monat einen Job in einer PR-Agentur in der Richard-Wagner-Straße.«

»Ist doch super«, sage ich lahm. Da wird sie fett Kohle scheffeln, wenn sie in einer der imposanten Villen aus der Jugendstilzeit Werbung für illustre Unternehmen macht. Ich bin nicht so oft in jener Gegend, aber die paar Mal, als ich am Staatsministerium vorbeigefahren bin, das auch in der Straße ist, war ich doch mächtig beeindruckt, welche Prachtbauten Stuttgart in der von Maklern so genannten ›exponierten Halbhöhenlage‹ zu bieten hat.

»Ja, schon«, sagt Arne und schraubt den Deckel vom Marmeladenglas auf. »Nur fehlt ihr eine Wohnung.«

Dann soll sie ins Hotel ziehen, denke ich. Sage aber nichts.

»Ich habe ihr angeboten, bei mir zu wohnen, bis sie was Passendes gefunden hat.« Das kann ich mir vorstellen, was für Fräulein Magister passt – exponierte Halbhöhenlage. Möglichst toprenovierter Altbau. Das ist natürlich nicht so leicht zu finden.

»Was würdest du eigentlich sagen, wenn Marc plötzlich zu mir zieht?«, platze ich raus. Ich kann mir zwar selbst nicht vorstellen, dass ich mit meinem Ex noch mal länger als fünf Minuten im selben Raum bin, ohne ihm an die Gurgel zu springen oder den Mops auf ihn zu hetzen. Aber ich frage ja nur mal. Als Antwort bekomme ich ein Schulterzucken.

»Ich würde davon ausgehen, dass die Beziehung beendet ist«, kommentiert Arne wenig gerührt.

»Aber …«

»Tanja, meine Oma sagte immer, eine aufgewärmte Liebe schmeckt nicht.«

»Bitte?«

»Das mit Sandra und mir ist vorbei. Wir haben unser gemeinsames Haus verkauft, das Geld steckt in der Tierrettung, zwischen uns ist nichts mehr«, sagt Arne mit Nachdruck. »Und jetzt hör bitte auf damit.«

Ich nicke stumm. Ich weiß ja, dass die beiden längst kein Paar mehr sind, und es wäre auch nicht logisch, sich zu trennen, das gemeinsam auf der Insel gekaufte Haus zu verkloppen und dann im Süden in einer Mietwohnung zu hausen. Das versuche ich meinem Herzen klarzumachen. Weit komme ich allerdings nicht.

»Ich stehe mehr auf frische, knackige Liebe«, sagt Arne und zieht mich zu sich hin.

»Vorsicht, der Kaffee!« Zu spät. Wir liegen in einem Milchkaffee-See. Da ist es nur logisch, dass wir uns gegenseitig von den nassen Klamotten befreien …

Wenn es sein muss, können der Mops und sein Filius sehr diskret sein. Die beiden hatten sich erst über den Schinken hergemacht, der von der Matratze auf den Boden gefallen war, dann hat Arne sie aus dem Zimmer gescheucht und die Tür hinter ihnen geschlossen. Nach dem ›Frühstück‹ werde ich bleimüde und kuschele mich zufrieden in Arnes Armbeuge. Ich bin eben dabei, in einen süßen Traum zu gleiten, als das Handy des Tierdocs bimmelt.

»Och nööö«, mosere ich verschlafen. Mein Liebster grunzt etwas Unverständliches, dann schält er sich aus dem Bett und tappt nackt zum Schrank, wo an der Tür auf einem Bügel seine Uniform hängt. Er fischt das Handy aus der Brusttasche der Jacke.

»Tierrettung Stuttgart«, meldet er sich. Ich ziehe mir die Decke über den Kopf. Ich bin nicht da. Ich will nicht raus! Arne macht »Hm« und »Prima«. Klingt nicht nach Einsatz. Dann sagt er »Danke für die Info« und krabbelt zu mir unter die Decke.

»Die Eule kommt durch, das war die Quarantänestation in der Wilhelma. Die Schwäche ist auf Parasiten zurückzuführen. Ein paar Wochen und sie kann in die Voliere.«

»Das freut mich!«

»Mich auch, aber mich würde noch etwas ganz anderes freuen.« Der mit Abstand knackigste Tierarzt der Stadt knabbert an meinem Ohrläppchen. Ich kichere und knabbere zurück. Lange lassen uns die Hunde aber nicht knabbern – Earl kratzt an der Tür und jault. Ein Blick auf den Radiowecker auf dem Nachttisch zeigt mir, dass wir eine Stunde über der Gassizeit sind. Vermutlich platzt der Mops bald, wenn er sich nicht auf Arnes Teppich entleert. Während Arne im Bad verschwindet – und hinter sich abschließt, wie ich wohlwollend beim Gedanken an seine Mitbewohnerin bemerke –, machen Mops, Mudel und Tanja sich auf zur Gassirunde. Die Leinen hole ich in unserer Wohnung ab. Chris' Tür steht offen, von ihm selbst ist nichts zu sehen. Wahrschein-

124

lich ist er schon beim Dienst im Callcenter. Mudel saust wie immer die Treppen runter, während sein Vater Earl sich von mir tragen lässt. Unten angekommen leine ich beide Hunde an. Wie immer hat der Sohn etwas anderes vor als sein Vater. Und beide wollen etwas anderes als ich. Ich will nach links abbiegen, Earl zieht nach rechts und Mudel stürmt geradeaus. Es ist ein Kuddelmuddel aus Fell, Beinen und Leinen, das sich den Weg zum Hundeplatz bahnt. Als wir endlich die große Wiese neben dem Spielplatz erreichen – beinahe die einzige, auf der Hunde noch gestattet sind –, mache ich die Hunde los. Earl setzt sofort einen immensen Haufen aufs Gras, und beim Aufsammeln mit der Hundetüte frage ich mich wieder einmal, wie so viel in einen so kleinen Hund reinpasst. Mudel schnuppert erst einmal quer über die Wiese und pinkelt jeden Busch an, den er finden kann. Wie immer sieht er erst nach, ob ich auch zuschaue. Erst dann kackt er und dreht sich dabei immer wieder Beifall heischend nach mir um. Heute habe ich allerdings keine Zeit, mit den beiden zu spielen. Arne und ich wollen in den Schrebergarten fahren, um Mariam wegen der Eule Bescheid zu sagen. Danach müssen wir mit dem ehemaligen Krankenwagen in die Werkstatt. Mir ist jetzt schon ganz flau bei dem Gedanken an die Rechnung.

Auf dem Parkplatz der ›Wonne‹ entdecke ich meinen Wagen. Nanu, sind die Jungs hier? Chris und Rolf haben immer Zugriff auf mein Auto; eigentlich brauche ich den Wagen ja nur zum Einkaufen oder wenn wir am Wochenende in die Laubenkolonie fahren. Aber normalerweise fragen sie mich, ob sie das Auto benutzen können. Mudel und Earl, die wir hinten in einer großen Transportbox gesichert hatten, stürmen sofort zum Wagen und nehmen die Fährte auf. So, wie Earl mit seinem Ringelschwanz wedelt und dabei grunzt, können seine Herrchen nicht weit sein. Wir folgen den Hunden zu Parzelle 42 – und tatsächlich: vor der Laube liegt Rolf in der Sonne, einen Gartenratgeber in der einen und eine Dose Bier in der anderen Hand. Chris präsentiert uns seinen Allerwertesten, jedenfalls zur Hälfte. Mein Lieblingsflorist steht, den Rücken zum Gartentor, gebückt am Rosenbeet und zupft Unkraut. Als die beiden Earl und Mudel kläffen hören, zucken sie zusammen.

»Tanja? Äh … also, wegen des Wagens, dein Handy war aus und Klaus sagte, er muss dringend mit allen Mitgliedern reden und …«

»Schon gut«, antworte ich lachend. »Ich habe meinen Privatchauffeur!« Stolz hake ich mich bei Arne ein. Rolf zwinkert mir zu, dann windet er sich aus dem Liegestuhl.

»Auch ein Bier?«, fragt er Arne. Der nickt und folgt Rolf in die noch immer schwer baufällige Laube. Strom haben wir zwar keinen, dafür aber fließendes Wasser und eine Kühlbox mit extra starken Akkus, die Chris

126

im Internet ersteigert hat. Die halten alles erstaunlich lange kühl.

»Oha, große Versöhnung, Prinzessin?«, will Chris wissen und scheucht den Mops aus dem frisch geharkten Blumenbeet. Ich lächle und schweige.

»Was ist denn so wichtig mit dem Hünken?«, frage ich stattdessen und sehe eben noch, wie Mudel in der Laube verschwindet.

Chris zuckt mit den Schultern. »Keine Ahnung, aber so, wie er geklungen hat, steht der Weltuntergang bevor, mindestens.« Mudel kommt mit einem Landjäger im Maul zurück. Als Earl das sieht, gibt er auf seinen Stummelbeinchen Gas. Sekunden später hat auch er eine Hartwurst zwischen den Beißern.

»Mist, so spät schon?« Chris hat meinen linken Arm hochgehoben und einen Blick auf meine Armbanduhr geworfen.

»Rolf! Roooolf! Wir müssen!«

»Sollen wir mitkommen?«, frage ich. Immerhin ist das hier irgendwie auch mein Garten, auch wenn ich keinen Spaten schwinge. Arne nickt auch.

»Wir kommen gern mit«, bestätigt er.

»Warum nicht«, meint Chris. Die Einzigen, die keine Lust haben, sind der Mops und sein Sohn. Rolf füllt für die beiden einen Wassernapf, dann schließen wir das Törchen und machen uns auf den Weg zum Vereinsheim der Gartenkolonie ›Zur Wonne‹. Der Bau aus den frühen 1970ern sieht aus wie eine zu groß geratene Gartenlaube. Die Sprossenfenster haben grün gestrichene Läden, an denen der Lack abblättert. Der gelbe Putz ist an vielen Stellen grau und die Dachziegel zum Teil geborsten und mit Moos bewachsen. Ich war noch nie drin, was ich sofort bedauere, als ich meinen drei Männern durch die Eingangstür folge: Wir treten eine Zeitreise an. Schon die Fliesen in Spinatgrün sind eine Schau. Der Raum wird dominiert von einer dunkelbraunen Theke, hinter der Regale mit Gläsern und Tassen hängen. Dahinter geht es offenbar in eine kleine Küche, zwei weitere dunkelbraune Türen führen zu den Toiletten. Im sogenannten Saal stehen – dunkelbraune! – Tische mit jeweils sechs Stühlen. Dunkelbraun mit beigen, ziemlich zerschlissenen Kissen. Die Wände sind in beige gestrichen, vielleicht war das auch mal weiß, über jedem Tisch hängt eine Lampe mit einer groben beigefarbenen Stoffbespannung. Der selbe Stoff dient als Gardinen. Auf den Fensterbänken stehen verstaubte Kakteen, ausgeblichene Gartenzwerge und krumme Kerzen in offensichtlich selbst getöpferten Haltern. Beige Tischdecken. Auf jedem Tisch ein Plastikhalter mit abgenutzten Bierdeckeln. An den Wänden hängen Dutzende Rahmen mit blassfarbenen Fotos der Laubenkolonie. Kurz gesagt: Es ist potthässlich.

»Hui, gemütlich«, sagt Arne. So, wie er guckt, meint er das ernst. Rolf will die Barhocker am Tresen ansteuern, aber Chris zieht ihn zum letzten freien Tisch am

Fenster. Arne und ich folgen ihm. Immer mehr Schrebergärtner strömen in die kleine Wirtschaft. Klaus Hünken bahnt sich den Weg durch die Reihen zur Theke.

»Wer was trinken will, ich schenk jetzt mal aus!«, ruft er in den Saal.

»Wollt ihr?«, fragt Arne in unsere kleine Runde. Wir wollen. Und weil alles so schön retro ist, bestelle ich mir eine Spezi. Es dauert ziemlich lange, bis mein Liebster mit meinem Kindergetränk und drei Flaschen Pils wiederkommt – die Leute in der Kolonie scheinen alle einen mächtigen Durst zu haben. Klaus gerät hinter der Theke ins Schwitzen und es ist ihm anzusehen, dass er so was nicht oft macht. Während Arne noch Schlange steht, kommt Mariam herein. Ich winke ihr zu und bitte sie mit Zeichen zu uns an den Tisch. Sie drängelt sich an den Männern in Feinripphemden und abgeschnittenen Jeanshosen vorbei, die beim Vorsitzenden etwas Flüssiges erwerben wollen.

»Hi«, sagt sie ein bisschen atemlos, als sie es endlich zu uns geschafft hat. »Wie geht's der Eule?«

»Deswegen sind wir eigentlich hier«, erkläre ich. »Sie ist in der Quarantäne in der Wilhelma. Alles wird gut, sie hat massiv Parasiten.«

»Oh, das freut mich!«, strahlt Mariam.

Irgendwann sind alle Mitglieder der Wonne mit Getränken versorgt und ein ziemlich geschaffter Klaus Hünken bittet um Ruhe.

»Was kostet das eigentlich mit der Eule?«, flüstert Mariam.

»Äh … also … Wildtiereinsätze … werden eigentlich aus Spenden beglichen«, antworte ich und schaue dabei fragend zu Arne. Der nickt, aber ich sehe seinem Gesichtsausdruck an – und ich weiß es ja selbst, weil ich die Zahlen kenne – dass das Konto mehr als leer ist. Die Leute kaufen Flachbildfernseher, Tablet-PCs oder Klamotten wie verrückt, aber ein paar Euro für die Tiere hat keiner übrig. Und dann auch noch die anstehenden Reparaturkosten für den Krankenwagen …

»Liebe Mitglieder«, beginnt nun Klaus Hünken. Ich gebe Mariam ein Zeichen, dass wir nachher weiterreden. »Danke, dass ihr so vollzählig erschienen seid. Was ich euch mitzuteilen habe, wollte ich nicht mit einem Aushang machen.« Ein Raunen geht durch den Saal und Klaus Hünken nestelt etwas aus seiner Hosentasche. Umständlich entfaltet er ein Blatt Papier.

»Am besten lese ich euch das vor.« Der Vorsitzende räuspert sich, ehe er loslegt.

Sehr geehrte Damen und Herren,
im Zuge der Überprüfungen städtischer Liegenschaften und der damit verbundenen steuerlichen Erfassung teilen wir Ihnen mit, dass die Liegenschaftssteuern seit dem Jahre 1973 von Ihrem Verein nicht mehr entrich-

*tet wurden. Wir bitten deshalb um Nachzahlung in
Höhe von 42.190,12 € bis zum 1. September. In diesem Betrag enthalten ist bereits der Abschlag für die
gesetzlichen Verjährungsfristen.*

*Des Weiteren weisen wir Sie darauf hin, dass der
Erbpachtvertrag für die Gartenkolonie zum 1. Januar
kommenden Jahres ausläuft. Die Lauben haben bis
zu diesem Zeitpunkt entfernt und die Gärten abgeräumt zu werden.*

Mit freundlichen Grüßen
*Pukallus, Stadt Stuttgart, Amt für Liegenschaften
und Wohnen*

Klaus Hünken lässt den Brief sinken. Mir sinkt der
Magen Richtung Boden, als in meinem Kopf ankommt,
was er da eben gesagt hat. Einen Augenblick herrscht
absolute Ruhe. Dann poltern die Ersten los. Ein wahrer
Orkan bricht los und ich kann nur Wortfetzen verstehen. Die reichen von »Heimadsogga« über »die Arsch-
löcher« bis hin zu »Sauerei, hundsgemeine« und »die
hend doch nemme älle Latta am Zaun!« Rolf und Chris
starren sich entgeistert an. Chris' Lippen zittern. Rolf
schüttelt stumm den Kopf.

»Ruhe! Seid doch mal ruhig!«, versucht Klaus Hünken, sich Gehör zu verschaffen. Es dauert ein paar
Minuten, ehe sich der Sturm legt und ein sichtlich nervöser Vorsitzender versucht, die Lage zu analysieren.
Chris ist kreidebleich. Rolf knetet nervös die ohnehin

schon schäbige zweiseitige Speisekarte, die in einem Ständer auf dem Tisch stand.

»Ich habe bereits mit einem Anwalt gesprochen. Herr Othmer ist heute auch anwesend«, sagt Hünken und deutet auf einen der Tische im hinteren Teil. Ein Mittvierziger erhebt sich und drängt sich zwischen den Tischen hindurch nach vorn. Er sieht gar nicht aus, wie ich mir einen Rechtsverdreher vorstelle: bequemer hellblauer Wollpulli, Jeans und eine runde Brille mit knallrotem Rand.

»Guten Tag«, stellt der Anwalt sich vor. »Mein Name ist Bernd Othmer. Herr Hünken hat mich mit der Wahrnehmung Ihrer Interessen beauftragt. Zunächst einmal werden wir gegen den Bescheid Widerspruch einlegen. Das verschafft uns zumindest einen zeitlichen Vorteil.«

»Ja und dann?«, ruft Rolf aufgebracht. »Machen die die Kolonie eben später zu, oder was?« Chris legt ihm die Hand auf die Schulter, aber Rolf schüttelt sie ab.

»Das ist doch typisch Beamte, ich könnt kotzen, echt!«, poltert er.

»Bitte, bitte«, beschwichtigt Klaus Hünken. So habe ich meinen Mitbewohner noch nie erlebt, aber ehrlich gesagt – mir geht's auch nicht anders. Stinkwütend wäre untertrieben.

»Ich werde ein Gespräch mit den Verantwortlichen anstreben«, gibt der Anwalt bekannt. »Bis dahin bitte ich Sie alle, Ruhe zu bewahren. Noch ist das letzte Wort nicht gesprochen.«

»Allerdings nicht!«, ruft Chris.

»Genau, mit uns machen die das nicht!«, stimmt Rolf zu. Dann reden wieder alle durcheinander, schimpfen, fluchen und hauen mit den Fäusten auf die Tische.

»Komm«, sagt Arne zu mir. »Wir müssen weiter.«

»Ich kann doch meine Jungs jetzt nicht allein lassen«, gebe ich zu bedenken.

»Schon okay, Tanja«, sagt Chris und Rolf nickt.

»Wartet, ich komme mit, muss noch ein paar Sachen aus dem Wagen holen«, sagt Mariam und steht ebenfalls auf. »Mir ist das wurscht, was die sagen, ich pflanze weiter wie geplant!«

»Genau!« Chris hebt beide Daumen.

Auf dem Weg zum Parkplatz schweigen wir alle drei. Ich kann und will mir gar nicht vorstellen, dass es diese kleinen Wege, die Hecken, Lauben und sorgsam beschnittenen Apfelbäumchen bald nicht mehr geben soll. In einem Garten, in dessen Mitte eine hölzerne Windmühle von der Größe eines Schulkinds im lauen Wind träge ihre Flügel dreht, sitzt eine Katze und sonnt sich. Mir kommen die Tränen, aber ich schniefe und wische sie rasch weg. Muss ja keiner sehen, dass Tanja mal wieder zu nah am Wasser gebaut hat. Außerdem habe ich ganz andere Sorgen, erst einmal: Der Bulli braucht eine neue Stoßstange und das ist vermutlich mein finanzielles Desaster. Mindestens.

»Wegen der Eule noch mal«, sagt Mariam, als wir am Parkplatz ankommen. »Ich würde das gern bezahlen.«

»Du kannst eine Spende machen«, schlägt Arne vor. »Ich gebe dir einen Flyer, da stehen alle Daten drauf.« Mein Tierarzt geht zur Fahrertür und schließt sie auf. Mariam folgt ihm.

»Oha!« Mariam zeigt auf das, was von der Stoßstange unter der Motorhaube übrig geblieben ist. Ich werde knallrot. »Unfall?«

»Irgendwie«, knurrt Arne und nestelt im Handschuhfach herum.

»Wer repariert euch das?«, will Mariam wissen.

»Werkstatt«, flüstere ich.

»Werkstatt«, presst Arne zwischen den Zähnen vor. »Hier steht alles drauf.« Er reicht Mariam den Flyer.

»Werkstatt? Na ja ... ist doch viel zu teuer«, sagt sie. Ich nicke innerlich, würde aber am liebsten vor Scham im Boden versinken.

»Ja.« Arne springt aus dem Wagen. »Aber was soll man machen?« Zum Glück stehe ich mit dem Rücken zur Sonne, denn so fällt es nicht auf, dass ich noch einen Ton dunkler werde, als mein Tierarzt mich über Mariams Schulter hinweg ansieht.

»Ich kann das doch machen«, sagt die. »Ich meine ... statt einer Spende ... ist ja mein Job so was.«

»Wie?«

»Was?«

Arne und ich gucken sie an, als wäre sie ein Auto.

»Na ja, bin KfZ-Mechanikerin. Ist keine allzu große Sache.«

»Das wäre super!«, rufe ich begeistert.

»Ja klar«, fällt Arne ein.

»Ihr müsstet nur den Lack besorgen, den Rest erledige ich. Sagt mir einfach, wann es passt.«

Jetzt gleich, will ich sagen, aber Arne kommt mir zuvor.

»Wie wär's morgen Abend?«

»Klar, gebongt!«

»Gebongt«, sage ich sehr, sehr erleichtert. Ich könnte Mariam knutschen!

»Okay, ich schreibe euch meine Adresse auf, sagen wir gegen sechs, ich habe in der Garage eine kleine Werkstatt.«

»Ja, super, genial!« Ich strahle und Arne sieht auch sehr erleichtert aus. Mariam nennt uns noch die Anschrift eines Autohändlers, bei dem wir günstig eine Dose Lack bekommen können. Dann verabschiedet sie sich.

»Komm mal her, meine Rennfahrerin«, sagt Arne, als Mariam ums Eck verschwunden ist. Er nimmt mich in den Arm und hält mich ganz fest.

Nach einem angesäuselten Dackel – Schnapspralinen, zum Glück nur drei –, einer schwangeren Katze und einem hinkenden Schwan – offensichtlich ein Hypochonder, kaum waren wir im Schlosspark, war er genesen – kommen wir am Abend müde, aber zufrieden zu Hause an. Meine Jungs sind schon da. Und … Sandra! Sie hockt in unserer Küche. Auf meinem Platz. Mit meinen Jungs!

»Huhu!«, begrüßt mich Rolf.

»Hallo«, haucht Sandra.

»Prinzessin«, ruft Chris. Na, wenigstens einer, der erkennt, wer ich wirklich bin!

»Ich habe mich ausgeschlossen«, sagt Sandra und plinkert mit den Augen. »Und die Jungs waren so nett, mir Asyl zu gewähren.«

»Aha«, sage ich.

»N'Abend«, sagt Arne. »Ich habe einen Bärenhunger.« Männer … Wie kann er ans Essen denken? Ich denke an Folter. Sofortigen Rausschmiss. Kratzen, beißen. Mindestens.

»Ich wollte Lasagne machen«, antwortet Rolf und steht auf. »Halbes Stündchen musst du dich noch gedulden. Ihr esst doch mit?« Fragend sieht er erst Sandra, dann Arne an. Wehe … aber nein. Beide bejahen.

»Bin gleich wieder da«, knurre ich und verschwinde im Klo. Seit Chris den schlauchartigen Raum mit dutzenden Rosen dekoriert hat, ist das mein privates Bad, auch wenn die Jungs das Klo benutzen. Im Spiegel sehe ich eine ziemlich blasse Tanja, deren Stirn, Nase und Wangen fettig glänzen. Mein Mascara hat sich im Lauf des Tages in Nichts aufgelöst, und vom Lidschatten sind nur noch trübblaue Reste übrig. Ich versuche zu retten, was geht. Puder, Wimperntusche und für die Lippen der rosa Gloss. Plus eine Extraportion apricotfarbenes Rouge. Nach fünf Minuten fühle ich mich wieder menschlich, gönne mir noch einen extra Spritzer des blumigen Parfums und löse den Zopf. Meine Haare fallen – oh Wunder – fluffig auf meine Schultern und ich brauche fast kein Spray. Solche Tage sind selten und ich werte das als gutes Omen. Vielleicht wird der Abend ja doch ganz okay.

Aber das Haarorakel täuscht sich. Mächtig. Als ich wieder in die Küche komme, hat die Truppe schon die erste Flasche Prosecco geköpft. Mudel, der Verräter, sitzt zu Sandras Füßen und lässt sich die Ohren kraulen. Wenigstens Earl beachtet mich und wedelt mit dem Ringelschwänzchen, als ich hereinkomme. »Du bist mein Bester«, sage ich betont fröhlich und überreiche dem Mops mit großer Geste ein Leckerli aus der getöpferten Dose. Die sind eigentlich für ganz spezielle Momente reserviert, und Rolf schüttelt auch den Kopf. Aber das ignoriere ich und verpasse Earl eine Hundemassage de luxe, nachdem ich ihn auf meinen Schoß gewuchtet habe. Da mein Platz von Sandra besetzt ist, muss ich auf den Besucherstuhl mit der geschnitzten Lehne ausweichen. Der ist dermaßen durchgesessen, dass ich tiefer als alle anderen am Tisch sitze und mich ziemlich klein fühle. Arne sitzt zwischen Rolf und Sandra. Mit Chris zu meiner Linken und einem freien Stuhl zwischen Arnes Ex und mir ist die Tafelrunde komplett. Aus dem Ofen strömt der gigantische Lasagneduft. Mein Magen knurrt.

»Kommt noch jemand?« Ich deute auf das sechste Gedeck.

»Ja«, antwortet Chris im selben Moment, als es schellt. »Und da ist er schon!« Rolf springt auf und geht zur Tür, gefolgt von Mudel, der laut kläfft. Mudel denkt immer, jeder Besucher komme nur zu ihm, weswegen er meistens einen immensen Terz veranstaltet, auch wenn nur der Paketbote bimmelt. Earl zuckt nur mit den Ohren. Der Mops ist klüger – er weiß, dass die Menschen zu ihm kommen, wenn sie erst mal in der Wohnung sind, und spart sich die Energie.

»Schön, dass Sie es einrichten konnten«, höre ich Rolf sagen und schicke einen fragenden Blick zu Arne. Der zuckt mit den Schultern.

»Gern, danke für die Einladung.« Eine männliche, tiefe Stimme. Kenne ich irgendwo her.

»Der Anwalt«, flüstert Chris.

»Von vorhin der?«, wispere ich zurück. Chris nickt. Da kommt auch schon Herr Othmer in die Küche. Jetzt trägt er einen dunkelroten Wollpullover zu dunkelblauen Jeans.

»Hallo allerseits!«, ruft er munter in die Runde. »Ich habe ein bisschen was Flüssiges mitgebracht.« Er hält zwei Flaschen Rotwein in die Höhe. Den aufwändigen Etiketten nach nicht gerade das billigste Stöffchen.

»Wie lieb«, sagt Chris, steht auf und begrüßt den Gast.

»Darf ich vorstellen«, sagt er dann und macht uns miteinander bekannt. Der Anwalt hat einen erstaunlich festen Händedruck und sehr sympathische hellblaue Augen. Er hat so gar nichts Verbiestertes an sich. So viele Anwälte kenne ich zwar nicht – ehrlich gesagt keinen einzigen –, aber dieser hier ist eindeutig anders als alle Rechtsverdreher, die ich im Fernsehen gesehen habe.

»Wir dachten, wir reden noch mal in Ruhe über alles«, erklärt Rolf. »Heute Mittag in der Kolonie war ja kein vernünftiges Gespräch mehr möglich.« Das kann ich mir lebhaft vorstellen – schon als Arne und ich gingen, ging es hoch her, und ich wette, die Wogen sind dann noch übergeschwappt.

»Nett, Sie kennenzulernen«, sagt nun Herr Othmer und gibt Sandra die Hand. Er hält sie länger fest als meine, wie ich bemerke.

»Ja«, haucht Sandra. »Ich bin Sandra.«

»Bernd«, stellt Bernd sich vor und nimmt zwischen mir und Sandra Platz.

»Du bist aber süß«, sagt er und beugt sich zu mir. Natürlich meint er nicht mich, sondern Earl, der immer noch auf meinem Schoß sitzt und den neuen Gast irritiert anschaut. Wer nichts Fressbares mitbringt, der kann dem Mops gestohlen bleiben. Guter Hund!

Mudel allerdings zeigt mal wieder, dass er keinen sehr festen Charakter hat. Jetzt drängt er sich zwischen Sandra und den Anwalt, schaut beide abwechselnd an und wartet, wer ihn streichelt.

»Ja, du bist auch putzig«, meint Bernd und tätschelt Mudels Lockenkopf. »Hübsch habt ihr es hier.« Der Anwalt lässt den Blick durch unsere Küche schweifen: das schöne alte Sideboard mit Aufsatz, ein Erbstück von meiner Oma. Die zusammen gewürfelten Stühle Marke schwedisches Möbelhaus mit Sperrmüllelementen, den Vorhang, der die Dusche abtrennt und die üppigen Kräutertöpfe auf der Fensterbank.

»Finde ich auch«, sage ich voller Besitzerstolz und mit einem Seitenblick auf Sandra. »Meine Jungs sind einfach toll!« Das ›meine‹ betone ich extra.

»Na, hoffentlich ist die Lasagne dann auch toll«, meint Rolf und zupft den grünen Salat am Waschbecken auseinander.

»Ganz bestimmt«, säusele ich. Und komme mir selbst ein bisschen blöd vor. Aber ich kann nicht anders. Sandra in meiner Küche – ohne mich vorher zu fragen! Ich nehme mir vor, später ein ernstes Wörtchen mit meinen Jungs zu sprechen.

»Wenn Arne jetzt da ist, kannst du ja die Wohnung aufschließen«, sage ich zuckersüß zu Sandra. Und verschwinden, denke ich.

»Ach, ist so gemütlich hier«, antwortet sie und lächelt in die Runde. Das Licht der Küchenlampe spiegelt sich in ihren gegelten schwarzen Haaren. Was sexy aussieht, leider. Schade, dass sie nicht ihre Brille aufhat, sondern Kontaktlinsen trägt.

»Hm«, mache ich.

»Umpf«, macht Earl.

»Wuff.« Mudel, natürlich. Treulose Tomate.

»Na, du willst wohl noch ein bisschen von mir gekrault werden«, meint Sandra zu Mudel. Schaut dabei aber Bernd an. Der bellt zwar nicht, sieht aber auch sehr begeistert aus.

»Wie ging's denn noch weiter heute Nachmittag?«, unterbreche ich munterer, als mir zumute ist, die aufkeimende Romantik.

»Ja, also … ungut, würde ich sagen.« Chris knetet seine Serviette.

»Na ja, Klaus ist ein bisschen durch den Wind«, mischt sich nun Bernd ein. »Das kam auch ein bisschen plötzlich, und als er den Posten des Vorsitzenden übernommen hat, war von so einer Leiche im Keller keine Rede.«

»Du meinst, Emmi und ihr Sklave haben das gewusst?«, platze ich raus.

»Davon gehe ich aus. Warum sonst hätten die beiden sang- und klanglos das Feld und sogar ihre Laube räumen sollen?« Bernd klingt jetzt wie ein Anwalt aus dem Fernsehen. Sehr kompetent.

»Wer ist das?«, fragt Sandra und macht große Kulleraugen.

»Das waren die ehemaligen Vorsitzenden in der Schrebergartenkolonie. Paul hat den Verein knappe zehn Jahre geführt, mehr oder weniger. Das Sagen hatte allerdings seine Frau ...«, erklärt Rolf.

»... in doppelter Hinsicht«, mischt Chris sich grinsend ein. Ich muss kichern bei dem Gedanken an den furiosen Abgang der beiden. Die Geschichte ist so schön, dass ich sie trotz meiner Laune gern erzähle: »Emmi hat ein ... Etablissement. Sozusagen. Und Paul, ihr Gatte, arbeitet bei ihr als Sklave.«

Sandra bekommt noch größere Augen. Chris kichert hinter vorgehaltener Hand.

»Jedenfalls kam Paulchen eines schönen Tages in voller Lack- und Ledermontur in den Schrebergarten. Mit der Hacke in der Hand sah er aus wie ein zu groß geratenes schwarzes Gummibärchen. Seine Herrin war begeistert und gab ihm vom Liegestuhl aus Befehle. Die Nachbarn allerdings fanden das weniger witzig, weil just an dem Nachmittag die Enkel zum Spielen im Garten waren ...«

»... und als ein Mädchen fragte, was der Gummimann da macht, war es aus mit der Ruhe in der Kolonie«, erinnert sich Rolf grinsend. »Ich meine, die beiden können ja machen, was sie wollen, aber nicht da, wo Kinder spielen.«

»Genau«, bestätigt Chris. »Zumal Pauls Klappe hinten auf war.«

Jetzt breche ich endgültig grölend zusammen – ich

erinnere mich nur zu gut an den Abgang der beiden: Emmi voraus, Paul hinterher. Beide hoch erhobenen Hauptes, aber der Vorsitzende mit nacktem Po in schwarzem Latex.

Bernd hält sich den Bauch vor Lachen. »So schön hat Klaus Hünken mir das nie erzählt«, japst er nach Luft. Das Klingeln der Eieruhr ist kaum zu hören gegen unsere Lachsalven. Rolf serviert die dampfende Lasagne und wir langen alle kräftig zu – die beiden Hunde eingeschlossen. Damit nicht wieder Durchfall herrscht, kratzen wir die Käsekruste für die beiden ab. Mit Nudeln und Rinderhack passiert garantiert nichts. Nach dem Essen, als der Espresso vor uns steht und Mudel samt seinem Vater schnarchend unterm Tisch liegen, räuspert sich Bernd.

»Also, auch wenn das jetzt das Gemütliche etwas stört, ich würde gern noch mal auf das Schreiben der Stadt zurückkommen.«

»Klar, gern«, ermuntert ihn Rolf. »Deswegen bist du ja da.«

»Ich kenne den Klaus ja schon länger, er war mal Mandant bei mir, ist Jahre her, jedenfalls … ach, was soll's: Er hat nicht alles erzählt heute Nachmittag. Und genau deswegen ist es gut, mit euch zu sprechen. Ihr könntet vielleicht etwas tun.«

»Wir?« Arne beugt sich interessiert vor. Mein Tierretter hilft gern, allen und immer.

»Ja, wieso ausgerechnet wir?« Das würde mich nun auch interessieren.

»Weil ihr das Pech hattet, mich einzuladen«, grinst Bernd. »Ich kenne sonst niemanden aus der Kolonie.«

»Da siehst du mal, was du mit deinen Kochkünsten wieder angerichtet hast«, schäkert Chris in Richtung Rolf.

»Was kann denn ich dafür, wenn der Herr Othmer ein so engagierter Rechtsverdreher ist?«, witzelt unser Koch zurück. Bernd lacht, wird dann aber wieder ernst.

»Ich habe zwar noch nicht alles gesehen, aber die Unterlagen der Kolonie sind auch nicht gerade erfreulich. Durch die Mitgliedsbeiträge sind knappe 8.000 € auf einem Sparkonto zusammengekommen. Bleiben also noch immer 34.000 fürs Finanzamt. Das ist Punkt eins. Punkt zwei: die Räumung des Geländes. Die ›Wonne‹ hat einen Erbpachtvertrag. Nun könnte ich mit Gewohnheitsrecht argumentieren, aber wenn die Stadt Bauland braucht, verschafft uns das nur einen kleinen zeitlichen Vorsprung. Wirklich etwas ausrichten kann ich damit auch nicht, und wenn Investoren hinter der Sache stecken, ist das ganz große Geld im Spiel.«

»Alles in allem ist das also eine richtig beschissene Situation«, fasst Arne zusammen. Bernd nickt.

»Rechtlich kann ich ehrlich gesagt nicht sehr viel ausrichten. Wie gesagt, eine Klage kann das ganze hinauszögern. Vom Tisch ist es damit aber noch nicht.«

Wir schweigen betroffen. Chris und Rolf halten sich an den Händen. Chris' Lippen zittern verdächtig.

»Ich will meinen Garten nicht verlieren«, sagt er leise.

»Vielleicht musst du das ja auch gar nicht«, versuche ich ihn zu trösten. »Wir brauchen nur eine gute Idee.«

»Nur ist gut«, mischt sich Sandra ein. Blöde Kuh! Es geht hier darum, die Jungs aufzumuntern.

»Die werden wir auch haben«, zische ich in ihre Richtung.

»Lasst uns doch mal überlegen«, schlägt Arne vor. »Ich hole ein Blatt Papier und wir schreiben alles auf, was uns einfällt.«

»Klassisches Brainstorming«, erklärt Sandra im Klugscheißermodus. Aber die Jungs und Bernd nicken zustimmend. Mit einer von Bernds mitgebrachten Weinflaschen als Denkhilfe machen wir uns ans Werk. Erst sehen wir schweigend abwechselnd zur Decke und auf die Tischplatte, dann aber beginnen die Einfälle zu sprudeln. Nach einer knappen halben Stunde hat Arne das Blatt mit seiner kaum zu entziffernden Arzthandschrift gefüllt.

Bernds zweite Flasche hilft uns dabei, die Ideen zu sortieren. Am Ende bleiben zwei übrig: ›Spendenaktion‹ und ›die Kolonie unkündbar machen‹.

»Na, das ist doch schon mal was«, sagt Arne zufrieden. Chris sieht auch wieder besser aus. »Darauf können wir aufbauen.«

»Aber heute nicht mehr«, sagt Bernd mit einem Blick auf seinen riesengroßen Chronografen, der so aussieht, als ob er fünf Kilo wiegt. »Ich habe morgen um acht einen Termin bei Gericht.« Der Anwalt steht auf und verabschiedet sich mit einem Nicken in die Runde.

»Ich bin auch müde«, haucht Sandra und steht ebenfalls auf.

»Warte«, meint Arne und wirft ihr den Schlüssel über den Tisch hinweg zu. Sandra guckt irritiert, und der Schlüsselbund knallt rasselnd vor ihr auf den Boden. Mudel springt auf und kläfft.

»Hoppala«, kichert sie und bückt sich. Gleichzeitig mit Bernd. Auf halber Höhe scheppern ihre Köpfe zusammen.

»Autsch!«, ruft Bernd.

»Hupps«, quietscht Sandra. Beide greifen gleichzeitig mit der einen Hand an ihren Kopf und mit der anderen nach dem Schlüssel. Bernd ist schneller und reicht Sandra, als er wieder in der Vertikalen ist, mit großer Geste den Schlüsselbund.

»Dankeschön«, lächelt sie den Anwalt an. Der reibt sich noch immer den Kopf, grinst aber dabei wie ein Honigkuchenpferd.

»Na, dann gute Nacht«, meint er schließlich und wendet sich zum Gehen.

»Kommst du nicht?«, will Sandra von Arne wissen.

»Nein«, antworte ich an seiner Stelle. Sandra zuckt mit den Schultern und folgt Bernd aus der Wohnung.

»Ich räume das morgen auf«, sagt Rolf und zieht Chris hoch. »Gehen wir zu dir oder zu mir?«

»Egal«, sagt Chris matt. »Hauptsache schlafen …« Die beiden verabschieden sich.

»Und wir?«

»Hauptsache schlafen«, flüstert Arne. »Aber nicht gleich …«

Als ich zum nächsten Mal die Augen aufmache, liegt Earl neben mir, den Knautschkopf auf dem Kopfkissen. Arne ist wohl schon duschen. Ich will den Hund verscheuchen – aber aus meinem Hals kommt nur ein Krächzen wie von einer alten, rostigen Stahltür. Und es fühlt sich so an, als ob die maroden Scharniere mit ihrem splitternden Rost genau in meinem Rachen angebracht sind.

»Öööörrrgh«, sage ich zu Earl. Der schnauft nur und regt sich nicht. Ich stupse ihn an, damit er Platz macht und ich aus dem Bett klettern kann. Ich setze mich auf – keine gute Idee: Irgendwer hat über Nacht ein Glockenspiel in meinem Kopf installiert und die Klöppel schlagen von innen an meine Stirn. Außerdem ist mir kalt. So kalt, dass meine Zähne klappern. Ich lasse mich wieder in die Kissen sinken.

»Haaarrrrgrrrrrggghhhh …«, krächze ich. Earl gähnt

ausgiebig und schält sich dann tatsächlich von der Matratze.

»Hol Hilfe«, will ich sagen, kann aber nur mit der Hand wedeln. Der Mops wedelt mit dem Schwänzchen, sieht mich aus seinen großen schwarzen Kulleraugen an und geht dann ganz gemächlich zur Tür. Die steht einen Spalt auf, genau so viel, dass er sich durchzwängen kann. Das hier wäre definitiv ein Moment für Lassie, den Fernsehcollie aus meinen Kindertagen. Lassie würde jetzt zum Telefon gehen und den Notruf wählen. Mindestens. Earl ist auch nicht untätig, aber was ich höre, klingt mehr nach Wasser saufen. Ich wickele mich fester in die Decke. Nützt nichts, ich friere noch immer wie ein Schlosshund.

»Aaaaaarrrrnnnnneeee«, rufe ich leise. Und auch nur ein Mal, denn in meinem Hals brennt ein Scheiterhaufen. Wieder höre ich Hundepfoten tapsen. Dieses Mal ist es Mudel, der ins Zimmer kommt, auf das Bett springt und sich an mich schmiegt. Die tierische Wärmflasche ist mir hoch willkommen. Mit dem Hund im Arm döse ich ein. Oder auch nicht, ich weiß es nicht genau. Irgendwann kommt irgendwer ins Zimmer. Oder auch nicht. Ich höre Stimmen. Oder auch nicht. Alles ist wie in Watte gepackt, neblig, ganz weit weg. Irgendjemand steckt mir irgendwas in mein rechtes Ohr. Es piepst und ich höre eine Stimme, die sagt: »39,8.« Mit der letzten funktionierenden Gehirnwindung kombiniere ich, dass einer meiner Jungs Fieber gemessen hat. 39,8. Kein Wunder, dass ich mich fühle wie ein Kauknochen, der vier Wochen lang in feuchter Erde eingebuddelt war. Ich drifte weg aus dem Zimmer, fliege, schwebe, friere und höre dem Wummern in meinem Kopf zu. Ich weiß, dass ich auf den Fiebertraum zusteuere, den ich schon als Kind hatte, aber ich kann mich nicht dagegen wehren.

Ich gehe eine lange, gerade Straße entlang, die von Siedlungshäuschen gesäumt wird. Alle sehen genau gleich aus und vor jedem Haus ist ein Zaun, dahinter ein Vorgarten, in dem nichts als Rasen ist. Nur Gras. Ich gehe weiter und weiter. Bis ich zu einem Vorgarten komme, in dem ein einzelnes Gänseblümchen steht. Ich öffne das Gartentörchen und will eben die kleine Blume pflücken, als die Tür des Hauses aufgeht. Ein Mann ohne Gesicht winkt mich herein. Ich will nicht, aber ich habe die Blume gepflückt und weiß, dass ich ihm deswegen folgen muss. Als ich durch die Tür trete, wechselt die Farbe des Traums. Jetzt ist das Technicolor verschwunden und alles ist Grau in Grau.

Der graue Mann öffnet eine Tür. Ich folge ihm und stehe in einem Saal, nein, in einer Maschinenhalle, die größer ist als das Daimlerstadion. Sie ist bis zur Decke und den Wänden mit einer stahlgrauen Maschine vollgestopft. Überall sind Rohre und Kessel, es wummert und klopft. Der Mann verschwindet im Nichts und ich beginne, eine der vielen Leitern hochzuklettern. Das

Metall ist kalt und heiß zugleich und ich erreiche eine erste Plattform, eine zweite.

»Komm, trink was«, sagt eine Stimme. Moment mal. Das ist neu – in meinem Fiebertraum hat noch nie jemand gesprochen. Und schon gar keine Frau!

»Tanja, hallo? Hörst du mich?«

Das ist doch Sandras Stimme! Irgendetwas stimmt nicht mit meinem Traum, und als ich auf meine Hände schaue, ist das Gänseblümchen verschwunden. Ich weiß nicht, ob das ein gutes oder ein schlechtes Zeichen ist.

»Hast du keinen Durst?« Irgendwo hinter der Maschine muss eine Frau stehen. Ich klettere noch eine Leiter hinauf, beginne zu schwitzen und zu keuchen. Meine Hände werden feucht, finden keinen Halt an den Eisenstangen. Meine Knie zittern, ich trete neben die Sprosse, kann mich nicht halten und falle …

»Nein!«, schreie ich, so laut ich kann.

»Schon gut, du hast nur geträumt«, wispert eine Stimme. Ich befinde mich noch immer im freien Fall, doch eine Millisekunde vor dem Aufprall schaffe ich es, die Augen aufzureißen. Und starre direkt in das Gesicht von – Sandra!

»Du?«, krächze ich. Allein diese beiden Buchstaben genügen, um in meinem Hals das lodernde Höllenfeuer wieder anzufachen. Zahnschmerzen beim Einsetzen der Regelblutung gepaart mit krampfartigen Blähungen und wummernder Migräne obendrauf sind dagegen ein Spaziergang. Mir schießen die Tränen in die Augen.

»Du glühst«, kommentiert Sandra. Sie ist es wirklich! Hau ab, geh, will ich sagen. Schaffe ich aber nicht.

»Ich mach dir jetzt Wadenwickel und dann nimmst du mal ein Aspirin.«

»Ja, Frau Doktor«, flüstere ich. Tut so zwar auch weh, aber nicht ganz so abartig. Am besten ergebe ich mich in mein Schicksal. Was meine Mutter früher konnte, das wird Sandra ja wohl auch können. Ich fühle mich wie ein Kind.

»Die Jungs besorgen noch was aus der Apotheke, aber die sind erst nachmittags wieder da«, erklärt Sandra und schlägt die Bettdecke zurück.

»Arne?«, will ich wissen.

»Der hat einen Einsatz. Irgendeine Katze.«

»Alice?«

»Ja, ich glaub, sowas war's«, antwortet Sandra und schiebt meine Pyjamahose bis zu den Knien hoch. Dann wickelt sie ein feuchtes Handtuch um meine Beine.

Ich muss grinsen. Wahrscheinlich hat Frau Jirak mal wieder Lust auf ein Tässchen Kaffee in Gesellschaft. Ich würde gern ein bisschen lästern, aber selbst dazu bin ich zu schwach. Ich muss also wirklich krank sein. Sandra mummelt mich, nachdem die Wickel dran sind, fest in die Bettdecke ein und reicht mir ein Glas.

»Auch wenn's weh tut – schluck es!«, befiehlt sie.

»Ja, Mama«, hauche ich und biete alle Kräfte auf, um die Schmerztablette am Höllenfeuer vorbei in meinen Magen zu schleusen. Ich wusste gar nicht, dass Trinken so anstrengend sein kann. Mir fallen die Augen zu, kaum dass ich das Glas geleert habe. Ich höre, dass Sandra aus dem Zimmer schleicht. Dann bin ich weg. Weit weg.

Als ich das nächste Mal die Augen aufmache, bin ich klatschnass geschwitzt. Ich wackele mit den Füßen – die Wadenwickel sind weg. Und auch das Wummern im Schädel ist nur noch gedämpft zu spüren. Ich räuspere mich. Gott sei Dank: Ich bin aus der Hölle raus, und mein Hals steht höchstens noch im Vorhof. Ich habe Durst und will mich aufrichten, aber das ganze Zimmer dreht sich. Nach der Hölle nun also der Höllenritt. Stöhnend sinke ich zurück auf mein nasses Kissen. Als das Zimmer zum Stillstand kommt und ich vorsichtig die Augen öffne, entdecke ich die Christkind-Glocke. Das Messingteil haben meine Jungs an Weihnachten benutzt, um mich zur Bescherung zu rufen. Ich greife danach und läute. Ein bisschen fühlt sich das an, als sei ich eine jener anämischen englischen Damen, die nach einem Ohnmachtsanfall auf dem Kanapee ruhen und nach der Dienerschaft läuten. Was im Film klappt, klappt auch bei Tanja live: Kaum habe ich das Glöckchen wieder abgestellt, erscheint mein Engel Chris.

»Prinzessin, endlich wach?« Er beugt sich über mich und streicht mir die fettigen Haare aus der Stirn.

»Äääähhhhgrrrrr«, antworte ich.

»Arne ist unterwegs«, interpretiert meine Krankenschwester Chris. »Und du bleibst fein liegen, ja? Hast du Hunger?«

Ich schüttele den Kopf.

»Durst?«

Ich nicke.

Chris reicht mir einen Becher.

»Kamillentee, trink das, aber langsam«, befiehlt er und hilft mir, mich aufzusetzen. Ich rümpfe die Nase. Kamillentee sieht aus wie Pipi und schmeckt auch so. Zum Glück sind meine Geschmacksnerven außer Dienst, so dass ich es schaffe, den halben Becher Tee zu trinken, ohne dass der sofortige Umkehrschub einsetzt.

»Rolf kocht gerade eine Hühnerbrühe«, gibt Chris bekannt, als ich fix und fertig wie nach einem Halbmarathon nach hinten kippe.

»Wie lieb«, will ich sagen. Schaffe ich aber nicht. Der Schlaf krallt schon wieder nach mir, und ich trudele zurück in das Maschinenhaus. Ich stehe oben auf der Plattform und blicke hinunter auf ein Monstrum aus Stahl. Alles wummert und ein öliger Geruch liegt in der Luft. Auf einem eisernen Kessel, gute 20 Meter unter mir, liegt ein Gänseblümchen. Ich weiß, dass ich es holen muss. Es braucht Wasser. Ich sehe mich um, entdecke eine Leiter und klettere hinab. Am Fuß der Leiter ist wieder eine Plattform. Beim Blick nach unten sehe ich, dass ich der Blume nicht näher gekommen bin. Sie scheint immer tiefer zu liegen.

Neben mir ist eine Röhre. Ich sehe hinein. Alles ist schwarz, aber ich muss hineinsteigen. Mit den Füßen voraus winde ich mich in das Loch – und bin auf einer Rutsche! Es geht rasant abwärts, Rechtskurve, Linkskurve, das fahle Licht wird strahlend gelb. Ich höre Musik, jemand spielt Gitarre. Ich weiß, dass das alles nicht echt ist, dass ich mitten in einem Fiebertraum bin. Ich plumpse aus der Rutsche, segele durch die Luft und lande auf einer großen gelben Matratze. Sie ist über und über bedeckt mit Gänseblümchen. Als ich sanft lande, wirbeln die Blümchen durch die Luft wie Konfetti und segeln auf mich herab. Es kitzelt, ich muss kichern und daran denken, dass ich die Augen öffnen sollte. Aber es ist so schön hier, so weich, so warm …

»Prinzessin?«

»Wo kommst du denn her?« Ich höre Chris' Stimme, sein Gesicht schwebt über mir, um seinen Kopf herum tanzen tausende Gänseblümchen.

»Aus der Küche«, antwortet Chris. Ich lächele ihn an, blinzele – und merke, dass ich längst die Augen geöffnet habe. Aus der Traum. Ich bin zurück in meinem Bett und bin krank.

»Hühnersuppe ist fertig«, gibt Chris bekannt, und da sehe ich die Tasse, die er mir vor die Nase hält.

Es ist Rolfs Lieblingstasse, die mit dem aufgedruckten Mops auf rosa Grund mit Goldrand. Mir wird klar, dass ich ernsthaft krank sein muss, wenn Rolf mir diese Tasse überlässt. Aus der Mopstasse darf nicht mal Chris trinken!

Mit Chris' Hilfe gelingt es mir, fünf Schluck Brühe in mich hineinzubekommen. Ich nehme an, dass sie köstlich schmeckt – aber meine Geschmacksnerven liegen im Fieberwahn und meine Nase ist so dicht wie das Gedränge im Kaufhof an den Ramschtischen.

»Ich muss mal«, presse ich schließlich atemlos hervor.

»Na, dann machen wir mal.« Schwester Chris schlägt die Bettdecke zurück.

»Wo ist eigentlich Arne?«, will ich wissen, als er mir dabei hilft, mich aufzusetzen. Augenblicklich dreht sich ein Kettenkarussell.

»Er hat angerufen, ist bei Mariam in der Werkstatt.«

Ach ja, der Bulli. Meine Großtat. Ich schäme mich sofort, und zwar so sehr, dass mir schwarz vor Augen wird.

»Rolf hat die beiden zum Essen eingeladen.«

»Hühnersuppe?« Ich versuche zu lächeln.

»Nein, gesunde Menschen bekommen ein Steak.«

»Gemein«, hauche ich. Chris hilft mir auf die Beine, ich schwanke wie ein Tretboot auf dem Titisee.

»Ganz langsam«, schnurrt Schwester Chris und

bugsiert mich durch den Flur zum Klo, dicht gefolgt von Earl und Mudel, die beide sehr besorgt aussehen. Aus der Küche höre ich Cesária Évora singen. Das war also die Gitarre im Maschinenhaus!

»Geht's ab hier?«, fragt Chris, als wir vor der Klotür stehen, hinter der sich mein Mini-Privat-Bad verbirgt. Ich würde gern Ja sagen, aber das wäre gelogen. Also schüttele ich den Kopf.

»Kann ich was helfen?«, ruft Rolf aus der Küche.

»Geht schon, Schatz«, antwortet Chris und öffnet die Tür. Gemeinsam gehen wir hinein und ich muss mich am Waschbecken festhalten. Alles dreht sich wie in einem Mixer und ich bin völlig außer Atem. Mein Blick fällt in den Spiegel und schlagartig geht es mir noch schlechter. Da, wo meine Augen hingehören, sind zwei rote Bälle. Meine Nase sticht schneeweiß aus dem ansonsten fieberroten Gesicht hervor und meine Haare hängen in fettig-verschwitzten Strähnen herunter. Außerdem sind meine Lippen so trocken, dass sie aufgesprungen sind. Ich stöhne.

»Prinzessin, das kriegen wir wieder hin«, verspricht mir Chris und zieht meine Pyjamahose runter. Dann folgt die Unterhose, der Klodeckel wird hochgeklappt und meine private Krankenschwester platziert mich auf der Toilette.

»Melde dich, wenn du fertig bist«, sagt er und schließt, ohne mich eines Blickes zu würdigen, die Tür. Bei jedem anderen wäre mir das unendlich peinlich gewesen – aber meine Jungs haben mich öfter nackt gesehen als Arne. Es kostet mich meine ganze Kraft, meine Blase zu entleeren und dabei nicht von der Schüssel zu kippen. Als ich fertig bin und nach dem Klopapier greifen will, zittere ich so sehr, dass mir schwarz vor Augen wird.

»Chriiiiis«, flüstere ich. Sofort geht die Tür auf. Wahrscheinlich hat er gelauscht, ob ich auch ja nicht in Ohnmacht falle, denke ich und zeige stumm auf das Klopapier, das für mich unerreichbar ist. Chris verzieht keine Miene, reißt ein paar Blatt ab, wischt mich trocken und hilft mir auf die Füße. Als ich wieder komplett angezogen bin, sacken mir die Knie weg und ich muss mich an ihm festklammern.

»Ab ins Bett«, kommentiert Chris und ruft Rolf. Gemeinsam tragen sie mich zurück in mein Zimmer. Ich bekomme noch mit, wie sie mich zudecken und die Glocke näher zu mir rücken. Dann springt Mudel zu mir auf die Matratze und ich bin weg, in einem schwarzen traumlosen Nichts entschwunden.

Beim nächsten Augenöffnen ist es hell. Und bis auf das gleichmäßige Atmen neben mir still. Ich versuche, den toten Hamster in meinem Mund zu ignorieren und drehe mich auf die Seite. Erstaunt stelle ich fest, dass erstens das Kopfweh verschwunden ist und zweitens Arne neben mir liegt. Mit leicht geöffnetem Mund säuselt er durch das Reich der Träume. Mir ist immer noch ein bisschen schwummerig, trotzdem versuche ich aufzustehen. Und es klappt sogar! Meine Beine fühlen sich zwar so wackelig an wie nach der Erstbesteigung des Fernsehturms durchs Treppenhaus, aber ich bleibe in der Senkrechten. Langsam wie eine Schnecke schleiche ich ins Bad und putze erst einmal ausgiebig meine Zähne. Danach bin ich zwar schon wieder schweißgebadet, rieche aber mit Sicherheit nicht mehr nach Kloake. Zum Duschen fehlt mir allerdings die Kraft, obwohl ich es bitter nötig hätte. Verschwitzt und müde tapere ich zurück in mein Zimmer, wo sich mittlerweile Earl und Mudel auf dem Bettvorleger zusammengerollt haben. Die beiden schnauben, als ich über sie wegsteige und mich an Arne kuschele. Der macht keinen Mucks und ein paar Sekunden später bin auch ich wieder eingeschlafen.

Vermutlich habe ich gute drei Stunden gepennt. Als ich aufwache, ist es noch heller im Zimmer. Arne ist weg, und auch die Hunde liegen nicht mehr vor meinem Bett. Ich höre in mich hinein. Außer einem leichten Halskratzen fühle ich nichts Ungewöhnliches. Erleichtert setze ich mich auf und entdecke einen Zettel mit Arnes Handschrift: ›Du bist heute krank geschrieben!‹ Darunter hat er drei Herzchen gemalt … oder jedenfalls malen wollen, es könnten auch schief geratene Luftballons sein. Ich lächele in mich hinein und freue mich. Der Blick aus dem Fenster verrät mir, dass es der perfekte Schrebergartentag ist.

Ich schaffe es ohne Schwindelanfall in die Küche. Dort liegt Earl unter dem Tisch. Mudel hockt neben ihm und schleckt seinem Vater genüsslich die Ohren aus. Auf dem Tisch stehen zwei Kannen, Marmeladen, Butter, Honig, eine kleine Papiertüte aus der Apotheke und frische Croissants. An die Teekanne gelehnt parkt ein weiterer Zettel, geschrieben von Rolf: ›Tanja, wenn du das liest, sind wir … quicklebendig, aber leider arbeiten. :-) Hoffe, es geht dir besser? Trink eine warme Milch mit Honig (Thermoskanne) und dann fahr heute Mittag in den Garten. Der Schlüssel für die Laube hängt am Schlüsselbrett. Küsschen! Rolf & Chris. P.S.: Lutsch die Halstabletten und nimm die Aspirin!‹

»Sind sie nicht süß?«, frage ich die Hunde. Earl sitzt zu meinen Füßen und hat sein Bettelgesicht aufgesetzt – Mops kurz vor dem Hungertod. Mudel steht hinter ihm und wedelt mit dem Schwanz. Das mit der Schnorrerschnauze hat auch er schon ganz gut raus und ich verteile ein in Milch getunktes Croissant an die Hunde. Tut mir leid, Jungs, aber warme Milch geht nun mal gar nicht, ohne dass es mich würgt. Das schmeckt fatal nach Kuh und wenn ich an die Haut denke, die sich oben in der Tasse bildet, bekomme ich grüne Pickel auf der Zunge. Den Tee trinke ich genüsslich und langsam, schlürfe eine aufgelöste Schmerztablette und knabbere mich durch ein halbes Croissant, das ich im Tee vorweiche. So gleitet es fast schmerzfrei durch meinen Hals. Mehr als die Hälfte geht nicht, die restlichen Kalorien muss die Halstablette liefern. Dann fällt mein Blick auf die Stuttgarter Nachrichten, welche die Jungs im Wechsel mit der Stuttgarter Zeitung vom Kiosk holen – und ich staune: Erstens habe ich ganze zwei Tage verpennt und nicht wie gedacht nur einen halben. Und zweitens ist der Aufmacher mit einem Foto geziert, das den Bürgermeister mit einem Krawattenträger beim Handschlag zeigt. Was nichts Ungewöhnliches wäre, solche Leute schütteln sich oft die Hände und grinsen dabei in eine Kamera. Aber dieser Anzugmann ist Investor. Bauinvestor. Der sich sichtlich freut, in Stuttgart eine so zuvorkommende Verwaltung zu finden, um neuen Wohnraum zu bezahlbaren Preisen zu schaffen. Eine gute Sache, wie auch ich zugeben muss. Doch beim Weiterlesen finde ich den Krawattenmann nicht mehr ganz so sympathisch: Für die Neubauten müssten eben einige Gebiete umgestaltet werden Ha! Der ist gut – zu dieser Umgestaltung gehört auch die Kolonie ›Zur Wonne‹, und in unserem Fall heißt das ja wohl: aushungern und dann plattmachen.

»Graaaah!«, knurre ich. Die Hunde springen erschrocken auf, als ich mit der Faust auf den Tisch haue. »So geht's nicht!«, rufe ich in die leere Küche. Wie es sonst gehen soll, weiß ich zwar nicht, aber der Adrenalinschub ist gut. Sehr gut sogar, denn mein Kreislauf kommt wieder in Schwung und ich schaffe es, mir ohne neuerlichen Schwindelanfall an Ort und Stelle den verschwitzten Schlafanzug auszuziehen und in die Dusche zu steigen. Heute ist einer der Tage, an denen ich es ganz gut finde, dass die Brause in unserem Altbau in der Küche untergebracht ist, das spart mir einen weiten Weg. Meinen Haaren gönne ich zwei Wäschen plus eine Kur. Erst danach habe ich das Gefühl, dass das Mangoshampoo das komplette Fett beseitigt hat. Mit dem Kokos-Duschgel seife ich mich ebenfalls zwei Mal ein. Der Boiler rattert und ächzt, weil er kaum nachkommt mit der Produktion von heißem Wasser. Nach einer knappen halben Stunde, in der ich mich sogar zwischen den Zehen und hinter den Ohren geschrubbt und mir mit dem Luffaschwamm ein Körperpeeling gegönnt habe, fühle ich mich wieder sauber. Die Tablette wirkt, und als ich mich in ein flauschiges Handtuch wickele, komme ich mir beinahe wieder gesund vor. Den Rest muss Make-up besorgen, aber erst, nachdem ich mir eine Portion parfümierter Bodylotion gegönnt habe. Ich selbst rieche es zwar nicht, aber Mudel, der an meiner Wade schleckt, findet den Rosenduft lecker.

Die Haare muss ich ungestylt lassen. Nach dem Föhnen bin ich ziemlich erledigt und so langt es nur zu einem Zopf. Ich ziehe eine leichte Leinenhose und ein Shirt an, packe vorsichtshalber noch Socken und meine blaue Lieblingsstrickjacke ein und pfeife den Hunden. Earl ist als Erster an der Tür und wedelt mit dem Stummelschwänzchen. Mudel rennt kläffend hinter ihm her.

›STOP! Proviant im Kühlschrank nicht vergessen!‹ Chris' wackelige Handschrift prangt auf einem knallgelben PostIt an der Tür. Also Kehrtwende und zurück in die Küche, was Earl mit einem missmutigen Bellen quittiert. Wenn er allerdings wüsste, was in der Papiertüte ist, die die Jungs für mich gepackt hatten, würde er vor lauter Vorfreude auf den Teppich sabbern: Neben zwei Sandwiches mit Schinken (für mich) und einer Tupperdose frischen Obstsalates (auch für mich) ist eine Doppelportion ungewürztes Hühnergeschnetzeltes mit Reis dabei. Plus zwei Flaschen Mineralwasser (für mich) und ein Becher fertig gekaufter Eiskaffee. Ich seufze wohlig und starte bester Laune Richtung Laube. Zum Glück kenne ich die Strecke mittlerweile beinahe im Schlaf, denn ein paar Viren scheinen schon noch in meinen Blutbahnen zu zirkulieren, und die Welt sieht ein bisschen aus wie in Watte gepackt. Und hört sich auch so an, weswegen ich das Radio lauter als üblich drehe. Mudel heult begeistert mit, als die Bee Gees vom kalifornischen Sommer jodeln. Earl schaut pikiert aus dem Rückfenster. Der Mops ist beim Autofahren mehr der Klassik-Typ, bei Brahms schläft er sofort ein. Ich allerdings auch, weswegen ich lieber SWR3 höre oder, wenn das zu sehr rauscht, SWR1. Die Oldies dort sorgen jedenfalls für beste Laune, und genauso gut gelaunt hüpfen die Hunde schließlich aus dem Wagen. Mudel, weil er endlich sein Beinchen heben kann, und Earl, weil der schräge Gesang der Brüder Gibb endlich vorbei ist.

So früh und das an einem Wochentag war ich noch nie in der Schrebergartenkolonie. Es ist kurz vor elf und die Gärten liegen wie ausgestorben da. Unser Wagen war der Einzige auf dem Parkplatz und so schlendere ich, das Care-Paket in der Hand, gemütlich durch die schmalen Wege, die aussehen wie geleckt. Einzig ein einsamer kleiner Löwenzahn hat einen Wachstumsversuch im Kies gestartet, aber die nächstbeste Harke wird ihn in die ewigen Jagdgründe befördern.

Das Tor zu Garten Nummer 42 quietscht, was mir angesichts der Stille doppelt so laut vorkommt als sonst. Die Hunde stürmen sofort in den Garten und beschnuppern jedes Blatt und jeden Stängel. Ich greife derweil dem Gartenzwerg neben der Tür in die Hose. Der Wächter aus Plastik verzieht keine Miene, als ich ihm in den Schritt fasse und den Laubenschlüssel heraushole.

»Da bin ich aber ganz andere Töne gewohnt«, scherze ich mit dem Zwerg. Der scheint ein echter Kerl zu sein, denn er reagiert überhaupt nicht.

In der Laube riecht es wie immer abgestanden, da kann auch Chris' geballte Dekoladung nichts ausrichten. Ich reiße erst einmal alle drei Sprossenfenster auf und schiebe einen Keil unter die Tür. Ordentlich Durchzug und das über Wochen, meinte Klaus Hünken, dürfte dem Mief den Garaus machen. Vorausgesetzt, es käme noch frische Farbe an die Wände und ein neuer Belag auf den Boden. So weit sind die Jungs allerdings noch nicht, weswegen ich mir die blaue Fleecedecke und zwei Kissen schnappe und es mir auf der Klappliege im Schatten hinter dem Holunderbusch bequem mache. Im vom Vormieter übernommenen Sideboard finde ich eine Packung Leckerlis für die Hunde, fülle einen Wassernapf und entscheide mich für einen historischen Roman aus Rolfs Gartenbibliothek. Nicht, weil mich der am meisten interessieren würde, aber die Schrift ist mit Abstand am größten von allen Büchern, die hier stehen, und ich befürchte, mein immer noch matschiger Schädel kommt mit kleineren Buchstaben heute nicht klar.

Mudel und sein Vater balgen sich um die Hundekekse, während ich mich auf der Liege installiere. Ich versuche, mich lesend ins 15. Jahrhundert zu begeben. Den Prolog, bei dem eine Hexe verbrannt wird, überblättere ich nach den ersten beiden Abschnitten. Ich habe sowieso nicht vor, das ganze Buch zu lesen und vertiefe mich lieber in die detailgenaue Beschreibung der Gemächer und der Kleiderkammer irgendeiner Königin. Ich liebe so was, und das Brummen einer dicken Hummel passt genauso gut zu meiner Stimmung wie der Gang durch die mit edelsten Seiden gefüllten Gemächer. Die Beschreibung ist allerdings so genau, dass ich nach der siebten Robe gähne. Nummer acht kann ich nur noch verschwommen lesen. Aus den Augenwinkeln sehe ich, dass die Hunde sich ineinander verschlungen haben und selig neben meinem Kopfteil schlummern. Robe Nummer neun treibt mich dann endgültig in den Schlaf.

Als mein Traum-Ich eben in ein mit goldenen Spitzen besetztes nachtblaues Kleid schlüpfen will, hebe ich vor Schreck beinahe von der Liege ab: Earl und Mudel sind aufgesprungen und kläffen, was das Zeug hält. Mudel, der eine halbe Oktave unter seinem Vater bellt, knurrt zwischendrin und hat die Rückenhaare aufgestellt. Der Mops hat sein gefährlichstes Gesicht aufgesetzt, bei dem er die Zähne zwischen den Knautschlefzen sehen lässt. Was für Eingeweihte nach wie vor niedlich aussieht, aber das würden wir Earl nie sagen, das würde an seiner Mops-Ehre nagen.

Ich nehme das Buch, das auf meiner Brust liegt, herunter und setze mich auf. Erstaunlicherweise wird mir dabei nicht schwindelig und so stehe ich schneller als in den letzten Tagen auf. Erst als ich auf meinen Füßen stehe, meldet sich mein Kreislauf, aber ich atme tief ein und versuche, das Schwanken zu ignorieren. Nach einer halben Sekunde ist es auch schon wieder vorbei und ich linse hinter dem Holunderbusch hervor in den Garten. Das Tor steht offen und mitten auf dem Plattenweg liegt einer dieser Tretroller, die man zum Taschenformat zusammenklappen kann. Einen halben Meter weiter entdecke ich einen roten Rucksack.

Die Hunde schießen um den Busch, kläffen und knurren nun noch lauter.

»Oh, ich wollte euch nicht erschrecken«, ruft eine Mädchenstimme.

»Wer ist da?«, schreie ich. Irgendwie ist mir ein bisschen mulmig, obwohl es heller Tag ist und die Stimme alles andere als bedrohlich klingt. Und: Meine Wachhunde verstummen augenblicklich. In Sachen Kampfhundeausbildung muss dringend was getan werden, denke ich mir und trete todesmutig hinter dem Busch vor.

»Du?«

»Äh … hallo … ich … also … wollte nicht stören«, stammelt Nina. Das Rattenmädchen hält eine etwas ausgefranste rote Rose in der einen und ein ewiges Friedhofslicht in der anderen Hand. Earl beschnuppert hingebungsvoll ihre Sneakers und Mudel springt an ihren Beinen hoch.

»Was machst du denn hier?«, sage ich schärfer, als ich es meine. Nina wird knallrot.

»Ich wollte nur nach dem Grab sehen«, sagt sie leise. »Aber ich kann auch wieder gehen … Ich dachte, hier ist niemand.«

»Quatsch!«, rufe ich und gehe zu ihr hin. »Ich finde das total lieb von dir.«

»Echt?« Erleichtert atmet sie auf, und an ihrem Blick erkenne ich, dass sie in mir tatsächlich eine Erwachsene sieht, eine Respektsperson. Ich klopfe ihr aufmunternd auf die Schulter.

»Schöne Blume«, sage ich.

»Na ja, bisschen zerknickt.« Stimmt, die Rose sieht ziemlich benutzt aus, und eigentlich will ich gar nicht wissen, wo Nina sie her hat. Ich tippe auf Friedhof.

»Ach, wenn du sie nur hinlegst, dann fällt das nicht auf«, antworte ich und schlage Nina vor, im Garten nach einem flachen Stein zu suchen, auf den sie ihr Grablicht stellen kann, damit es nicht umfällt. Nina schaut also unter den Büschen am hinteren Zaun nach und ich öffne den goldenen Deckel des Grablichts. Zu meiner Erleichterung ist der Docht noch komplett jungfräulich und am Preisschild am roten Plastikboden erkenne ich, dass sie es hoffentlich gekauft hat.

»Meinst du, der geht?«, fragt Nina und ich fahre herum.

»Äh … ja, klar … Ich wollte das schon mal anzünden«, beeile ich mich zu sagen und fummele mein Feuerzeug aus der Hosentasche. Dann reiche ich Nina die Kerze, zünde sie an und setze den Deckel wieder darauf. Nina verharrt einen Moment regungslos. Selbst Mudel und Earl scheinen von der Situation ergriffen zu sein und hocken mucksmäuschenstill vor dem Rattengrab. Nina schnieft leise, dann kniet sie sich hin und stellt das Grablicht hin. Die Rose platziert sie quer über dem winzigen Erdhaufen. Ich stehe ein bisschen verlegen daneben und beobachte das Mädchen. Ich habe es jetzt schon oft genug erlebt, wie sehr Menschen an ihren Tieren hängen können und mal ehrlich: Wenn ich mir den Großteil der Menschheit so ansehe, dann ist mir eine ehrliche Hundeschnauze, ein fröhlicher Vogel oder eine verschmuste Katze allemal lieber als so manches Mitglied der menschlichen Rasse.

»So!«, ruft Nina nach ein paar Minuten. »Jetzt geht's mir besser.« Sie sieht mich ein bisschen verlegen an. Ich lächele ihr aufmunternd zu.

»Hunger?«, frage ich das Mädchen. Eigentlich will ich wissen, warum sie nicht in der Schule ist, aber ich ahne, dass das die falsche Frage ist.

»Ja, schon, aber ich habe nichts dabei, habe mein Vesper vergessen«, antwortet Nina.

»Macht nichts, dann teilen wir uns meine Sachen, ich habe sowieso keinen so großen Appetit.«

»Cool!« Nina strahlt mich an. »Sie sind echt nett.«

»Du.«

»Ich?«

»Du bist auch nett, aber ich meine – sag DU zu mir. Sonst fühle ich mich so alt. Und außerdem waren wir schon per Du, wenn ich mich recht erinnere.«

»Okay, ja, also *du* bist echt nett.« Earl mischt sich mit einem heiseren Wuff ein.

»Und du bist der Netteste von allen«, lache ich und streichle dem Mops über den Kopf. Was Mudel so natürlich nicht stehen lassen kann, auch er verlangt nach einer kurzen Streicheleinheit. Dann decken wir den kleinen Tisch auf der maroden Holzterrasse. Die

Hälfte der Planken muss dringend ausgetauscht werden. Sie sind so morsch, dass man befürchten muss, jeden Moment einzubrechen. Aber noch hält das Holz, und so können Nina und ich unser Mahl aus den beiden Sandwiches, dem Obstsalat und einer Packung Schokokekse aus der Laube genießen. Für mich fühlt es sich an wie Schuleschwänzen. Für Nina ist es das wahrscheinlich wirklich, aber ich verkneife mir weiterhin jeden Kommentar. Bin ja nicht die Erziehungsberechtigte hier! An einem ganz normalen Wochentag, wenn Arne Dienst schiebt, einen Lenz machen hat was, wie ich zugeben muss. Auch wenn ich mich schon fitter gefühlt habe, aber die Luft in der Kolonie ist wie Balsam für meinen Hals.

Mudel und Earl haben ihre Bettelpositionen neben dem Tisch eingenommen. Der Mops macht ein Gesicht, als habe er seit vier Wochen kein Knöchelchen gefressen und Mudel steht ihm in nichts nach. Nina kann dem Hundeblick nicht lange Stand halten und teilt ihr Sandwich mit den beiden Bettlern.

»Sag mal, hast du schon an ein neues Haustier gedacht?«, frage ich und hoffe, da nicht in einer Wunde zu stochern. Sie hing schon sehr an ihrer Ratte und manche Tierbesitzer brauchen Monate, um sich vom Tod des Tieres zu erholen. Sie durchlaufen dieselben Trauerphasen wie Menschen, die einen Angehörigen verloren haben. Nina bricht zum Glück nicht in Tränen aus, schüttelt aber traurig den Kopf.

»Das würde mein Vater nicht erlauben. Er hat das Terrarium schon verkauft.«

»Oh.«

»Na ja, kann man nichts machen.« Das klingt resigniert. Und ein bisschen wütend.

»Mag er denn keine Tiere?«

»Das ist es nicht.« Nina seufzt und knabbert an einem Keks, ehe sie weiterspricht. »Er findet das zu teuer. Und im Moment kann er jeden Euro brauchen, wie er sagt. Er spart.«

»Ein echter Schwabe also!«, versuche ich zu scherzen. Nina grinst nur schief.

»Er spart auf ein Boot.« So, wie sie ›Boot‹ sagt, könnte man meinen, es handele sich um eine durchlöcherte Fregatte für die Badewanne. Scheint es aber nicht zu sein, wie ich dann erfahre. Ninas Vater stammt eigentlich aus Hagnau am Bodensee. Über Beziehungen ist es ihm gelungen, einen der heiß begehrten Liegeplätze im Konstanzer Hafen zu ergattern, was allein schon ein kleines Vermögen kostet. Zum Liegeplatz gehört aber eine kleine Jacht. Und da Herr Pukallus zwar einen Segelschein, aber nicht mal ein eigenes Gummiboot besitzt, wird seit über einem Jahr jeder Euro mindestens vier Mal gewendet.

»Na ja, so eine Jacht hat doch was«, sage ich. Ich würde nicht Nein sagen, wenn mir jemand ein schwimmendes Wochenendhäuschen an den Bodensee stellen würde. Obwohl ich ja befürchte, schon im Hafen seekrank zu werden.

»Schon«, muss auch Nina zugeben. »Aber der spinnt total. Das muss gleich ein großes Teil sein, kostet mehr als zwei Neuwagen.« Ich pfeife durch die Zähne.

»Aber dass er deine Sachen für das Schiff verkauft, ist nicht ganz in Ordnung«, platze ich raus. Nina zuckt nur mit den Schultern.

»Er sagt, ich würde ja dann auch mitfahren und könnte meinen Teil beisteuern.« Mir schwant was und tatsächlich erfahre ich von Nina, dass er ihr Sparbuch, welches ihre Großeltern zu ihrer Taufe eingerichtet hatten, bereits geplündert hat. Ich muss mir wirklich auf die Lippen beißen, denn das geht mich ja eigentlich gar nichts an. Also sage ich nichts, sondern kaue auf einem Keks. Nina krault derweil Earl hinter den Ohren, nachdem sie den Mops auf ihren Schoß gehievt hat. Mudel ist ein bisschen beleidigt, dass er nicht dran ist, und so tröste ich ihn mit einer Fußmassage: Er liegt mir zu Füßen und ich wärme meine Fußsohlen an seinem Rücken, wobei ich ihn ganz sanft trete. Irgendwie fühle ich mich in diesem Moment als Teil einer Kitschpostkarte. Sonne, blauer Himmel mit Wattewölkchen und Stille. Herrliche, absolute Stille. Ich schließe die Augen. Am liebsten würde ich jetzt schlafen. Ich höre, wie Nina gähnt, und will ihr eben vorschlagen, die zweite Liege zu holen, um gemeinsam Siesta zu machen, als ich Schritte auf dem Kiesweg höre. Ich öffne träge die Augen. Earl knurrt leise und Mudel hat die Ohren gespitzt. Nina sitzt mit einem Mal stocksteif da.

»Scheiße!«, flüstert sie, als eine rötliche Halbglatze hinter der Hecke zu sehen ist. Blitzschnell setzt sie Earl auf den Boden, was dem Hund gar nicht passt.

»Was ist denn?«, flüstere ich zurück.

»Mein Vater!«, haucht sie, deutet mit dem Kopf auf die Hecke und verschwindet wie ein geölter Blitz in der Laube. Jetzt klopft mein Herz wie blöd, obwohl ich ja keinen Grund habe, nervös zu sein. Und aus den Tiefen meines Bauches meldet sich ein schlechtes Gewissen, das sich fatal nach Erwischtwerden beim Schuleschwänzen anfühlt. Ehrlich gesagt habe ich nur zwei Mal die Schule geschwänzt und wurde dabei auch nicht erwischt. Das erste Mal war ich in der siebten Klasse. Ich hatte mir mit der Nagelschere einen Pony geschnitten. Ich wollte dieselbe Frisur haben wie Steffi Graf. Blöd nur, dass der Pony erstens schief und zweitens nur knappe drei Zentimeter lang war – mir hatte ja keiner gesagt, dass Haare, die man im nassen Zustand schneidet, nach dem Trocknen nur noch halb so lang sind. Tante Trude hatte mir erlaubt, statt zum Matheunterricht zum Friseur zu gehen. Viel konnten die da auch nicht retten, aber wenigstens wurde ich am nächsten Tag nicht ausgelacht. Das zweite Mal habe ich in der neunten Klasse geschwänzt und das hat Tante Trude nie erfahren. Ich wollte das perfekte Blond und hatte mir beim örtlichen Supermarkt Haarfarbe aus dem Sonderangebot besorgt. Statt ›Honigblond‹ wie auf der Packung versprochen war das Ergebnis ›Kartoffelchips Paprika‹. Es war also ein Notfall-Schwänzen, als ich am nächsten Morgen statt der Schule den Supermarkt ansteuerte, um dort ein ›Megaultrablond‹ zu kaufen. Die Kassiererin hatte zwar etwas irritiert auf meine Mütze geschaut, aber nur zwei Stunden später war ich blond. Weißblond. Stand mir gar nicht, war aber besser als Chipsfarbe.

Im Moment würde ich mir eine Tarnkappe wünschen, denn der Glatzkopf steuert den Weg entlang auf unser Gartentörchen zu ... und öffnet es! Jetzt ist es um die Fassung der Hunde geschehen: Beide springen kläffend von der Terrasse und rennen zum Tor. Der ungebetene Besucher bleibt wie angewurzelt stehen, hebt die Hände, als habe jemand eine Pistole auf ihn gerichtet und sieht ziemlich verdattert aus. Das Klemmbrett in seiner linken Hand schwebt wie ein zu klein geratenes Dach über seiner Halbglatze. Earl und sein Sohn umkreisen ihn und führen einen verdammt guten Tanz auf.

»Hallo?«, ruft Ninas Vater, als er nach einer ziemlich langen Schrecksekunde einen Teil seiner Fassung wiedergewinnt. »Ist da wer?« Er klingt ziemlich unglücklich, und so beschließe ich, mich hinter dem Busch, der die Terrasse vor allzu neugierigen Blicken schützt, vorzuwagen. Kaum hat Herr Pukallus mich entdeckt, brüllt er schon los: »Pfeifen Sie sofort die Hunde zurück!« Sein Teint nähert sich farblich seinen verbliebenen roten Haaren an. Normalerweise würde ich das auch tun. Aber: Normalerweise kläffen der Mops und sein Sohn Besucher nicht so böse an. Im Gegenteil. Ich habe es selten erlebt, dass die beiden geknurrt haben, wenn jemand kam. Bellen, ja. Aber Knurren? Earl ist meistens sowieso zu träge und scheint davon auszugehen, dass Besucher, die zu ihm wollen, auch zu ihm ans Körbchen oder Sofa kommen. Und Mudel freut sich über jede Abwechslung. Allerdings kann ich ihnen auch nicht verdenken, dass sie den Mann auf Hundeart runterputzen. Mir ist er auch nicht sympathisch!

»Die wollen nur spielen«, sage ich deswegen jenen Satz, der sämtliche Hundehasser sofort auf die Palme bringt. Ich bleibe, wo ich bin, verschränke die Arme vor der Brust und grinse.

»Das sagt jeder!«, brüllt Pukallus, aber seine Stimme zittert ein wenig. Dem Mann ist wirklich nicht wohl.

»Was machen Sie eigentlich hier?«, frage ich über das Gekläff hinweg. Schließlich ist das hier ganz bestimmt nicht sein Garten.

»Das geht Sie nichts an!«

Ich zucke mit den Schultern und tue so, als ob ich mich umdrehen und in die Laube gehen will.

»Hallo? Jetzt machen Sie doch was!« Pukallus quiekt, als Mudel an ihm hochspringt.

Ich seufzte theatralisch und zähle bis drei. Ganz langsam. Dann rufe ich: »Earl! Mudel! Aus!« Na ja. Ich will das rufen. Aber mein Hals macht nicht mit, und so krächze ich irgendwas, verschlucke mich dabei und huste erst mal ordentlich. Sehr ordentlich. Mich schüttelt es einmal komplett durch, ich muss mich am Geländer festhalten und belle jetzt lauter als die Hunde. Die hören dafür auf und rennen zu mir. Earl sieht mich sehr besorgt an, Mudel wedelt mit dem Schwanz. Der hält es wahrscheinlich für ein neues Spiel, dass ich aus dem letzten Loch pfeife. Ich habe Tränen in den Augen und nehme es nur sehr verschleiert wahr, dass Pukallus näher kommt. Als ich denke, mir fliegt jeden Moment die Lunge aus dem Hals, löst sich etwas in meinen Bronchien. Pukallus steht mittlerweile vor mir und starrt mich an. Ich hebe den Kopf und in dem Augenblick saust ein grüner, schleimiger Pfropfen aus meinen Atemwegen. Direkt auf das hellblau gestreifte Hemd von Pukallus.

»Igitt!«, ruft der, springt einen Schritt zur Seite, tritt dabei auf den Lenker des im Gras liegenden Rollers, macht eine halbe Drehung und landet auf allen vieren im Gras. Das Klemmbrett hält er noch immer fest umklammert, den Hintern streckt er nach oben, und ich verspüre den Impuls hineinzutreten. Mache ich aber nicht, denn ich habe genug damit zu tun, wieder zu Atem zu kommen.

Pukallus rappelt sich hoch, klopft sich ein paar Grashalme von den Knien und starrt angewidert auf seine linke Hemdtasche, wo mein Rotz hängt.

»Das … tut … mir leid«, keuche ich noch immer völlig außer Atem. »Moment, ich hole ein Tuch …«

»Nicht nötig«, schnauzt Pukallus und zerrt ein Stofftaschentuch aus seiner beigen Bundfaltenhose. Er sieht aus, als ob er gleich kotzt. Trotzdem säubert er sein Hemd, und zumindest von meiner Warte aus ist kein Fleck mehr zu sehen. Ich räuspere mich und sage dann mit einer Stimme, die perfekt zu einem kettenrauchenden Transvestiten passen würde: »Was wollen Sie hier?«

Pukallus schnappt kurz nach Luft. Dann herrscht er mich an: »Das geht Sie nichts an.«

»Ich glaube schon. Das hier ist nicht Ihr Garten. Sie sind einfach so durch das Tor marschiert.« Langsam werde ich sauer.

»Es war offen«, blafft er zurück.

»Das heißt ja wohl noch lange nicht, dass hier jeder einfach so reinspazieren kann.« Ich gehe ein paar Schritte auf ihn zu. Ich weiß, dass ich nicht sonderlich bedrohlich wirke, aber ich will einen Blick auf das Klemmbrett werfen.

»Ich bin dienstlich hier, Fräulein!« *Fräulein?* Wenn ich was nicht leiden kann, dann das. Mein Blut ist ordentlich in Wallung und mein Puls steigt um ein paar Punkte mehr, als ich sehe, was auf dem Klemmbrett ist: ein kopierter Plan der Laubenkolonie. Es rattert in meinem Kopf. Dann macht es pling. Ninas Vater ist DER Pukallus … Klar. So ein Name ist ja recht selten. Vor mir steht der Beamte, dessen Brief Klaus Hünken und uns alle komplett aus der Bahn geworfen hat. Na warte!

»Dann können Sie sich ja wohl ausweisen, mein *Herrlein* …«

Er zögert eine halbe Sekunde. Dann strafft er die Schultern, die nicht sehr breit sind, und bläht die Nasenflügel auf, wobei er den Blick frei gibt auf ein paar borstige rote Haare.

»Erst mal räumen Sie hier auf, junge Dame!« Er deutet mit der freien Hand auf den Roller. »Das ist ja lebensgefährlich hier.«

Dreist. Der Kerl ist einfach nur dreist! Ich stemme die Hände in die Hüften und will einen Schritt auf ihn zu machen, als Earl sich knurrend vor mich stellt. Mudel spitzt die Ohren, dann gesellt er sich zu seinem Vater und brummt genauso.

»Und die Hunde hier frei rumlaufen zu lassen … Ich werde den Tierschutz einschalten!«, blökt Pukallus weiter.

»Das ist ein privater Garten, da können meine Hunde machen, was sie wollen«, kläffe ich zurück und schiele dabei auf das Klemmbrett. Links oben im Plan entdecke ich ein orangefarbenes Logo. Ich bin zwar nicht besonders gut darin, auf dem Kopf stehende Sachen zu lesen, aber ich kann trotzdem die Buchstaben ›May

Immob‹ entziffern. Auf dem Rest liegt Pukallus Daumen. Und außerdem fuchtelt er schon wieder mit dem Brett, sodass alles verschwimmt.

»Gar nichts können Sie, Sie ... Sie ... was machst DU hier?« Pukallus steht der Mund sperrangelweit offen. Er starrt an mir vorbei und ich ahne was.

»Ich war bei Kiki«, höre ich Nina sagen und drehe mich um. Sie steht zwei Schritte hinter mir. »Und lass Tanja in Ruhe, Papa!«

»Tanja? Du kennst diese ... diese ... Frau?« Pukallus ist noch immer verwirrt. Earl und Mudel schweigen jetzt und sehen genauso neugierig wie ich von einem zum anderen.

»Warum bist du nicht in der Schule?«, schnauzt der gute Mann jetzt seine Tochter an. »Und was heißt das, du warst bei Kiki?«

»Kiki wurde hier begraben«, gibt Nina pampig zurück. »Und außerdem ist Sport ausgefallen.«

»Das glaubst du ja selbst nicht!«

»Doch, wir haben die Ratte hier bestattet«, mische ich mich ein.

»Sie halten sich da raus!«

»Aber ...«

»Nina, du kommst sofort mit mir mit. Darüber reden wir zu Hause«, presst Pukallus hervor. Ich will etwas sagen, aber das Mädchen kommt mir zuvor.

»Lass, Tanja. Schon okay«, sagt sie und sieht ziemlich traurig aus. »Und danke für das Sandwich.«

»Jederzeit gern wieder«, antworte ich. Pukallus stapft zum Tor, seine Tochter schnappt sich ihren Roller und Rucksack und trottet hinter ihrem Erzeuger her. Sie tut mir leid. Richtig leid. Die Hunde schauen mich traurig an, und in dem Moment merke ich, wie sehr mich das alles angestrengt hat. Mir ist ein bisschen schwummerig, und mein Hals brennt schon wieder. Ich beschließe, mich erst einmal auszuruhen und schnuckele mich wieder auf der Liege ein. Der Mops springt zu mir hoch, kuschelt sich an meinen Bauch, und Mudel macht es sich neben uns bequem. Ich kraule Earls Ohren, bis ich einschlafe.

»Guten Morgen, Prinzessin!« Chris streichelt mir über die Wange. »Geht's dir besser?« Ich seufze wohlig und öffne die Augen. Mein Mitbewohner lächelt mich an. Hinter ihm erscheint Rolfs Kopf.

»Na, alles fit?«, will der wissen. Ich recke und strecke mich, gähne herzhaft und setze mich auf.

»Jaaa, viel besser«, antworte ich, als ich mein Innenleben gecheckt habe. Der Hals glüht nur noch leicht nach, die Kopfschmerzen sind weg und schwindelig ist mir auch nicht mehr.

»Wie spät ist es denn?«, will ich wissen.

»Halb fünf vorbei«, antwortet Rolf. Oh, da habe ich ja ausgiebig gepooft! »Magst du einen Bienenstich?«

Ich muss lachen. »Als Kuchen – ja!«

»Dann komm, die Kaffeetafel ist bereit, Prinzessin.«

179

Chris hilft mir auf. Tatsächlich haben die beiden den Tisch schon gedeckt. Mit Tischdecke, klar. Die hatte ich vorhin nicht benutzt. Und ich hatte auch keine Servietten hingelegt und schon gar keine flache Glasschale mit Gänseblümchen-Köpfen und drei Schwimmkerzen gefüllt. Chris eben … und aus den Kerzen, die noch nicht brennen, schließe ich, dass die beiden heute länger bleiben. Wahrscheinlich parkt in der Laube eine Kühlbox mit allerlei gutem Grillzeugs und Salaten.

Bevor ich mich allerdings auf Kaffee und Kuchen stürzen kann, mache ich einen Abstecher in den kleinen Verschlag hinter der Laube. Das Chemieklo hatte bei den Jungs für heiße Diskussionen gesorgt. Chris wollte einen separaten Raum ausbauen, Rolf setzte sich dann allerdings durch. Mit Recht, wie ich finde: Dieses blaue Plastikteil, dem ein Geruch nach einer Überdosis ätzender Reinigungsmittel entströmt, hat einfach keinen Palazzo Pipi verdient. Aber es erfüllt seinen Zweck, und wenn ich ›Schöner Pinkeln‹ haben will, dann muss ich ja nur zu Hause in der WG aufs Töpfchen gehen. Da durfte Chris sich ja austoben!

»Ah, Madame Zombie, nehmen Sie Platz!« Rolf bittet mich mit großer Geste an den Tisch. Ich strecke ihm die Zunge raus.

»Pass bloß auf, was du sagst, sonst huste ich dich an«, gebe ich kichernd zurück.

»Hätte nichts dagegen, Süße«, kommentiert Chris. »Ein paar Tage gelber Zettel … hach.«

»Ja, so ein bisschen blaumachen würde mir auch gefallen«, gibt Rolf zu. »Ich habe im Moment so was von keinen Bock mehr auf meinen Job. Jeden Tag dasselbe, und der Zeitdruck wird immer größer. Ich bin zwar bei der Bummelpost, aber wir kriegen den ganzen Druck ab von oben. Seit es immer mehr private Zustelldienste gibt. Nein, das ist nicht mehr schön.«

Ich nicke. Rolf fährt fort. »Vor zwei, drei Jahren konnte ich mir noch die Zeit nehmen, auch mal einen Plausch zu halten mit einer Oma oder mal ein Käffchen trinken mit einem alleinstehenden Mann.«

»Na, na!« Christ tut entrüstet.

»Nein, nicht was du denkst«, lacht Rolf. »Aber mein Bezirk hat sich beinahe verdoppelt, und es ist mehr ein Marathonlauf mit der Stoppuhr im Kreuz statt ein Kundendienst.«

»Du sollst nur mir dienen, keinem Kunden!«

»Ach Chris!« Rolf lächelt schief.

»Ich weiß schon, was du meinst«, beschwichtigt ihn sein Liebster. »Bei uns ist es auch zum Kotzen. Sorry, ist aber so.« Er piekst schwungvoll ein Stück Bienenstich auf seine Gabel und kaut darauf, als müsse er einen Stein zermalmen. Dabei ist der Kuchen federleicht.

»Ich weiß ja, dass die Leute alle Frust schieben. Und es ist mir auch klar, dass sie nicht mich persönlich meinen, wenn sie ausrasten und rumbrüllen. Aber ganz ehrlich, ich arbeite bei einer Service-Hotline. Nicht bei der Telefonseelsorge.« Ich muss kichern, als ich mir Chris im Talar und mit päpstlichem Gesichtsausdruck vorstelle. Gut zuhören kann er ja.

»Vorhin hatte ich eine Frau dran, die sofort losgeheult hat. Ihr Mann ist mit der Nachbarin durchgebrannt, der Sohn hat seine Zahnspange verloren, die Tochter ein neues Zungenpiercing und sie keine Ahnung, wie die neue Waschmaschine zu schleudern aufhört.«

Rolf lacht los. »Mein armer, armer Schatz«, tröstet er Chris.« Der schmollt ein bisschen.

»Ich habe halt nur fünf Minuten pro Anrufer«, sagt er schnippisch. »Wie soll ich da die ganzen Probleme lösen, wenn ich erst mal rausfinden muss, warum so jemand überhaupt anruft?«

»Ja, was wollte die Frau eigentlich«, frage ich.

»Ihren Psychologen sprechen. Sie hatte sich verwählt.« Ich brülle los und Rolf kichert mit. Auch Chris muss jetzt lachen, und nachdem wir uns wieder beruhigt und die Hunde mit je einem halben Stück Biskuitboden verwöhnt haben, fällt mir unser Besucher wieder ein. Der war irgendwo im Fiebernebel verschwunden. Also erzähle ich erst mal, was ich so erlebt habe, während ich vermeintlich das süße Leben in der Laube genoss.

»Starkes Stück!« Rolf schüttelt den Kopf, als ich fertig bin mit Erzählen. »Und das Kind kann einem echt leidtun.«

»Na ja, ich hätte es nicht ganz so schlecht gefunden, wenn mein Vater ein Böötchen am See gehabt hätte«, wirft Chris zwinkernd ein. »Die Surfer und so …«

»Chris, am Bodensee sind eher weniger Surfer!« Ich muss lachen. Rolf haut seinem Schatz gespielt auf den Hinterkopf.

»Was mich viel mehr interessieren würde als irgendwelche Familienstreitigkeiten und Jachten ist die Frage, was der Pukallus hier zu suchen hatte. Die Stadt schickt ihn doch ganz bestimmt nicht wegen der Steuer her. Und dass er eine Laube pachten will, ist ja wohl ausgeschlossen.«

»Das wär ja noch schöner, den hier als Nachbarn zu haben«, rufe ich.

»Wartet mal einen Moment.« Rolf steht auf und kommt gleich darauf aus der Laube wieder, seine erst wenige Monate alte Errungenschaft im Arm. »Fragen wir doch mal Carolin!«

»Die schon wieder.« Chris verdreht die Augen. »Was hat sie, was ich nicht habe?«

»Mobiles Internet, Schatz!«, kontert Rolf und schaltet sein gerade mal zehn Tage altes iPad ein. Chris schnappt sich ein zweites Stück Bienenstich und spielt den Beleidigten. Ich giggele innerlich vor mich hin. Dass Frauen ihre Autos oder technischen Geräte mit Namen versehen, wusste ich. Neu war mir, dass das auch Männer tun. Rolf hat sein iPad nach der Verkäuferin benannt.

»Die beste Erfindung seit dem Rad«, sagt er zum hundertsten Mal, als das Gerät hochgefahren ist.

»Ja. Jaaaa. Schon gut«, nölen Chris und ich unisono.

»Dann wollen wir mal sehen.« Rolf lässt sich nicht stören und tippt mit verzücktem Blick auf den Touchscreen. Sein Lächeln weicht allerdings kurz darauf einem leicht entsetzten Gesichtsausdruck. Mit hochgezogenen Augenbrauen starrt er auf den Bildschirm und schüttelt den Kopf.

»Was? Was ist denn?«, frage ich und stelle mich hinter ihn. Über Rolfs Schulter starre nun auch ich auf den Bildschirm. Das orangefarbene Logo von Pukallus' Klemmbrett blinkt mir entgegen. May Immobilien Frankfurt. Eine ziemlich einfach gemachte Website, wie ich finde. Ich überfliege den Text, und dann schnellen auch meine Augenbrauen in die Höhe.

»Wir sind auf der Suche nach größeren Liegenschaften in Stuttgart. Bei erfolgreicher Vermittlung erhalten Sie eine Provision – sprechen Sie uns an.«

»Donnerwetter!« Chris pfeift durch die Zähne, wobei ein paar Bienenstichkrümel auf den Bildschirm fliegen.

»Hey, aufpassen«, tadelt ihn Rolf. Er wischt die Krümel weg, wobei das Bild verschwindet. Es dauert ein paar Sekunden, ehe er es wieder geladen hat. Zeit genug, um das eben Gelesene zu sortieren.

»Denkt ihr, was ich denke?«, frage ich die Jungs.

Meinem fieberschwachen Hirn traue ich nicht so ganz.

»Ich glaube schon«, antwortet Rolf. »Die Immobilienfuzzis suchen Grundstücke – der Pukallus braucht Geld. Beim heiligen Mops, ich glaube langsam nicht mehr, dass der Steuerbescheid rein zufällig ausgerechnet jetzt ausgegraben wurde ...«

»... und ich auch nicht. Das wäre eine riesengroße Sauerei«, mischt Chris sich ein.

»Klick mal weiter«, fordere ich Rolf auf. Auf dem Bildschirm erscheint eine lange Latte an Neubau-Wohnungen der oberen Preisklasse. Für mich unerschwinglich. Alle mit Marmorfliesen, zum Teil sogar offenem Kamin, Hausmeisterservice und – alle in Stuttgart.

»Projektierte Objekte für gehobene Ansprüche«, lese ich laut vor. Echte Fotos finden sich hinter keinem der Angebote, aber hübsche Computerbilder und Grundrisse. Vom Zwei-Zimmer-Appartement bis zum Sechs-Raum-Loft ist alles dabei.

»Wo soll denn das sein?«, will Chris wissen, nachdem wir uns durch sämtliche Inserate geklickt haben.

»Ich befürchte, genau da, wo du jetzt stehst«, knurrt Rolf. »Die Beschreibung passt: ›Exklusives Wohnen in exponierter Halbhöhenlage in ehemaligem Landschaftsschutzgebiet‹. Die tragen ganz schön fett auf.«

In dem Augenblick, als Rolf ›fett‹ sagt, springen die Hunde unterm Tisch auf und bellen.

»Ich dachte, ihr jätet Unkraut? Stattdessen wird wieder auf irgendwelchen Shoppingseiten gesurft?«

»Arne!« Er lacht, als er auf uns zukommt – mit einem Korb, der aussieht, als hätte er ihn gerade eben bei Rotkäppchen geliehen. Mein Herz klopft schneller. Er sieht so knusprig aus in seiner Sanitäteruniform!

Earl und Mudel springen an ihm hoch und schnuppern ausgiebig. Ich kann mir vorstellen, dass seine Hose interessant riecht, nach anderen Hunden, Katzen und allerlei Kleinvieh. Er scheucht die Hunde weg, stellt den Korb auf einen freien Stuhl und nimmt mich in den Arm.

»Geht's dir besser?«, flüstert er mir ins Ohr.

»Jetzt ja«, krächze ich. Meine Stimme wird von Minute zu Minute schlechter, und es ist eindeutig Zeit für eine weitere Halspastille. Vorher aber will ich einen Kuss. Wegen der Viren auf den geschlossenen Mund – aber auch das ist so übel nicht.

»Hier shoppt keiner«, sagt Chris schließlich. »Es sei denn, du hast im Lotto gewonnen und willst dir ein Loft mit Whirlpool und zwei Balkonen kaufen.«

»Bitte?« Arne starrt auf den Bildschirm und macht große Augen, als Rolf ihm erklärt, was genau da zu sehen ist.

»Leck mich«, kommentiert Arne. »Eins komma zwei Millionen. Für 150 Quadratmeter. Und schon reserviert!«

»Stimmt. Gut ein Drittel der Wohnungen scheint

schon an den Mann gebracht worden zu sein, obwohl offensichtlich noch kein einziger Stein verbaut wurde.« Rolf scrollt weiter. Chris seufzt.

»Ich kann mir nicht vorstellen, dass hier mal ein Wohnblock stehen soll.« Er sieht ziemlich unglücklich aus.

»Na, noch steht ja nichts«, meint Arne kampfeslustig. »So leicht geben wir nicht auf, oder?« Chris zuckt mit den Schultern, Rolf nickt heftig. Ich huste, was die drei als Zustimmung deuten.

»Ich habe da so eine Idee, darf ich mal?« Arne setzt sich und übernimmt ›Carolin‹.

»Kannst du mir erst mal verraten, was du da mitschleppst?« Ich will das Tuch vom Korb haben, aber Arne klopft mir auf die Finger.

»Erst die Arbeit!«, ruft er und loggt sich bei einem Mailservice ein. Dann tippt er los:

Von: dr.fuchs@mail-mania.com
An: info@may-immobilien.de
Betreff: Exposé Objekt S-1309/0309/2404

Sehr geehrte Damen und Herren,

mit großem Interesse haben meine Gattin und ich die von Ihnen in Stuttgart projektierten Objekte auf Ihrer Internetseite gesehen. Dabei stach uns besonders das Penthouse im Südflügel ins Auge. Wir würden uns sehr

über weitere Informationen betreffs des exklusiven Neubaus und ein Exposé der Wohnung freuen.
Da Sie auch eine Finanzierungsberatung anbieten, bitten wir um ein persönliches Gespräch.
Mit freundlichen Grüßen
Dr. A. Fuchs

Arne fügt noch seine private Handynummer als P.S. ein und drückt dann auf ›Senden‹.

»Ich wusste gar nicht, dass du verheiratet bist«, sage ich gespielt beleidigt mit dem Rest meiner kratzigen Stimme.

»Nun, meine Gattin begehrt nur den allerbesten Wohnraum«, antwortet Arne gestelzt und grinst mich an. »Schließlich haben wir gesellschaftliche Verpflichtungen.«

»Ach ja, und die wären, verehrter Gatterich?« Ich rutsche auf Arnes Schoß und knabbere an seinem Ohr.

»Könnt ihr Turteltauben bitte aufhören?« Rolf stemmt die Hände in die Hüften und schaut uns tadelnd an. »Sollten wir eigentlich Klaus Hünken informieren?«

Arne überlegt einen Moment. »Nein, noch nicht. Erst will ich wissen, was bei der Mail rüberkommt.«

»Sehe ich eigentlich genauso«, meint Chris. Ich kuschele mich enger an Arne. Ehrlich gesagt hätte ich nichts dagegen, mit ihm gemeinsam auf Wohnungssuche zu gehen – auch wenn das bedeuten würde, die WG mit meinen Jungs und den Hunden aufzugeben. Das will ich eigentlich sowas von überhaupt gar nicht, aber der Tagtraum, als Frau Dr. Fuchs von einem Makler durch ein schickes Loft geführt zu werden, hat was. Ich seufze leise, was allerdings mehr wie ein Krächzen klingt. Arne wuschelt durch meine Haare.

»Schluss jetzt!«, ruft Rolf lachend.

»Spielverderber«, kontere ich. »Ich will sofort wissen, was in dem Korb ist!«

»Ja, ich auch«, gibt Chris zu.

»Na gut.« Arne schiebt mich von seinem Schoß und will eben das Tuch aus dem Korb nehmen, als wir Schritte auf dem Kiesweg hören. Klaus Hünken läuft an unserem Garten vorbei, die Schultern nach vorn gebeugt und den Blick stur auf den Boden geheftet. Er sieht mindestens 20 Jahre älter aus, als er ist. Und verdammt traurig.

»Oh je, den nimmt's aber ganz schön mit«, sagt Chris, als unser Vorsitzender verschwunden ist. Dass Hünken nicht mal winkt, ist gar nicht seine Art.

»Umso wichtiger, dass wir nicht kampflos aufgeben«, sagt Rolf. Nein, das dürfen wir nicht. Nicht nur wegen unserer Parzelle hier. Sondern wegen Leuten wie Klaus Hünken, für die ›Die Wonne‹ ihr zweites Zuhause ist. Wenn es die Schrebergärten nicht mehr gibt, dann geht für sie ein Großteil Lebensfreude verloren. Das klingt pathetisch, denke ich selbst bei dem

Gedanken, ist aber so. Ich könnte heulen. Will ich aber nicht und deswegen bin ich froh, als Arne endlich das Geheimnis lüftet.

»Voilà!« Mit großer Geste, wie ein Magier in Las Vegas, hebt er das Handtuch und nimmt – einen Topf aus dem Korb. Es ist der blau legierte, angeschlagene Topf aus seiner Küche, dessen Deckel nicht richtig schließt. Ein Erbstück seiner Oma.

»Meine Oma sagte immer, wer krank ist, braucht ein Apfelmus«, doziert mein Schatz und kramt ein paar Löffel aus dem Korb.

»Deine Oma war ein kluger Mensch«, pflichte ich bei und strahle Arne an.

»Schüsseln habe ich leider vergessen, aber wir können ja alle aus einem Topf essen, oder?« Fragend sieht er in die Runde.

»Klar!« Chris schnappt sich einen Löffel, Rolf ebenso. Ich stelle den Topf in die Mitte des Tisches. Der erste Bissen ist mir vorbehalten. Und es schmeckt paradiesisch!

»Kommt eigentlich Sandra nicht?«, erkundige ich mich nach dem dritten Löffel.

»Nein«, antwortet Arne. »Sie hat heute Abend eine private Rechtsberatung.«

»Oha!«, machen die Jungs. Earl murrt unter dem Tisch. Mudel rennt wie wild zwischen den Stühlen hin und her. Die Hunde wollen auch Apfelmus – aber das riskieren wir lieber nicht. Meine Oma wusste nämlich schon, dass Apfelmus entschlackend wirken kann.

»Wartet bis zum Abendessen«, befiehlt Rolf. »Dann gibt's Würstchen.« Der Mops stolziert beleidigt zum Rosenbeet und hebt das Bein gegen den Lavendel. Dabei sieht er uns so pikiert an, dass wir lachen müssen.

Nach drei Tagen ausruhen, Halstabletten und Pflege durch meine drei Männer geht es mir wieder so gut, dass ich mit Arne Dienst schieben kann. Wird auch Zeit, mir ist langsam die Decke auf den Kopf gefallen zu Hause. Und Schrebergarten bei Nieselregen macht keinen Spaß. Ich hatte mittlerweile die komplette Staffel ›Friends‹ durch und die Hälfte von ›Six feet under‹. Ich genieße es, den ganzen Tag mit meinem Liebsten zu verbringen. Mit ihm Hand in Hand zu arbeiten – und auch mal Händchen halten oder zwischen zwei Einsätzen einen Kuss zu stibitzen. Nach einer nierenkranken Katze, die wir leider nur noch erlösen konnten, einem brütenden Wellensittich und drei Hunden – verstauchtes Vorderbein nach Treppensturz bei einem Dackel, einem Mischling, der eine halbe Packung Schnapspralinen gefressen und mit medikamentöser Hilfe wieder ausgekotzt hat, und einem Pudel, dem nichts fehlt, dessen Frauchen aber endlose Langeweile hat – sehen wir noch nach einer Landschildkröte, die sich nicht bewegt, weil der Heizstrahler im Terrarium nicht richtig eingestellt war, und machen uns dann zufrieden und mit einem gut gefüllten Rechnungsblock auf den Heimweg.

Earl und Mudel erwarten uns schon an der Wohnungstür. Der Mops beschnüffelt erst einmal ausgiebig unsere Schuhe und Hosenbeine, während Mudel wild kläffend an uns hochspringt. Für die Hunde müssen wir riechen wie eine Tageszeitung.

»Hey, nicht so stürmisch!«, lacht Arne und knuddelt Mudel erst einmal ordentlich durch, während ich Earl ein paar Schmuseeinheiten verpasse, die der Mops grunzend kommentiert.

»Oh wie nett!«, ruft Arne, der mit Mudel in die Küche gegangen ist.

»Was denn?«, will ich wissen und nehme Earl auf den Arm. Der Mops leckt mir übers Gesicht, was meinem Make-up nicht guttut, mich aber zum Lachen bringt.

»Schau selbst«, sagt Arne. Ich folge ihm in die Küche. Earl bellt leise – von meinem Arm aus hat er einen super Blick auf den gedeckten Kaffeetisch. ›Sind im Garten‹ steht auf einem Zettel, der an einem Marmorkuchen lehnt, von dem offensichtlich schon vier Stücke fehlen.

»Meine Jungs«, sage ich voller Stolz. Arne scheucht Mudel unter den Tisch, stellt zwei Kaffeetassen unter die Saeco und brüht uns Kaffee. Earl reckt seinen kurzen Hals, und ich sehe dem Mops an, dass er jetzt am liebsten auf den Tisch springen und den Kuchen fressen würde.

»Nix da, Dicker, geh zu deinem Sohn«, befehle ich dem Mops und stelle ihn auf den Boden. Earl ist sichtlich beleidigt, nimmt aber trotzdem seine Bettelposition zu meinen Füßen ein. Ich setze mich, ignoriere den Hund, streife die Sneakers von den Füßen und schneide zwei Stück Kuchen ab. Als der Kaffee durchgelaufen ist, gesellt sich Arne zu mir. Wir mampfen schweigend jeder zwei Stück Marmorkuchen. Dann muss ich gähnen.

»War's zu anstrengend heute?«, fragt Arne besorgt. Ich schüttele vehement den Kopf.

»Nein, das passt schon«, lüge ich. Ich will nicht, dass er mich für eines dieser schwachen Hascherl hält, die ein kleiner Schnupfen aus der Bahn wirft. Mein Schatz nickt beruhigt.

»Warte mal«, sagt er dann, geht in mein Zimmer und kommt mit seinem Laptop wieder. Dort hat er gestern noch die aktuellen Rechnungen eingetippt. Eigentlich wäre das mein Job, aber ich war einfach zu müde und habe mich vom Klappern der Tasten in den Schlaf lullen lassen. Und von Arnes stockender Erzählung, was Sandras Date mit dem Anwalt angeht. Männern muss man ja grundsätzlich alles aus der Nase ziehen, aber nach einer halben Stunde wusste ich dann, dass die beiden offensichtlich einen netten Abend zusammen hatten. Bernd hatte Sandra das Teehaus gezeigt, danach waren die beiden im Höhenpark am Killesberg bummeln und haben sich im Biergarten ein Eis schmecken lassen. Die Frage, ob sie sich auch geküsst hatten, konnte mein Liebster allerdings nicht beantworten. DAS wäre für mich die eigentliche Botschaft gewesen und nicht die Tatsache, dass der Jurist einen Volvo fährt, eigentlich aus Leipzig stammt und kein Weizenbier mag. Männer …

Arne fährt den PC hoch und öffnet das Mailprogramm. Ein leises Pling kündigt an, dass er neue Nachrichten hat. »Werbung, langweilig, lese ich später«, murmelt Arne, während er sich durch den Posteingang scrollt. Dann ruft er »Aha!« Ich stehe auf und linse über seine Schulter. Das Immobilienbüro hat geantwortet:

Von: info@may-immobilien.de
An: dr.fuchs@mail-mania.com
Betreff: Re: Exposé Objekt S-1309/0309/2404

Sehr geehrter Herr Dr. Fuchs,
herzlichen Dank für Ihr Interesse an unserem Projekt in Stuttgart. In der Anlage finden Sie das Exposé als pdf.
Unser Mitarbeiter vor Ort steht Ihnen jederzeit zur Verfügung. Sie erreichen Herrn Pukallus unter der Mobilnummer 0172/245569842421.
Mit freundlichen Grüßen
M. Asmussen,
Ass. d. Gesch.F.
Anlage: Stuttgart.pdf

»Da schau her«, sagt Arne und grinst. Dann klickt er auf die angehängte Datei. Es dauert einen Moment, ehe alles geladen ist, dann erscheint ein Hochglanzprospekt auf dem Bildschirm. Am Computer wurden die Traumwohnungen schon gebaut. Und, ganz ehrlich, ich würde da sofort einziehen. Die Preisliste ignorieren wir zunächst und scrollen bis zum Penthouse vor. Ich bin baff, als ich den Grundriss sehe: Da würde unsere WG locker fünf Mal reinpassen!

»Fertigstellung Ende nächsten Jahres«, liest Arne vor. »Donnerwetter, die geben aber Gas, wenn die Schrebergärten erst zum Januar geräumt sein sollen.«

»Die werden nicht geräumt«, sage ich ein bisschen weinerlich. »Das will ich nicht!«

»Das will ich auch nicht«, sagt Arne und fummelt das Telefon aus seiner orangenen Rettungsjacke, die er über den Stuhl gehängt hat. Dann wählt er die in der Mail angegebene Nummer und drückt auf die Freisprechtaste. Earl merkt, dass etwas im Gange ist und bellt leise.

»Scht!«, mache ich und nehme ihn auf den Schoß. Mudel will das natürlich auch, und so sitze ich nach dem vierten Tuten mit beiden Hunden auf dem Schoß am Tisch. Zu zweit sind die ganz schön schwer und ich habe Mühe, die Balance zu halten, weil der Mops sich nach dem Kuchen auf dem Tisch streckt.

»Ja?«, meldet sich nach dem siebten Tuten eine männliche Stimme aus dem Handy.

Arne: »Dr. Fuchs hier.« (Das *Doktor* betont er, aber natürlich sagt er nicht, dass seine Doktorarbeit den Titel ›Nasale Probleme bei brachyzephalen Rassen‹ trug).

Pukallus: »Äh. Ja.« (Klingt gehetzt)

Weibliche Stimme aus dem Off: »Schon wieder ein Privatgespräch?«

Pukallus (hält offensichtlich die Hand über den Lautsprecher): »Nein – knack – Moment – rausch – gleich – knack …«

Arne: »Hallo?«

Rauschen in der Leitung. Man hört Stimmen, versteht aber kein Wort. Dann klingt es, als ob eine Tür geöffnet und wieder geschlossen wird. Schritte.

Pukallus: »Entschuldigung, meine Sekre… also, hier ist viel los. Wer ist am Apparat?«

Arne: »Fuchs. Dr. Fuchs. Es geht um das Penthouse in Stuttgart.«

Pukallus (jetzt sehr säuselnd): »Herr Dr. Fuchs, wie schön! Wie kann ich Ihnen helfen?«

Arne: »Nun, wir haben das Exposé erhalten. Die Wohnung entspricht unseren Vorstellungen, zumindest dem, was man auf dem Papier sieht. Meine Frau und ich würden uns aber gern vor Ort umschauen.«

Pukallus (zögert einen Moment): »Äh. Ja, also, gebaut haben wir noch nichts.«

Arne: »Das wissen wir, aber wir würden gern mal

das Grundstück sehen, damit wir einen Eindruck haben von der Lage.«

Earl fiebt und streckt sich weiter Richtung Kuchen. Mudel jammert, weil er fast von meinem Schoß rutscht.

Pukallus: »Ah, ich höre, Sie haben Kinder?«

Arne (grinst): »Ja. Sozusagen. Zwei Söhne.«

Pukallus: »Wie schön, Herr Dr. Fuchs. Ja, für junge Familien ist dieses Objekt i-de-al.«

Ich unterdrücke ein Kichern. Arne grinst mich an.

Arne: »Genau das ist uns wichtig. Eine Umgebung, in der unsere ... Söhne gut aufwachsen können, mit viel Natur. Die beiden sind am liebsten draußen.«

Pukallus (begeistert): »Das ist Natur pur! Mehr Natur geht gar nicht.«

Arne: »Das klingt gut. Sagen Sie, wann können wir uns die Liegenschaft ansehen?«

Pukallus (schluckt trocken): »Äh ... Moment ... also, wir haben natürlich sehr viele Interessenten, aber für Sie, lieber Herr Dr. Fuchs, finde ich natürlich einen Termin. Moment bitte.«

Rascheln aus dem Hörer. Arne verdreht die Augen, ich tippe mir an die Stirn. So gut das eben geht, wenn man zwei verfressene Hunde auf dem Schoß hat.

Pukallus: »Herr Dr. Fuchs? Ginge es übermorgen, so gegen 17 Uhr?«

Arne: »Moment bitte, ich muss meine Frau fragen. Schatz? Schaaatz?« Arne hält das Telefon von sich weg.

Ich halte mir die Hand vor den Mund und mache undefinierbare Geräusche. Schließlich teilt mein Herr Doktor dem Herrn Pukallus mit, dass es der Gattin genehm wäre, und die beiden vereinbaren einen Treffpunkt etwa einen halben Kilometer vor der Laubenkolonie. Falls sich jemand nicht auskennt, sind die Schrebergärten in der Tat schwer zu finden. Arne bedankt sich, verneint das Mitkommen seiner Söhne und legt auf. In dem Moment schafft es der Mops, sich aus meiner Umarmung zu lösen und krabbelt auf den Tisch. In Nullkommanix hat er den Kuchen erreicht. Bis ich Mudel auf dem Boden geparkt und Earl erwischt habe, hat er schon ein großes Stück abgebissen. Er murrt, als ich ihn auf den Boden setze.

»Pfui!«, rufe ich. Earl schämt sich kein bisschen, sondern schmatzt genüsslich. Mudel sieht seinem Vater voller Neid zu und stürzt sich dann auf die Krümel, die dem Mops aus dem Maul fallen.

»Igitt, das kann keiner mehr essen«, schimpfe ich und schneide ein großzügiges Stück ab. Das schon angelutschte lege ich den Hunden auf den Boden. Sie balgen sich einen Augenblick und in der nächsten Sekunde ist der Kuchen in ihren Mäulern verschwunden.

»Na, was sagst du?«, will Arne wissen.

»Ich kann dich nicht heiraten«, antworte ich.

»Bitte?«

»Na, der Pukallus kennt mich doch. Wenn der mich sieht, riecht der doch sofort Lunte.«

»Aber jetzt habe ich ihm schon gesagt, dass ich mit meiner Frau komme.«

Ehrlich, ich wäre gern Arnes Frau, auch wenn ich weiß, dass das hier nicht ganz ernst gemeint ist. Ich würde es trotzdem genießen, wenigstens für ein paar Stunden Frau Dr. Arne Fuchs zu sein. Aber das wird so nicht gehen.

»Du musst dir eben eine andere Frau suchen«, schmolle ich.

»Ich will aber keine andere«, schnurrt Arne und sieht mich mit diesem Blick an, der mein Herz zum Kochen bringt. »Ich will dich.«

Ich rutsche auf seinen Schoß. »Ich will dich auch«, flüstere ich ihm ins Ohr. Weiter kommen wir nicht, denn mit einem Mal müssen wir ganz, ganz schnell in mein Zimmer gehen.

Sandra. Klar: Sie muss den Lockvogel spielen. *Sandra Fuchs.* Wenn ich daran denke, werde ich eifersüchtig. Da kommt mir die Galle hoch – obwohl ich weiß, dass da nichts ist, dass die beiden nur so tun, als ob. Aber da war schließlich mal was, und niemand weiß so genau, was jetzt zwischen Sandra und ihrem Rechtsanwalt läuft. Die beiden hatten zwar schon ein paar Dates, aber laut Sandra ist es noch nichts Ernstes. Sie sei eine von den Frauen, die lieber länger prüft, ehe sie sich bindet. Das ist bei Männern genau so wie bei Wohnungen. Weswegen sie noch immer bei Arne wohnt. Wenn es nach mir ginge, könnte sie auf der Stelle ihren Kram packen und zu ihrem Bernd ziehen. Meinen Segen hätte sie. Außerdem klingt *Tanja Fuchs* besser, rein phonetisch betrachtet.

Ja, ich bin ungerecht – schließlich ist sie ja ganz nett. Eigentlich. Aber sie ist nun mal Arnes Ex und kennt ihn länger als ich. Ich beneide sie glühend um die Zeit, die die beiden gemeinsam auf der Insel verbracht haben. Das wird ihnen keiner mehr nehmen, diese Jugend an der Nordsee ... Aaargh, ich könnte schreien, wenn ich nur daran denke.

Dazu habe ich im Augenblick zum Glück keine Zeit, denn die Jungs und ich sind im Schrebergarten beschäftigt. Chris hibbelt von einem Bein auf das andere und reicht seinem Schatz nach Anweisung Werkzeug. Rolf kniet hinter der Hecke am Zaun und fummelt rum.

»Schrauber!« und »Zehner!« ruft er. Chris reicht ihm das Gewünschte, und es hat ein bisschen den Eindruck von Operationssaal – der Herr Professor bittet den Assistenten um Hilfe.

»Tupfer?«, frage ich und versuche nebenbei, Earl den Schraubenzieher aus dem Maul zu winden. Der Mops findet den grünen Gummigriff unwiderstehlich und will mit dem Werkzeug davonsausen.

»So, geschafft«, sagt Rolf nach ein paar Minuten, steht auf, klopft sich die Erde von den Knien und sammelt sein Werkzeug ein. »Hey Earl, her damit!«, ruft er, als er den Mops mit dem Schraubenzieher sieht.

Der Hund denkt gar nicht daran. Earl freut sich auf ein kleines Spielchen, sieht sein Herrchen erwartungsvoll an und lässt das Ringelschwänzchen rotieren. Leider haben wir jetzt weder Zeit noch Nerven, um mit den Hunden zu spielen. Rolf tauscht den Schraubenzieher gegen ein Leckerli, was ein bisschen unfair ist. Erstens verschwindet das Leckerli im Blitztempo im Hund, zweitens bekommt Mudel auch einen Hundekeks, einfach so. Wie gut, dass Hunde nicht berechnend sind, ich wäre an Earls Stelle ein bisschen beleidigt. Der Mops aber trollt sich in den hinteren Teil des Gartens, gefolgt von seinem Sohn. Die beiden lassen sich unter dem Holunderbusch im Schatten nieder und machen eng aneinander gekuschelt ein Nickerchen.

»So gut möchte ich es haben.« Chris gähnt herzhaft. »Den ganzen Tag nur fressen und pennen. Und keine saublöden Anrufe und schon gar keine dämlichen Chefs, denen man nichts recht machen kann.«

»Ach, komm mal her, du armer Mann.« Rolf nimmt seinen Schatz in den Arm und streichelt über Chris' traumhafte blonde Locken, um die ich ihn glühend beneide.

»Jetzt wird hier nicht geschmust, meine Herren!«, befehle ich den beiden. »Wir haben eine Mission zu erfüllen. Und zwar in ziemlich genau ein paar Minuten.«

»Jaaa«, nölt Rolf und gibt Chris einen Kuss auf den Mund. Dann platzieren wir uns auf den drei Kissen, die wir hinter der Hecke und dem mittlerweile üppig blühenden Rhododendron auf den Rasen gelegt haben. Vom Weg aus sind wir so nicht zu sehen. Ich werde langsam nervös und knabbere an meinen Fingernägeln. Ganz doofe Angewohnheit, ich weiß, aber ich mache das auch nur in Notfällen. Und das hier ist schließlich einer. Chris und Rolf halten Händchen, und ich hätte jetzt auch gern jemanden an meiner Seite. Als ob die Hunde das spüren würden, trotten sie gemächlich zu uns herüber. Mudel quetscht sich zwischen das Liebespaar und Earl setzt sich neben mich. Vor meinen Füßen marschiert ein dicker schwarzer Käfer vorbei. Er steuert direkt auf Chris zu. Ich beobachte das Insekt, wie es über einen kleinen Stein klettert, sich unter einem Grashalm durchwindet und sich dann daran macht, Chris' weiße Sneaker zu erklimmen.

»Du hast da was«, sage ich und deute auf den Schuh.

»Iiiiih!« Chris springt wie von der Tarantel gestochen auf und schüttelt sein Bein so stark, dass der Schuh sich löst und samt Käfer über die Hecke fliegt. »Mach das weg, mach das weg!«, kreischt er.

»Ist doch nur ein Käfer«, beruhige ich ihn. »Sechs Beine, nur sechs, es war keine Spinne!«

Chris atmet wie nach einem Dauerlauf und sieht mich aus schreckgeweiteten Augen an. Er balanciert auf dem linken Bein und schüttelt noch immer seinen

nun nur noch mit einer blau geringelten Socke beklei-
deten Fuß.

»Echt? Oh mein Gott, oh mein Goooooott«, stöhnt
er.

»Ganz ruhig, Schatz.« Rolf ist ebenfalls aufgesprungen und nimmt Chris in den Arm. »Alles ist gut …
ach scheiße!« Rolf drückt seinen Schatz zu Boden.
»Sie kommen!«

»Oh, oh«, flüstert Chris. »Mein Schuh liegt mitten
auf dem Weg!«

»Da kann man jetzt nichts mehr machen, Ruhe!«,
zische ich. Auf dem Weg sind Schritte zu hören und
Arnes Stimme, die sagt: »Ja, wirklich eine Toplage, da
haben Sie nicht zu viel versprochen.«

Earl knurrt leise, als Pukallus laut »Sehen Sie, sehen
Sie!« ruft. Ich lege ihm die Hand auf die Knautsch-
schnauze. Er versteht und ist augenblicklich ruhig.
Mudel, der mit dem Schwanz wedelt, schaut seinen
Vater an. Da der keinen Mucks macht, tut der Sohn
das auch nicht. Ich hoffe nur, die beiden halten sich
weiterhin an das Schweigegebot. Wir hätten sie in die
Laube sperren sollen, denke ich. Aber dazu ist es nun
definitiv zu spät.

Rolf bewegt sich langsam wie ein Mohikaner auf allen
vieren Richtung Hecke, fummelt zwischen dem Blatt-
werk und reckt dann den Daumen nach oben. ›Diktiergerät eingeschaltet‹ soll das heißen. Ich könnte ihn für
seine Idee knutschen. Werde ich aber erst später machen,

denn das Trio kommt näher. Ich drücke uns die Daumen, dass Arne es schafft, genau auf Höhe des Aufnahmegerätes das entscheidende Gespräch mit Pukallus zu führen. Die Stimmen werden lauter, die Schritte kommen näher. Chris nagt an seinem Daumen, Rolf starrt wie gebannt auf die Hecke. Mein Herz rast und ich bin froh, dass ich meine Hände in Earls Falten graben kann, sonst würde ich meine Fingernägel jetzt bis zum Anschlag runterknabbern. Und das Hörspiel, das hier geboten wird, ist spannender als ein Buch von Stephen King.

Besetzung:
Arne als Dr. Arne Fuchs
Sandra als Frau Sandra Fuchs
Herr Pukallus als Herr Pukallus

Szene:
Gartenkolonie ›Zur Wonne‹, ein Spätnachmittag im Spätfrühling; man hört das Knirschen von Schritten auf dem Kiesweg; ein Vogel zwitschert und natürlich bellt in der Ferne ein Hund (zum Glück nicht der Mops und nicht der Mudel)

Frau Fuchs: »Reizend, das ist wirklich eine ganz reizende Gegend, nicht wahr, Schatz?« (Die Betonung liegt auf Schatz und ich würde ihr am liebsten eine reinhauen, darf ich aber nicht, sie spielt ja nur eine Rolle – aber die sehr gut)

Dr. Fuchs: »Ja, Hase.« (Hase? HASE?! Geht's dem noch gut?)

Pukallus: »Wenn Sie sich jetzt die ganzen Hütten wegdenken, dann können Sie schon erahnen, wie grandios die Aussicht auf die Stadt von hier aus sein wird.«

Earl fiept. Ich halte ihm die Hand vor die Schnauze. Der Mops sieht mich sehr beleidigt an.

Dr. Fuchs: »Ich kann mir ehrlich gesagt nicht vorstellen, wie Sie es schaffen wollen, dieses Grundstück zum angegebenen Termin zu räumen.«

Pukallus (lacht): »Wir haben da, wie soll ich sagen ... unsere Mittel und Wege gefunden.«

Earl knurrt. Meine Jungs schauen mich entsetzt an, und ich versuche, den Mops zu beruhigen.

Frau Fuchs: »Ach?«

Herr Fuchs: »Ach.«

Pukallus: »Der Zweck heiligt die Mittel, lieber Herr Dr. Fuchs.« Ich höre, wie er Papier umblättert. Wahrscheinlich ist er schon wieder mit seinem Klemmbrett unterwegs.

Pukallus: »Wenn Sie einmal einen Blick auf die Grundrisse werfen mögen? Genau hier, wo wir jetzt stehen, wäre dann der Südbalkon. Allerdings einige Meter weiter oben. Was natürlich die Aussicht nochmal um Quanten besser macht.«

Mir wird schlecht – und am liebsten würde ich dem Typ auf die Quanten treten. Earl geht es ähnlich, denn er sieht jetzt ziemlich böse aus. Wie man eben böse aussehen kann, wenn man ein Knautschgesicht hat.

Frau Fuchs: »Wie schön, Mäuschen, schau doch nur!«

Herr Fuchs: »Ja, Bärchen. Aber mal unter uns Kegelbrüdern, so einfach lassen sich doch die Kleingärtner nicht aus den Gärten jagen. Das hier ist doch ein Paradies, das müssen die Laubenpieper doch auch wissen.«

Bravo, Arne! Weiter so! Chris reckt den Daumen in die Höhe, Rolf starrt wie gebannt auf die Hecke.

Pukallus (macht ein Geräusch wie eine Lachmöwe mit Husten): »Das schon, mein lieber Herr Doktor. Aber was kann man machen, wenn die Stadt Ansprüche geltend macht und … (Kunstpause)… dann noch einen feinen Batzen Steuern nachfordert?« Die Lachmöwe klingt jetzt nach akuter Bronchitis.

Einen Moment herrscht Schweigen auf der anderen Seite der Hecke. Dann kichert Sandra los.

Frau Fuchs: »Sie sind mir ja ein Schlingel!«

Ich kann förmlich riechen, wie Pukallus sich in die Brust wirft. Earl offenbar auch, denn er wird nervös. Mudel merkt das und will sich aus Rolfs Umklammerung lösen.

Herr Fuchs: »Sie sind ja mit allen Wassern gewaschen, lieber Pukallus.«

Wieder kreischt die Lachmöwe, jetzt schon asthmatisch.

Pukallus: »Mit Bodensee-Wasser, sozusagen ...«

Herr Fuchs: »Wie bitte?«

Pukallus: »Na, Bodensee. Schiff. Sie verstehen?«

Herr Fuchs: »Tut mir leid ...«

Pukallus (jetzt mit gönnerhafter Stimme): »Lieber Herr Doktor, wenn Sie und Ihre reizende Gattin die Wohnung hier bezogen haben, dann lade ich Sie ein. Erholen Sie sich mit Ihren Söhnen am See. Bis dahin habe ich mein kleines Boot, dank der May-Immobilien. Und dann schippern wir mal eine Runde gemeinsam in die Schweiz.«

Earl knurrt jetzt lauter.

Frau Fuchs: »Schweiz?«

Pukallus: »Ja, Sie glauben doch nicht, dass ich mein Geld dem deutschen Staat in den Rachen werfe. Wenn Sie da übrigens Bedarf haben, ich hätte da einen Tipp ...« Weiter kommt er nicht, denn jetzt kann ich Earl nicht mehr im Zaum halten. Der Mops schießt zum Tor und kläfft, was das Zeug hält.

»Was macht denn der Köter hier?«, schreit Pukallus. Mudel rennt seinem Vater hinterher, und die beiden geben alles. Kläffen. Knurren. Fletschen die Zähne.

»Earl, aus!«, ruft Arne.

»Sie kennen den Hund?«, fragt Pukallus gegen den Lärm an. Mist. Bis eben lief es blendend ... ach Arne! Aber scheinbar sind meine Co-Agenten Rolf und Chris schon zufrieden, denn jetzt stehen die Jungs auf und lugen über die Hecke.

»Schluss!«, befiehlt Chris den Hunden. Die murren noch einmal, sind dann aber still.

»Sie? Was machen Sie denn hier?« Aus der Lachmöwe ist ein jämmerlicher Spatz geworden, als nun auch mein Antlitz hinter der Hecke auftaucht.

»Das war ja ein interessantes Gespräch«, meint Chris und grinst den völlig verdatterten Pukallus an. »Ich würde dann auch gern mal Boot fahren.«

»Also ... also ...« Unser Makler schnappt nach Luft.

»Tja, ich glaube, da wirst du Pech haben«, schaltet sich Arne ein. »Das mit der Jacht wird wohl nichts.«

»Wie? Was?« Pukallus macht ein Gesicht, als ob ihm eben jemand erklärt hätte, dass die Erde doch eine Scheibe sei. Mir tut er fast leid, aber Arne setzt noch einen drauf.

»Mein lieber Herr Pukallus«, sagt er mit schmalztriefender Stimme, »unser kleines Gespräch wurde aufgezeichnet. Ich denke, so wird niemand von uns vergessen, was Sie uns eben mitgeteilt haben.«

Aus Pukallus' Gesicht schwindet die Farbe. Kreidebleich starrt er erst Arne, dann uns an.

»Sie kennen sich?«, stammelt er. »Das war ... eine ganz miese Nummer.«

»Nein, nicht wir haben die miese Nummer abgezogen, sondern Sie«, ruft Chris und nestelt in der Hecke. Kurz darauf hält er das am Zaun angebrachte Diktiergerät wie eine Fackel in die Höhe. »Sie sind der miese Trickser!«

Pukallus starrt ihn an.

»Und ich glaube nicht, dass Ihr Arbeitgeber sehr humorvoll ist.«, setzt Rolf nach.

»Sie … Sie … Arschloch!«, schreit Pukallus und hechtet blitzschnell nach vorn, will sich das Diktiergerät schnappen, bekommt aber nur Chris' Ärmel zu fassen. Chris macht einen Schritt nach hinten, Pukallus krallt sich an seinem Shirt fest und wird mit einem Ruck über die Hecke gezogen. Das Laub raschelt und unser ungebetener Gast landet samt Chris auf dem Boden. Sofort sind die Hunde zur Stelle und tanzen einen wilden Kläfftanz um die beiden. Chris stöhnt, Pukallus flucht.

»Sie Schwein, Sie verdammtes gottsmillionisches Arschgesicht!«

Rolf stürzt zu den beiden und will Pukallus von Chris herunterziehen. Ich versuche, Earl oder Mudel zu erwischen, aber die beiden sind viel zu schnell. Arne ist mit einem Satz über das Tor gesprungen (Respekt!) und zerrt an Pukallus' Bein. Der tritt wild um sich und versucht gleichzeitig, Chris das Diktiergerät aus der Hand zu reißen. Rolf packt Pukallus am Kragen, will ihn hochziehen. Der nutzt den Schwung in umgekehrte Richtung und lässt seine Faust in Chris' Gesicht krachen. Eine winzige Sekunde herrscht Ruhe – lange genug, um das Krachen des Nasenbeins zu hören. Chris heult auf, Rolf brüllt, Arne zerrt an Pukallus ... und Earl kommt seinem Herrchen mit der für einen Hund einzig richtigen Methode zu Hilfe: Er beißt Pukallus in den Arm. Die Männer verkeilen sich weiter ineinander, ich versuche die Hunde wegzuzerren, alle brüllen und stöhnen, Pukallus tritt mit dem rechten Bein nach Earl, der Hund jault und ... alle sind mit einem Mal patschnass.

»Schluss damit!«, ruft Sandra. Sie hält einen leeren Wassereimer in der Hand. »Spinnt ihr total?«

Mudel und Earl sprinten als Erste davon. Aus dem Augenwinkel sehe ich, dass der Mops hinkt. Dann sind die Hunde hinter der Laube verschwunden. Rolf lässt Pukallus' Beine los, Arne, dem das Wasser von der Stirn tropft, lässt sich schwer atmend auf seinen Hintern sinken. Chris hält sich die Hand vor das nun nasse Gesicht. Er hat Tränen in den Augen, das Blut quillt aus seiner Nase. Pukallus schnauft wie eine alte Dampflok und hält sich den Arm.

»Er at ir ie Ase erochen«, ruft Chris.

»Der hat mich gebissen«, setzt Pukallus nach.

Rolf kniet sich neben seinen Schatz und nimmt ihn in den Arm. Jetzt kann Chris sich nicht mehr beherrschen und heult Rotz, Wasser und Blut auf Rolfs Poloshirt. Sandra schüttelt den Kopf, Arne fasst sich als Erster wieder.

»Pack mal mit an«, sagt er zu mir. Und ab da funktionieren wir wie das eingespielte Team, das wir nun einmal sind. Nur, dass unsere Patienten dieses Mal keine Tiere sind, auch wenn sie sich vor ein paar Minuten noch wie solche benommen haben.

Als Erstes kümmern wir uns um Chris. Rolf hilft uns, ihn zur Liege zu bugsieren. Ich hole eine Rolle Küchenpapier, das sofort komplett aufgebraucht und voller Blut ist. Arne tastet vorsichtig Chris' Nasenbein ab. Der jault zwar, hält sich aber ansonsten recht tapfer.

»Scheint nur angeknackst zu sein«, gibt Arne schließlich bekannt. Ich mache mich daran, das Blut vorsichtig mit feuchten Handtüchern wegzuwischen, die Sandra geholt hat.

»Aber einen fetten Zinken wirst du die nächsten Tage haben«, kommentiert Arne.

»As ut ooo eh, aua!«

»Das hier tut auch weh«, ruft Pukallus, der auf den Stufen vor der Terrasse sitzt und seinen linken Arm festhält. »Der Köter hat doch bestimmt die Tollwut!«

»Wenn hier einer Tollwut hat, dann Sie«, fahre ich ihn an und ziehe seine rechte Hand vom linken Unterarm weg. Tatsächlich ist da ein blutender Kratzer zu sehen. Arne beugt sich über Pukallus und begutachtet die Wunde.

»Nur ein kleiner Hautriss«, stellt er fest und bittet mich, den Verbandskasten aus der Laube zu holen. Den hat Rolf ziemlich zu Beginn schon dort deponiert, denn bei der Gartenarbeit kann ja auch allerhand passieren. Ich laufe zum Schränkchen neben dem Sofabett. Im untersten Fach müsste der Kasten sein. Da höre ich leises Wimmern vom Bett. Ich sehe hin – und entdecke Mudel, der neben Earl hockt und seinem Vater über das Knautschgesicht leckt. Der Mops liegt auf der Seite und atmet schnell und flach.

»Arne! Komm schnell!«, rufe ich. Da stimmt was nicht. Da stimmt was ganz und gar nicht!

»Unterstes Fach im Schrank«, höre ich Rolf rufen.

»Nein! Bett! Earl!« Ich setze mich ganz vorsichtig auf die Bettkante und streichele dem Mops über den Kopf. Earl sieht mich aus seinen kugelrunden schwarzen Augen an. Auch wenn er nicht reden kann, verstehe ich, was er sagt: »Aua. Hilf mir.«

»Scht, alles wird gut«, beruhige ich das Tier. Arne stürzt herein, die Hände in den Gummihandschuhen, die er stets in seiner Hosentasche trägt – Arzt-Marotte eben –, blutverschmiert.

»Der hat was!«, sage ich tonlos und spüre, wie die Angst in mir hochkriecht.

»Mach mal Platz.« Arne bleibt ganz ruhig, auch wenn ich ihm auf den ersten Blick seine Sorge ansehe.

»Ist das ein neuer Anfall?«, frage ich voller Hoffnung. Manchmal hat Earl epileptische Anfälle, und bei seinem ersten haben Arne und ich uns kennengelernt. Allerdings – der Mops ist mit Medikamenten aus der Humanmedizin bestens eingestellt und hatte seit Monaten keinen Anfall mehr. Und außerdem sieht das dann ganz anders aus, mit Krämpfen und Schaum vor dem Maul.

»Nein«, kommentiert Arne und tastet sanft, aber geübt erst Earls vier Beine, dann den Kopf und schließlich den Bauch ab. Als er ihn an der linken Seite berührt, jault der Mops laut auf. Mudel springt verschreckt vom Bett und kuschelt sich an meine Beine. Auch er scheint in großer Sorge um seinen Vater zu sein.

»Scheiße.« Mehr sagt Arne nicht. »Ich kann hier nichts machen, meine ganzen Instrumente und so sind im Bulli. Und der parkt unten in der Stadt.«

»Was hat er denn?«, frage ich bang.

»Einen Tritt in die Nieren bekommen«, knurrt Arne. »Hoffentlich ist da nichts gerissen.« Er muss nicht weitersprechen. Ich weiß, was das bedeuten kann. Mir wird schlecht und ich spüre die Tränen in meinen Augen.

»Bitte nicht«, flüstere ich. Ein Blick von Arne genügt, um mir zwei Dinge klarzumachen: Um den Mops steht es ernst und ich muss jetzt Profi sein. Ich atme einmal tief ein. Zwei Mal. Dann werde ich ruhiger.

»Wir fahren in die Klinik«, beschließe ich.

»Muff ich nich«, nuschelt Chris, der unbemerkt mit Rolf in die Laube gekommen ist. Noch immer hält er ein Tuch vor die Nase, obwohl sie nicht mehr so stark blutet. Dafür hat sie ihren Umfang verdoppelt. Wenn es nicht so traurig wäre, müsste ich lachen.

»Du nicht, aber Earl«, sagt Arne und bittet mich, eine Decke zu holen. Während ich im Schrank nach einer krame, klärt mein Tierarzt meine Jungs auf.

»Scheiße«, sagt Rolf.

»Feiffe«, sagt Chris. Vorsichtig wickeln wir Earl in die blaue Fleecedecke. Das Tier jammert leise und sieht uns aus seinen Knopfaugen ängstlich an.

»Ich komme mit«, erklärt Rolf.

»Gut.« Arne nimmt das Fellbündel vorsichtig wie ein rohes Ei in die Arme und trägt ihn aus der Laube.

»Iff komm auff midd«, nuschelt Chris.

»Du bleibst hier«, befehle ich. »So kannst du nicht unter die Leute!« Chris nickt ergeben und macht sich im Schrank auf die Suche nach Schmerztabletten.

Pukallus hockt noch immer auf den Treppenstufen.

»Platz da«, herrscht Arne ihn an. Der Pseudo-Makler springt auf.

»Und was ist mit meiner Wunde?«, fragt er.

»Pflaster drauf und nachschauen, wann sie die letzte Tetanusimpfung hatten«, knurrt Arne ihn an, während er sich mit dem fiependen Earl auf dem Arm an ihm vorbeischlängelt.

»Ja aber …«, will Pukallus sagen. Und dann: »Was ist mit dem Köter?«

»Den haben SIE verletzt, Sie Arschloch«, rutscht es mir raus.

»Ich? Der hat mich gebissen«, pampt Pukallus zurück.

»Der hat nur sein Herrchen verteidigt, Sie Pfeife«, motze ich zurück.

»Tanja, bitte«, sagt Arne, der mittlerweile das Tor erreicht hat. Ich verstehe, lasse den verdutzten Pukallus stehen und höre, wie Sandra in die Laube geht, um Chris zu trösten. Rolf rennt fast zum Parkplatz, während ich mir meinen Atem spare. Mit dem Mops auf dem Arm kann Arne nicht rennen, obwohl jede Minute zählt. Mudel stürzt aus dem Garten und rast den Kiesweg hinter uns her. Egal, muss er eben mit. Wir haben jetzt keine Zeit, um ihn zurückzubringen. Und rührend ist es ja auch, dass er seinen Papa jetzt nicht allein lassen will.

Von weit hinten hören wir Klaus Hünken rufen: »Was ist denn passiert?« Aber auch ihm können wir jetzt nichts erklären, das alles muss warten. Mit zitternden Händen schließe ich meinen alten Fiat auf und halte die hintere Tür auf. Arne schlüpft mit dem Mops auf den Rücksitz. Mudel will hinterher springen, aber ich halte ihn zurück. Da hinten ist jetzt der Platz des Besitzers. Rolf klemmt sich neben Arne. Mudel darf auf den Beifahrersitz. Ist sonst streng verboten, aber schließlich haben wir hier einen Notfall. Meine Klapperkiste springt zum Glück sofort an. Earl japst nach Luft und jault leise. Niemand von uns spricht ein Wort, außer Arne, der dem Hund beruhigende Laute ins Ohr summt.

In jeder Kurve wird Earls Jammern lauter. Ich stelle mir vor, einen Karton mit rohen Eiern zu transportieren. Eigentlich wäre mir danach, Gas zu geben, aber ich ahne, dass das nicht gut wäre für unseren Patienten. Und so schleiche ich die vielen Kurven hinab in die Stadt. Zum Glück ist der Berufsverkehr längst vorbei, sodass wir ohne den üblichen Rückstau in Stuttgart downtown ankommen. Den Ortskenntnissen von Postbote Rolf sei Dank schaffen wir es über Schleichwege und nicht ganz erlaubte, weil für Anwohner reservierte Straßen innerhalb knapp 20 Minuten bis zum Notdienst. Den hat heute eine Tierärztin in der Augustenstraße, die Rolf nach Arnes Anweisung bereits per Handy informiert hat. Ohne Rücksicht auf das Parkverbot halte ich in der zweiten Reihe. Warnblinker an, Tür auf. Arne windet sich mit dem jetzt schwer nach Luft schnappenden Earl im Arm aus dem Auto, während Rolf schon zum Haus rennt und die Tür aufdrückt. Die Praxis ist im unteren Stock des Mehrfamilienhauses. Im Treppenhaus remple ich einen dort abgestellten Kinderwagen an und verheddere mich im Schiebegriff. Ich knalle mit dem Schienbein gegen die Haustür, aber ich spüre keinen Schmerz. Ich muss da rein. Zu Earl. Zu Rolf. Zu Arne und Mudel, der als Erster durch die Praxistür gestürmt ist.

Die Ärztin erwartet uns schon und hält die Tür zum Behandlungsraum auf.

»Verdacht auf innere Blutungen«, gibt Arne völlig außer Atem bekannt.

»Röntgen, hier lang, Kollege«, antwortet die Ärztin knapp und zeigt auf eine Tür am Ende des Ganges. »Und Sie warten hier.« Damit waren Rolf, Mudel und ich gemeint.

»Aber ...«, will Rolf noch sagen, doch da sind die Ärzte samt Patient schon verschwunden. Ich lasse mich auf einen der orangefarbenen Plastikstühle fallen. Mudel springt auf meinen Schoß und sieht mich verwirrt an. Ich kraule ihn hinter den Ohren, vergrabe meine Hände in seinem lockigen Fell und merke, dass meine Knie weicher als Panna Cotta sind.

»Rolf, setz dich«, schlage ich vor. Aber der schüttelt nur mit dem Kopf und beginnt damit, auf und ab zu tigern. Das macht mich nur noch nervöser, und so herrsche ich ihn ziemlich unfreundlich an: »Setz dich hin, verdammt!« Er stutzt, lässt sich dann aber auf den Stuhl neben meinem fallen und knetet nervös seine Hände.

»Scheißescheißescheiße«, murmelt Rolf wie ein Mantra vor sich hin. Ich denke genau dasselbe. Sage ich aber nicht. Stattdessen versuche ich, ihm Mut zu machen. Allerdings kommen da nicht viel andere Sätze wie ›Wird schon‹ und ›Earl ist in besten Händen‹ dabei raus. Nach zehn Minuten fällt mir nichts mehr ein. Mudel verzieht sich unter einen der Stühle und schläft ein erschöpftes Nickerchen. Selbst Rolf verstummt.

Gebannt starren wir auf die Tür des Wartezimmers. Als die nach einer gefühlten Ewigkeit endlich auffliegt, springen wir alle drei so schnell auf, dass zwei Stühle laut gegen die Wand klatschen.

»Und?«

»Was ist?«

»Sag schon!«, bombardieren wir Arne mit Fragen. Der holt tief Luft.

»Milzruptur. Niere unklar, Leber oh Be. Diffuse Einblutungen.«

Scheiße. Also doch.

»Was?«, will Rolf wissen.

»Die Milz hat einen Riss. Bei der Niere sieht man es nicht, die Leber ist okay«, übersetze ich hastig.

»Ja, dann ist das … Das ist doch gut? Also nicht schlimm?«

»Das kann ich so nicht sagen. Wir müssen auf jeden Fall die Blutung stoppen. Ich gehe mal assistieren, außer Frau Lösch ist ja keiner mehr da, Feierabend.«

»Soll ich?«, will ich fragen. Arne verschwindet wortlos. Ich schaue auf die Uhr. Schon nach halb sieben. Ich rechne rückwärts – es ist wirklich höchste Zeit! Und eigentlich ist es ganz gut, dass ich nicht helfen soll. Ich muss jetzt für Rolf da sein.

»Was machen die denn jetzt? Oh mein Gott, Tanja!« Rolf packt mich bei den Schultern und sieht mich flehend an. »Ich schwöre dir, wenn Earl was passiert, wenn er nicht mehr … Ich bring den Pukallus um!«

»Rolf, bitte«, sage ich sanft und nehme ihn in den Arm. Ich muss mich ganz schön strecken. Schließlich gelingt es mir, ihn wieder auf einen Stuhl zu bugsieren. So gut es geht erkläre ich ihm, was die Ärzte jetzt vermutlich machen. Nämlich gar keinen so großen Schnitt. Auch in der Tiermedizin wird heutzutage minimalinvasiv operiert und so, wie ich diese Frau Lösch einschätze, hat sie eine hochmoderne Praxis. Ich war zwar noch nie hier, aber man kennt sich ja unter Kollegen, und Arne würde den Mops niemals zu einem Pfuscher bringen. Außerdem ist er ja dabei.

Ich komme mir vor wie ein Statist in einer mittelmäßigen US-Arztserie. Meine Rolle ist die einer wartenden Angehörigen, die vor dem OP sitzt und mit einem ebenso verstörten Mann Händchen hält. Nur, dass hier keine Schmetterlinge flattern, sondern die nackte Angst um unseren kleinen Earl. Der Zeiger der Wanduhr tickt tatsächlich so langsam wie im Fernsehen und mein Herz wummert wie eine schlechte Filmmusik.

»Weißt du noch, wie er Mudel gezeugt hat?«, versuche ich Rolf aufzumuntern. Der lächelt gequält.

»Wie könnte ich den Stress auf dem Spielplatz vergessen, als er vor aller Kinder Augen den Rassepudel bestiegen hat!« Rolf war damals zwar nicht dabei, aber meine Erzählungen waren so blumig, dass meine Jungs automatisch das Gefühl hatten, dem ungewollten Deckakt beizuwohnen. Na ja, ungewollt war es nur von der Pudeldamenbesitzerin, die ihrer ›Püppi‹ gern einen Pudel gegönnt hätte. Aber hätte Earl sich nicht in die gelockte Schönheit verguckt, säße Mudel jetzt nicht hier. Vielleicht ist er sein Vermächtnis, wenn … Nein! Ich will nicht daran denken, dass der Mops gerade in Lebensgefahr schwebt. Wer weiß, ob wirklich nur die Milz angegriffen ist? Das ist schnell getan, aber wenn noch mehr Organe Schaden genommen haben …

Wieder schweigen wir. Eine halbe Stunde. 50 Minuten. 70. Nach knapp anderthalb Stunden fliegt die Tür erneut auf und Arne kommt herein, dicht gefolgt von Dr. Lösch. Beiden steht der Schweiß auf der Stirn und die Anstrengung ins Gesicht geschrieben.

»Alles gut!«, ruft Arne, als Rolf auf ihn zustürmt. »Es war nur ein kleiner Riss in der Milz.«

»Das heißt?«, fragt Rolf.

»… dass er wieder ganz der Alte wird!«, juble ich und falle Arne um den Hals.

»Na ja, nicht ganz, eine zwei Zentimeter lange Narbe wird bleiben«, schaltet sich nun die Ärztin ein. »Und er bleibt auch noch. Ein, zwei Tage muss er noch unter Beobachtung bleiben.«

»Kann ich zu ihm?«, will Rolf wissen.

»Klar«, sagt die Ärztin. Die beiden verschwinden. Ich kuschele mich an Arne. Er streichelt meinen Rücken.

»Was für ein Tag«, murmele ich und merke, dass ich einen Bärenhunger habe.

»Das kannst du laut sagen. Also, wenn das immer so
zur Sache geht, wenn man eine Wohnung kaufen will,
dann bleibe ich lieber Mieter«, lacht Arne.

»Allerdings!«, pflichte ich ihm bei. Und dann wird
mir heiß. Siedend heiß! Vor lauter Sorge um den Mops
haben wir Chris völlig vergessen. Schnell krame ich
das Handy aus meiner Hosentasche. Ausgeschaltet –
klar, das habe ich abgestellt, als wir hinter der Hecke
auf der Lauer lagen. Ich tippe den PIN ein und sobald
das Gerät ein Netz gefunden hat, rattern die Benach-
richtigungen rein. 24 Anrufe in Abwesenheit, alle von
Chris. Ich wähle unverzüglich seine Nummer.

»Mempf, waff ifft denn lof?«, nuschelt er. »Iff maff
mir folche Forgen!«

»Entwarnung«, sage ich. »Alles wird gut!«

Chris weint auf der Stelle los. Er weint und lacht
gleichzeitig.

»Feiffe, Tanja, daff tut verdammt feh mit der
Nafe!«

Chris' Nase hatte im Verlauf der Woche eine interessante Entwicklung durchgemacht. Sie war sozusagen das Fanal, ein Zeichen für das, was sonst noch
geschah.

Tag 1: Mit Schmerzmitteln vollgepumpt geht Chris
früh ins Bett und verzichtet darauf, mit uns anderen
die Prosecco- und Biervorräte in der Küche platt-

zumachen. Vielleicht liegt es auch daran, dass wir anderen hysterisch kreischen, als er mit der von Arne mangels anderer Mittel selbst gebastelten Tamponade hereinkommt – mein Tierarzt hat meine Tampons geplündert, die blauen Fäden abgeschnitten und in Chris' noch immer blutendes Riechorgan gestopft. Dass das Nasenbein höchstens angeknackst ist und von allein heilen wird, tröstet unseren Schläger Chris kaum.

Postbote ist ein mieser Job. Zumindest was das Aufstehen mitten in der Nacht angeht. Das sage ich Rolf, als er mich um kurz nach vier Uhr in der Nacht weckt.

»Tanja, du musst mir helfen!« Arne, der nackt neben mir liegt, grunzt unwillig im Schlaf und rollt sich auf die andere Seite. Ich ziehe schnell die Decke über seinen Hintern. Das ist schließlich privat.

»Was? Ist was passiert?«, frage ich schlaftrunken.

»Nein. Aber du musst mich krankmelden. Ich kann nicht arbeiten heute.«

»Was? Du siehst ganz gesund aus!«

»Bin ich ja auch. Aber ich muss nachher zu Earl.«

»Und deswegen schneist du hier mitten in der Nacht rein?« Ich mag ihn. Ich mag Rolf sehr. Aber nicht um vier Uhr morgens.

»Sorry, aber die Kollegen fangen an und ich muss jetzt Bescheid geben.« Innerlich tobe und zetere ich, aber für einen echten Aufstand bin ich viel zu müde.

Rolf grinst mich an, plinkert mit den Augen und macht einen Kussmund.

»Bitte!«

»Jetzt mach schon, damit der Kerl verschwindet«, murrt Arne ins Kissen.

»Mann«, motze ich und nehme Rolf das Mobilteil des Telefons aus der Hand. »Und was darf es sein?«

»Was Mehrtägiges, bitte. Dir fällt schon was ein. Nummer ist gespeichert, Kurzwahl 0. Null wie null Bock.«

Ich wähle. Schon nach dem zweiten Tuten geht eine Frau dran. Donnerwetter, die Jungs und Mädels von der Post sind echt fix.

»Sortierzentrum Stuttgart, bitte?«

»Ich, äh, guten Morgen, also gute Nacht«, stammele ich.

»Ja?« Klingt genervt. Wäre ich auch, wenn ich um die Uhrzeit arbeiten müsste.

»Tanja Böhme. Ich bin die Mitbewohnerin von Rolf. Herrn Schröder.«

»Aha. Und?«

»Herr Schröder ist krank.«

»Ach.«

»Ja, er hat ... also ...«

»Magen-Darm?« Die Frau ist toll!

»Ja genau. Das hat er.«

»Mann, das geht gerade rum, Kai hat das auch. Wahrscheinlich hat Karin das hier angeschleppt.«

»So wird das sein. Also, er kann dann heute nicht.«

»Bloß nicht kommen! Der soll sich diese Woche nicht mehr blicken lassen, nachher steckt er uns auch noch an. Nein danke, das fehlt mir gerade noch.«

»Ich werde es ausrichten«, sage ich. Die Frau legt grußlos auf. Verständlich, nachts um vier habe ich auch keine Lust auf Smalltalk.

»Und? Was habe ich?«

»Kotzerei und Scheißerei. Du sollst die Woche daheim bleiben«, gebe ich bekannt. Rolf nickt zufrieden.

»Kannst du jetzt abhauen?«, knurrt Arne.

»Ja, bin schon weg, gute Restnacht!«

»Du mich auch.« Arne stöhnt. Ich auch. Dann kuschele ich mich wieder unter die Decke und versuche, den Rest der Nacht so gut es geht für das zu nutzen, für das sie gemacht ist.

Leider bimmelt knapp drei Stunden später schon der Wecker.

»Hau ab«, knarzt mein Schatz, der mittlerweile wieder ohne Decke daliegt und sein knackiges Popöchen in die Landschaft streckt.

»Das ist nicht Rolf«, flüstere ich und beuge mich über Arne, um dem Wecker einen Schlag zu versetzen. Dabei streifen meine – ebenfalls nackten – Brüste Arnes Rücken. Schön ist das. Ich lege mich quer über ihn und knabbere an seinem rechten Ohr.

»Hmmm«, macht Arne. Jetzt schnurrt er wie ein Tiger. Ich fahre meine Krallen aus, und so kommt es, dass wir an diesem Tag zwar mit bester Laune, aber ohne Frühstück eiligst aus dem Haus hetzen. Die Jungs schlummern noch, was man an Chris' überlautem Schnarchen sehr deutlich hört. Die geschwollene Nase wirkt wie ein Verstärker.

Unser erster Weg führt uns natürlich in die Praxis von Frau Lösch. Wieder können wir in der Augustenstraße nur in zweiter Reihe parken. Bei einem ›zivilen‹ Auto würde das ein wildes Hupkonzert auslösen, aber der ehemalige Krankenwagen hat so was wie Welpenschutz, auch wenn er keine Menschen mehr transportiert. Die Haustür ist noch geschlossen, und auf unser Klingeln hin ertönt der Summer.

»Was du wolle? Frau Arzt nix da!«, fährt uns eine etwa einen Meter hohe und genau so breite Furie in Kittelschürze und mit Kopftuch an. Das Staubsaugerrohr hält sie fest umklammert.

»Mein Name ist Fuchs, ich bin Tierarzt«, erklärt Arne.

»Du nix Arzt hier.«

»Nein, aber wir haben einen Patienten. Frau Dr. Lösch weiß Bescheid, dass wir kommen.«

»Frau Doktor nix da.«

»Hören Sie, wir wollen nur nach unserem Hund sehen«, versuche ich es und lächle die Frau an. Dem Akzent nach kommt sie aus dem Baltikum.

»Du nix Hund«, erklärt sie mir. Ja, weiß ich. Ich bin kein Hund und habe im Moment auch keinen dabei.

»Earl. Unser Hund. Der liegt auf der Krankenstation.«

»Du Mops!« Jetzt strahlt sie. »Deine Mops?«

»Ja. Nein. Also doch.«

»Du komme, Mops gut, lache mit mir, wann ich wische Boden!«

Wieder einmal hat Earl das Eis gebrochen allein dadurch, dass er ist, wie er ist. Wir folgen der Frau, die schnell wie ein Wiesel den Gang entlang saust. Sie öffnet eine Tür, geht vor uns hindurch und gurrt wie ein Täubchen.

»Ah, kleine süße Mops, guckst du, ist Besuch da!« Und da hören wir ihn schon: Unser Earl of Cockwood begrüßt uns mit einem fast schon kräftigen Bellen.

»Na, mein Guter?« Arne schiebt sich an der Frau vorbei, die ihre Hände durch das Gitter einer Box stecken will.

»Ach du Armer«, platze ich raus, als die Putzfrau den Blick freigibt. Earl hat einen im Vergleich zu seinem Körper riesigen Plastiktrichter um den Hals. An seiner linken Bauchseite führt ein Schlauch aus dem Körper in einen Beutel, der bis zur Hälfte mit Blut gefüllt ist. In seinem rechten Vorderbein steckt eine Kanüle, deren Schlauch zu einer fast leeren Infusion führt. Aber das alles scheint den tapferen Hund nicht zu stören. Earl wedelt mit dem Schwänzchen und freut sich ganz offensichtlich, uns zu sehen. Arne öffnet das Gitter und betastet Earls Bauch.

»Na, das sieht ja prima aus, mein Alter«, kommentiert er.

»Ist gute Hund«, meint die Putzfrau. »Hat Temperatur 38,9 Grad. Perfekt.«

»Bitte?« Woher weiß die Dame …

»Habe Fieber gemessen«, erklärt sie. Arne und ich starren sie an, als sei sie ein wandelnder und sprechender Wischmopp.

Sie starrt zurück.

Und dann verzieht sich ihr Mund zu einem breiten Grinsen. »Nää, ich nix Putzfrau! Ich auch Doktor!«

»Aber Sie haben doch geputzt?«, frage ich.

»Nää, habe gesaugt Scherbe von Tasse was runterfallt.«

»Also, Frau Kollegin«, sagt Arne, der sich als Erster wieder fasst. »Dann sind Sie also die Hospitantin aus Prag.«

»Bin ich dem, genau. Konata. Olga.«

»Hä?« Ich verstehe nur Bahnhof.

»Frau Dr. Konata ist seit vier Wochen bei Dr. Lösch in Hospitanz. Europäisches Förderprojekt. Hat sie mir gestern erzählt.« Arne schüttelt der Kollegin die Hand.

»Ach«, sage ich matt. So kann man sich täuschen. Olga lacht. »Muss ich machen schnell, nachher Katze kommt, mache Eier schnippschnapp.«

»Hat mich gefreut«, ruft Arne ihr hinterher, als sie aus dem Zimmer rauscht. Er überprüft noch mal die Infusion, dann schubst er den Mops sanft zurück in den Käfig. »Ein paar Stunden musst du noch aushalten«, erklärt er dem Hund.

»Wie wär's mit einem Kaffee und einem Croissant?«, schlage ich vor, als wir wieder im Bulli sitzen.

»Das wäre genial«, stimmt Arne zu. Als er den Motor startet, bimmelt der Notruf. Also kein Frühstück.

Leider geht es den ganzen Tag munter so weiter. Wir schaffen es gerade so, uns einen Döner auf die Hand und einen lauwarmen Kaffee zu gönnen. Irgendwas scheint in der Luft zu liegen, denn ein Einsatz jagt den nächsten. Erst gegen halb neun am Abend stellen wir den Bulli ab und taumeln müde wie die Hunde ins Treppenhaus.

»Zu dir oder zu mir?«, fragt Arne, als wir im dritten Stock angekommen sind. Bei ihm lockt ein großes Bett. Bei mir Essen. Jedenfalls riecht es schon im Flur verführerisch.

»Zu mir«, antworte ich ohne zu zögern. Mein Magen hat entschieden, und mein Liebster folgt mir widerstandslos. Im Flur werden wir von Mudel begrüßt, der begeistert an uns hochspringt. Heute riechen wir nach mehreren Katzen, einem Bullterrier mit Magenverstimmung und einem Kanarienvogel in der Mauser. Eine Feder segelt zu Boden, als Arne sich zu Mudel

runterbückt und ihn zur Begrüßung kräftig durch-
knuddelt.

»Ihr kommt genau richtig, Essen ist fertig«, ruft Rolf
aus der Küche. Wir streifen die Schuhe ab.

»Was gibt's denn?«, rufe ich zurück.

»Hühnerherzen«, näselt Chris.

»Was? Igitt!« Arne rümpft die Nase.

»Doch nicht für euch!« Rolf steht lachend am Herd,
einen Holzlöffel in der Hand. Am Tisch sitzen Chris, Dr.
Olga und – Earl! Der Mops thront auf einem Kissen und
schaut uns aus der Halskrause heraus glücklich an.

»Du bist schon da?« Ich stürze zu Earl und begrüße
ihn. Vorsichtig, klar, ich will ihm ja nicht wehtun.

»Wuff«, sagt Earl und versucht, mir die Hände
zu lecken, was aber wegen des Plastikkragens nicht
gelingt.

»Bin ich ja da, kann er nach zu Hause«, erklärt Dr.
Olga.

»Rolf war den ganzen Mittag auf der Krankenstation«, näselt Chris.

»Ja, klar, ich kann den armen Hund doch nicht allein
lassen!«

»Und da hast du die Frau Doktor gleich mit nach
Hause gebracht«, lache ich. Das ist typisch meine
Jungs – immer ein offenes Haus und Herz für alle.

»Ja, ist das nicht schön?« Rolf freut sich sichtlich
über den Gast, und auch Olga scheint sich wohlzu-
fühlen.

»So!«, ruft Rolf und nimmt einen Topf vom Herd. Er gießt das Kochwasser in das Sieb in der Spüle und die Hühnerherzen plumpsen hinterher.

»Ab in den Kühlschrank und in fünf Minuten gibt's Essen, Earl.«

»Und wir?«, frage ich vorsichtig. Ich hoffe inständig, dass in den anderen Töpfen keine Innereien köcheln. Ich esse nichts, was andere schon im Mund oder sonst wo hatten. Dabei kann eine Rinderzunge was Feines sein, aber ich kriege sowas nicht runter, seit ich mich mit der Anatomie von Tieren und den Funktionen der Organe beschäftigt habe.

»Linsen mit Spätzle«, verkündet Rolf. »Was echt Schwäbisches, das kennt Olga gar nicht!«

Mir fällt eine Speckschwarte vom Herz. Ein Linseneintopf ist jetzt genau das Richtige.

»Daf kann ich auch effen, ift ja weich«, freut sich Chris. Die Schwellung um sein Riechorgan hat im Lauf des Tages noch etwas zugenommen, weswegen seine ansonsten beneidenswert großen Augen ziemlich verquollen und klein sind. Aber sie strahlen, als Rolf die Schüsseln mit Spätzle, Saitenwürstchen und Linsen auf den Tisch stellt. Dann holt er die gekochten Herzen aus dem Kühlschrank. Mudel, der natürlich neben seinem Vater sitzen will, wird von Olga auf einen Stuhl gewuchtet. Ihm schüttet Rolf das Fressen in einen Plastikteller und nach knapp 40 Sekunden sind alle Herzen im Hund verschwunden. Earl, behindert durch den Kragen, wird von Rolf per Hand gefüttert.

»Das ist Tier?«, will Olga wissen, als ich ihr eine große Portion Spätzle, Linsen und zwei Würstchen auf den Teller gepackt habe. »Käfer ohne Beine?«

»Was?« Rolf beugt sich vor und inspiziert Olgas Teller. Ungeziefer im Essen? Unsere Gästin piekst eine einzelne Linse auf die Gabel und sieht ein bisschen unglücklich aus.

»Wanze?«

Wir starren sie alle an, sogar Earl vergisst, dass vor seiner Nase ein Leckerbissen schwebt. Und dann … lacht Olga los. Ihr mächtiger Busen vibriert, die feisten Wangen glühen und sie hat Tränen in den Augen. Wir sind immer noch fassungslos.

»Bin ich nicht doof, kenn ich die Gemüse«, gluckst sie. Arne erwischt es als Erstes. Er kichert los und Sekunden später sitzen wir alle brüllend und grölend da. Mudel kläfft dazu und Earl sieht traurig auf Rolfs Hand, mit der er sich den Bauch hält – und in der noch immer das Hühnerherz steckt. Ich bekomme Schluckauf, Arne hat Tränen in den Augen. Durch das Getöse dringt der Klingelton, aber niemand von uns ist in der Lage, aufzustehen. Jetzt fällt auch der Mops in das Lachen ein und gibt ein Bellkonzert zum Besten. Es bimmelt wieder. Und noch einmal. Schließlich schwankt Arne zur Tür, sich den Bauch vor Lachen haltend.

»Wanfe, wie geil ift daf denn!«, kichert Chris.

»Wer hat Wanzen?« Arne kommt mit Sandra und ihrem Anwalt im Schlepptau zurück.

»Gefüllte Wanzen«, brüllt Rolf und wischt sich die Lachtränen aus dem Gesicht. »Ist genug für alle da!« Und tatsächlich werden alle satt. Bernd hat für einen Anwalt einen erstaunlichen Appetit, schließlich ist er ja Schreibtischtäter. Aber ich nehme an, er und Sandra hatten keine Rechtsberatung, ehe sie zu uns kamen. Zumindest deuten ein Lippenstiftfleck auf seinem hellgrünen Poloshirt und Sandras am Hinterkopf plattgedrückte Haare auf eine andere Art der Konversation.

Als nur noch eine Handvoll Spätzle übrig sind und Mudel sich mit Earl das letzte Würstchen geteilt hat, sitzen wir schweigend und mit prall gefüllten Bäuchen da. Bernd rülpst leise, trinkt einen Schluck Pils aus der Flasche und klatscht dann in die Hände.

»Lagebesprechung!«, ruft er. »Sandra hat mir erzählt, was gestern los war. Das schafft natürlich völlig andere Voraussetzungen.«

»Foll ich ihn anfeigen?«, will Chris wissen.

»Davon würde ich abraten«, erklärt Bernd. »Erstens müsste dann geklärt werden, warum Earl ihn beißen konnte. Und zweitens könntest du zwar auf Schmerzensgeld klagen, viel wäre das aber erstens nicht und zweitens habe ich da Bedenken, dass es der Gesamtsache guttun würde.«

»Gefamtfache?«

»Ihr wollt doch die Laubenkolonie retten?« Wir nicken alle. Earl bellt.

»Also, dann sollten wir mal rekonstruieren. Von städtischer Seite aus besteht kein Anlass, die Schrebergärten plattzumachen. Ich habe mich beim Bauamt schlau gemacht. Und der Knüller ist: Die haben keine Ahnung, dass ein Frankfurter Großinvestor ein neues Wohngebiet hochziehen will.«

»Ach!« Rolf springt auf. »Dann ist das Verarsche?«

»So würde ich das nicht nennen. Eher … Abzocke. Betrug, wenn man so will.«

»Donnerwetter, das ist ja eine ganz große Kiste.« Arne pfeift durch die Zähne.

»Vielleicht auch eine Nummer zu groß für uns«, gebe ich zu bedenken.

»Ich nicht verstehe, aber man soll nicht geben klein bei vor die große Ochsen.«

»Stimmt, Olga«, pflichtet unser Anwalt bei. »Das werden wir auch nicht. Die Schlüsselfigur ist Pukallus. Über ihn kommen wir an die Immobilienheinis dran. Das ist dann allerdings Sache der Staatsanwaltschaft. Was für uns viel wichtiger ist – wie kommen wir aus der Nummer mit der Steuernachzahlung raus? Die ist nämlich durchaus berechtigt. Die Forderung, meine ich.« Bernd erklärt uns, was er bei der Stadt erfahren hat. Ich verstehe nur die Hälfte, wenn überhaupt.

Fakt ist allerdings, dass die Kolonie die über 42.000 € zahlen muss. Ansonsten nämlich könnte der Kuckuck über den Lauben kreisen. Und im schlimmsten Fall müsste sich der Verein auflösen, der Vorsitzende unter Umständen mit seinem Privatvermögen haften. Und weg wären die Gärten dann auf jeden Fall, was auch immer dann aus ihnen würde.

»Scheiffe.« Chris bringt es auf den Punkt.

»Na ja, aber Bernd hat da eine Idee.« Sandra strahlt erst ihn, dann uns an.

»Idee ist gut. Wenn kann ich helfen, helfe ich.« Olga zeigt Kampfgeist. Das wirkt ansteckend. Wir stecken die Köpfe zusammen, leeren den Bierkasten und kurz nach Mitternacht ist klar: Kampflos geben wir nicht auf.

Tag 2: Die Nase ist auf doppelte Größe angeschwollen. Jeder Boxer wäre neidisch. Und Rudolf, das Rentier, auch: Der Zinken leuchtet in knalligem Rot, das sich über die Hälfte der Wangen und bis zu den Augen zieht. Chris spricht so nuschelig, dass Rolf im Callcenter anrufen und ihn weiter krankmelden muss. Arne empfiehlt Arnika gegen die Schwellung. Rolf besorgt Salbe und Globuli in der Apotheke.

Scheiß Kopfschmerzen. Ich vertrage kein Bier. Dabei hatte ich nur drei Fläschchen gestern. Die aber genügen, dass der Wecker in meinem Kopf dröhnt wie ein Presslufthammer.

»Ich bin krank«, jammere ich.

»Quatsch!« Arne küsst mich auf die Nase. »Du leidest höchstens an akuter Fahneritis.«

Ich schlage die Hand vor den Mund. Peinlich!

»Na, ich kann ja noch andere Stellen küssen«, flüstert Arne und knabbert an meinem rechten Ohr. Das kommt zwar nur gedämpft in meinem Brummschädel an, aber es kommt an. Leider kommt auch ein Notruf an. Und zwar just in dem Moment, als Arne mit dem Kopf unter der Bettdecke verschwindet.

»Geh du ran«, spricht er gegen meinen nackten Bauch. Ich angele das Handy vom Boden, wobei Arne unter der Decke tiefer rutscht.

»Jaaaaa«, hauche ich in den Hörer.

»Tiernotruf? Hallo?«

»Aaaah, halloooo …«

»Ist Ihnen nicht gut?« Die Frau klingt irritiert.

»Ooh doch«, antworte ich.

»Mona hat was. Kommen Sie schnell!«

»Mooonaaa …« Arne spielt mit seiner Zunge in meinem Bauchnabel und ich muss ein wohliges Kichern unterdrücken.

»Meine Katze. Hören Sie mal, sind Sie betrunken?«

›Noch ein bisschen‹, will ich sagen, kann mich aber eben noch bremsen. Ich rutsche unter Arne weg, der unwillig brummt, und setze mich auf.

»Die Leitung knirscht so«, erfinde ich eine Ausrede.

Die Frau nennt mir ihre Adresse, und ich verspreche, dass wir in einer halben Stunde da sind.

»Katze windet sich und jammert«, erkläre ich Arne, nachdem ich aufgelegt habe.

»Du solltest dich winden.« Er sieht ein bisschen beleidigt aus, aber Job ist Job. Also rein in die Klamotten, fix Zähne putzen, Kaugummi in den Mund und hoffen, dass nach dem Einsatz Zeit bleibt für einen großen, großen Kaffee. Mit einer halben Flasche Mineralwasser spüle ich eine Kopfschmerztablette runter. Und beneide meine Jungs und die Hunde, die alle vier noch selig schlummern. Chris und Rolf hinter verschlossener Tür – wobei Chris nasales Schnarchen deutlich zu hören ist – und Earl samt Sohn im Körbchen. Die Hunde blicken nur kurz auf, als Arne und ich an ihnen vorbeihetzen. Earl legt den Kopf in der Halskrause schief. Bequem kann das nicht sein, aber unser Mops hat einen guten Schlaf und ich wette, den nutzt er noch mal ausgiebig.

Tatsächlich schaffen wir es trotz Berufsverkehr und dem üblichen Stau am Hauptbahnhof einigermaßen in der versprochenen Zeit zum Einsatz. Der Anruf kam aus Hedelfingen. Navi sei Dank finden wir die Wohnanlage rasch. Leider können wir nicht bis zum Haus vorfahren, sondern müssen auf dem Gemeinschaftsparkplatz halten. Der Weg zum Haus ist viel zu schmal für einen Rettungswagen. Für uns kein Problem, unsere Patienten lassen sich ja meist auf den

Armen oder in Transportboxen zum Wagen bringen. Für menschliche Notfälle ist das aber ungeeignet – und für verkaterte Retter auch. Wir kommen ziemlich ins Schwitzen und Schnaufen, als wir mit dem schweren Notfallkoffer zu Fuß anrücken. Ich betätige die Klingel bei ›Baumann‹.

»Ja?«, knarzt es aus der Sprechanlage.

»Tierrettung«, antworte ich.

»Vierter Stock«, kommt es zurück. Ich stöhne. Arne murrt. Gefühlte 40 Stockwerke später erreichen wir den Notfall. Frau Baumann erwartet uns schon an der Tür.

»Die Mona ist ganz komisch, gut, dass Sie endlich da sind!« Ich schätze die Frau auf Mitte 40. Und etwa so viele Kilos. Aber was sie nicht am Körper hat, gleicht sie durch eine traumhafte Blondmähne aus. Ich bin ein bisschen neidisch auf diese Haarpracht und stapfe hinter ihr und Arne in die Wohnung. Sie führt uns ins Wohnzimmer. Neben dem Sofa ist ein Katzenkörbchen, in dem die Patientin liegt: eine weiße Katze mit vier schwarzen Pfoten. Frau Baumann beugt sich über die Mieze. Ihre Haarpracht fällt dabei nach vorn, und ich entdecke die Nahtstellen der künstlich eingeschweißten Haare. Sofort fühle ich mich besser.

Die Katze aber offensichtlich nicht. Sie liegt auf der Seite, der Bauch ist aufgedunsen. Das Tier maunzt und schlägt mit dem Schwanz, als wolle es Fliegen verjagen.

»Darf ich?«, fragt Arne sanft und schiebt Frau Baumann zur Seite. Ich platziere derweil den Koffer auf dem Wohnzimmertisch, klappe ihn auf und stoße dabei eine Kerze um. Die Hausherrin registriert das vor lauter Sorge um das Tier gar nicht.

»Und?«, will sie wissen. »Ist es schlimm?«

»Moment bitte, er muss das Tier ja erst einmal untersuchen. Aber die Katze ist jetzt in besten Händen«, versuche ich die Frau zu beruhigen. Arne tastet derweil Monas Bauch ab. Schaut ihr ins Maul. Lässt sich das Stethoskop reichen. Hebt den Schwanz der Katze an. Streicht über den After – und hält einen blutigen behandschuhten Finger in die Höhe.

»Oh mein Gott!« Frau Baumann schlägt die Hand vor den Mund und sinkt auf das Sofa.

»Haben Sie nur diese Katze?«, will Arne wissen. Die Frau nickt. Ihre Lippen im kreidebleich gewordenen Gesicht öffnen und schließen sich, ohne dass ein Ton herauskommt.

»Ist die Katze Freigängerin?«

Wieder nickt Frau Baumann.

»Und wie alt ist sie?«

»Das weiß ich nicht«, stammelt die Frau. »Vielleicht ein Jahr. Ich habe sie aus dem Tierheim. Die war so mager. Aber in letzter Zeit hat sie ordentlich zugelegt.«

Mona rappelt sich auf die Vorderpfoten, robbt ein paar Zentimeter und lässt sich schwer atmend auf die

Seite fallen. Arne hebt den Schwanz des Tieres hoch. Die Katze keucht. Etwas Weißes, das aussieht wie eine ungekochte Leberwurst, flutscht zwischen ihren Beinen heraus.

»Was ist das?«, schreit Frau Baumann mit zitternder Stimme.

»Nachwuchs«, verkündet Arne und grinst.

»Aber ...« Fassungslos starrt die Besitzerin ihre Katze an. »Sie ist doch so jung!«

»Für eine Katze nicht«, antworte ich. Und ärgere mich. Wieder ein Wurf Kätzchen mehr – dabei platzen die Tierheime schon aus allen Nähten. Aber Katzenhalter lassen nun mal lieber Kater kastrieren. Das ist billiger, als den Eingriff an einer Kätzin vorzunehmen. Und dann hat man den Salat. In diesem Fall ein schneeweißes Knäuel, das Mona liebevoll per Schleckmaul aus der Fruchtblase befreit. Kaum ist das Neugeborene freigeleckt, sucht es auch schon nach den Zitzen. Ich knie neben Arne und bekomme Gänsehaut. So tragisch das Katzenelend ist, eine Geburt ist doch immer wieder ein ganz besonderer und magischer Moment. Und diese hier ist noch lange nicht zu Ende. Arne hockt sich auf den Hintern, ich tue es ihm gleich. Frau Baumann ist zur Salzsäule erstarrt. Außer dem Ticken der Wanduhr, dem leisen Maunzen der werdenden Mutter und dem Schmatzen des ersten Kätzchens ist nichts zu hören. Und dann geht es Schlag auf Schlag: Eine knappe halbe Stunde später liegt Mona erschöpft auf der Seite – und fünf putzmuntere Babys nuckeln an ihrer Brust.

»Und jetzt?«, flüstert Frau Baumann schließlich.

»Vitamin- und Impfspritze. Aber erst morgen«, sagt Arne und steht auf. »Für heute lassen wir das Glück am besten in Ruhe.«

Endlich erhebt sich die Hausherrin und riskiert einen Blick in den Katzenkorb.

»Süß«, befindet sie und ein Lächeln umspielt ihren Mund. Langsam kehrt auch wieder Farbe in ihr Gesicht zurück.

Ich beginne damit, die Instrumente einzupacken. Arne weist Frau Baumann darauf hin, die Kätzchen wirklich in Ruhe zu lassen, damit sie so viel wie möglich von der wertvollen ›Biestmilch‹ trinken können. Dann verabschieden wir uns bis zum nächsten Tag.

Vor der Haustür stellt Arne den Koffer ab. »Komm mal her«, fordert er mich auf. Und dann nimmt er mich ganz lange und ganz fest in die Arme. Ich könnte ewig so stehen bleiben, aber leider will irgendwann eine Mutter samt Kinderwagen ins Haus. Wir lassen sie durch, mein Schatz hält ihr die Tür auf, und dann trotten wir mit einem glücklichen Grinsen zum Bulli.

»Das war schön«, sage ich.

»Deine erste Geburt, das vergisst man nie.«

»Das glaube ich auch. Meinst du, Earl und Mudel würden sich mit einer Katze vertragen?«, frage ich und denke an das erstgeborene Kätzchen. Es ist fast komplett weiß, nur auf der Schnauze und am linken Ohr hat es kleine schwarze Flecken.

»Untersteh dich!« Arne schimpft gespielt mit mir. »Wenn ich jedes Tier, das ich auf die Welt geholt habe, behalten würde, hätte ich jetzt mindestens sieben Kühe und zehn Pferde im Wohnzimmer.«

Ich muss lachen. »Du, wollen wir mal Richtung ›Wonne‹ fahren? Wenn kein Einsatz kommt ...«

»Klar, machen wir!« Arne stellt den Koffer in den umgebauten Krankenwagen, knallt die beiden hinteren Türen wieder zu und klemmt sich ans Steuer. Aus dem Radio kommt nur blubbernde Plastikmusik, also schalten wir es aus und gondeln schweigend, aber happy Richtung Schrebergarten. Für die Uhrzeit ist der Parkplatz gut belegt – was wir aber auch erwartet haben. Schließlich haben die Jungs eine ›außerordentliche Sitzung‹ einberufen. Tatsächlich sind mehr Teilnehmer im Garten Nummer 42 versammelt, als ich dachte: Rolf und Chris, Klaus Hünken, Sandra, Anwalt Othmer und ... Olga!

»Ihr kommt wie gerufen!«, ruft Sandra und lässt für einen Augenblick Bernds Hand los, um uns zu winken. »Wir wollten gerade anfangen.«

»Wir hatten einen Einsatz«, sage ich, nicke in die Runde und würde am liebsten sofort von meiner ersten Live-Geburt erzählen. Aber die ernsten Gesichter ermahnen mich, und außerdem fordern Mudel und der Mops ihr Recht. Mudel will unbedingt auf meinen

Schoß und Earl, der mit seiner Halskrause wie seine Majestät King Mops auf Chris' Schoß thront, fordert bellend seine Begrüßungs-Streicheleinheit ein.

»Der ist ja ziemlich fit«, sagt Arne erfreut.

»Kann man bald ziehen Fäden«, stimmt Dr. Olga zu. Ich muss nicht fragen, was sie hier macht, denn Rolf hat sie neben Klaus Hünken platziert. Dem gefällt offensichtlich, was er sieht – eine Singlefrau in den besten Jahren. Und auch Olga schielt öfter als nötig zu unserem Vorsitzenden. Das bewundere ich an meinen Jungs, diese Menschenkenntnis. Ich wäre im Leben nicht darauf gekommen, Olga und Klaus in Verbindung miteinander zu bringen. Aber Chris, unser Romantiker, zwinkert mir zu und nickt unmerklich mit dem Kopf in Richtung der beiden. Ich könnte wetten, dass es seine Idee war, die einsame Tschechin an ihrem freien Tag hierher mitzubringen, nachdem sie uns gestern im Linsen-Pils-Rausch ihre verkorkste Liebesgeschichte erzählt hatte. Alles bekomme ich nicht mehr zusammen, nur dass ihr Exmann mit der Praxishelferin durchgebrannt ist und jetzt im Ferienhaus im Böhmerwald residiert. Olga war auf der Suche nach Neuem, stieß auf das EU-Förderprogramm und landete in Stuttgart.

Tja, und jetzt sitzt sie hier, strahlt wie ein Primelpott und himmelt Klaus Hünken an. Der hat sich für seine Verhältnisse auch mächtig in Schale geworfen: Zur frisch gewaschenen Jeans trägt er statt des üblichen Feinripps ein rot kariertes kurzärmeliges Holzfällerhemd. Aus dem Kragen lugen ein paar Brusthaare. Aus seinen Ohren auch. Und er lugt ziemlich nervös von seinem Block zu Bernd und wieder zurück. Dabei knipst er den Kugelschreiber runter, rauf, runter, rauf. Der Mann ist nervös und ich frage mich, ob es an Olga oder dem drohenden Verlust der Kolonie und damit seines Amtes und Lebensinhaltes geht.

»Also, dann wollen wir mal«, beginnt Bernd und lässt Sandras Hand los. Sie macht für eine Millisekunde einen Schmollmund, himmelt ihren Bernd danach aber umso heftiger an. »Die Mission Gartenzwerg war sozusagen erfolgreich.«

Hünken sieht ihn verständnislos an. Bernd berichtet vom Immobilienangebot. Von Pukallus, der ersten Kontaktaufnahme und endet erst einmal mit dem Treffen des Ehepaares Fuchs mit dem ›Mann vor Ort‹. Klaus Hünken schreibt eifrig mit. Er hat eine schöne Handschrift, beinahe wie gedruckt, und die Buchstaben reihen sich wie Konserven im Supermarktregal aneinander.

»Und dann hören Sie mal dieses an.« Sandra drückt den Startknopf des Diktiergerätes. Während die Herren sich prügelten, hatte sie unbemerkt das Gerät aus dem Gras gefischt und eingesteckt. Und damit das Hauptbeweismittel gesichert.

Das Verkaufsgespräch scheppert durch den Garten, vom Band leicht verzerrt. Aber bestens zu verstehen. Klaus Hünken schreibt zu Beginn noch mit, aber als das erste Bellen ertönt, schwebt der Kugelschreiber über dem Blatt. Hünkens Mund steht weit offen. Man hört Rascheln. Schreie. Drohungen. Dann ein ›Klick‹. Die Aufnahme ist zu Ende.

Sekunden lang rührt sich niemand am Tisch. Selbst die Hunde scheinen die Spannung zu spüren und verharren wie reglose Stofftiere.

»Unglaublich«, sagt Hünken schließlich. »Das ist … ohne Worte.«

»Die haben uns auch gefehlt«, gibt Arne zu.

»Mir nicht«, knurrt Chris und stellt seinen geschwollenen Riechkolben zur Schau. »Daf vergeffe ich fo snell nicht.«

»Ach Schatz.« Rolf streichelt ihm über den Arm.

»Und nun?« Klaus Hünken schaut von einem zum anderen. »Ich meine … was fangen wir damit an?« Er deutet mit dem Stift auf das Diktiergerät. »Ach, ehe ich es vergesse, ich habe da Beziehungen, falls ihr mal ein digitales Aufnahmegerät … Ach, na ja, ist jetzt nicht wichtig.«

»Ist eine große Arscheloch, ja?« Olga zeigt auf das Diktiergerät.

»Allerdings«, rutscht mir raus. »Ein Riesenarsch. Mit Ohren.«

»Tanja!« Rolf schüttelt den Kopf. »Das kannst du so nicht sagen.«

»Wenn es aber stimmt.« Trotzig starre ich meinen Mitbewohner an.

»Nein, das stimmt nicht«, korrigiert mich Rolf mit Schulmeisterstimme. »Der Pukallus ist nämlich der weltgrößte riesigste Arsch. Ein habgieriger, schmieriger Arsch.«

Ich muss grinsen. »Stimmt«, pflichte ich bei.

»Und eigentlich kann er einem ja leidtun. Ist schon irgendwie eine arme Wurst«, stimmt uns Sandra zu.

»Jefd habt ihr auch noch Mitleid mit dem Fläger?« Chris schmollt.

»Haben wir nicht.« Bernd hebt beschwichtigend die Hände. Dann klappt er die schwarzlederne Mappe auf und holt ein Schriftstück heraus. Eigentlich hätte ich bei einem Anwalt ein iPad erwartet. Im Fernsehen haben die das alle. Aber das schwarze Leder passt bestens zum heute sandfarbenen Poloshirt. Zusammen mit dem goldenen Chronografen am Handgelenk hat das durchaus juristischen Chic.

»Ich habe euch mal Kopien mitgebracht«, erklärt unser Anwalt und lässt einen Stapel Schriftstücke rumgehen. Nachdem jeder – außer Olga und den Hunden – versorgt ist, herrscht minutenlang Stille. Wir lesen. Das heißt – die anderen lesen, nicken dann und wann und brummen zufrieden. Ich verstehe allerdings nicht mal die Hälfte von dem, was auf den fünf Seiten steht.

Klaus macht sich Notizen. Als wir alle fertig gelesen haben, fasst unser Hausjurist das Schreiben in einigermaßen normalem Deutsch zusammen: »Fakt ist, dass der Erbpachtvertrag zum Jahreswechsel endet. Fakt

ist aber auch, dass wir auf das sogenannte Gewohnheitsrecht plädieren werden, einfach gesagt. Es gibt
keinen Anlass, die Lauben zu räumen. Und: Da die
Stadt in das angebliche Neubauprojekt nicht invol-
viert ist, besteht hier auch kein Handlungsbedarf. Das
Ganze ist aus meiner Sicht ein Luftschloss. Das wir
zum Platzen bringen.«

»Wuff!« Der Mops bellt zustimmend.

»Der Pukallus kann einem ja fast schon leidtun«,
sagt Rolf breit grinsend.

»Nä!« Chris schüttelt vehement den Kopf.

»Okay, also, wenn ich das richtig verstehe, gehen
Kopien des Schreibens an Pukallus, die Immobilien-
firma ... und die Stadt Stuttgart?« Klaus Hünken starrt
auf seine Notizen.

»Fast. Pukallus' Arbeitgeber steht nur pro forma
als Empfänger da. Als Druckmittel, sozusagen. Oder
schlagendes Argument für unseren Schläger.« Bernd
lächelt süffisant. Es ist dasselbe Lächeln, das ich von
Anwälten aus dem Fernsehen kenne. Ich habe ein sehr
gutes Gefühl bei der Sache. Bernd offensichtlich auch –
siegessicher schaut er in die Runde.

»Wenn alle einverstanden sind?«

Sechs Hände schnellen in die Höhe. Earl gibt ein kleines Wuff von sich und Mudel legt den Kopf schief.

»Gut, dann machen wir das so.« Bernd klappt
seine Mappe zu und greift sofort wieder nach Sandras Hand.

246

»Und die Steuern?« Klaus scheint noch nicht ganz überzeugt.

»Dazu kann Sandra was sagen.« Bernd sieht seine neue Flamme an.

»Du?«, rutscht es mir raus. Bislang hatte ich nicht das Gefühl, dass sie sich allzu sehr für die Kolonie interessiert. Sandra lächelt in die Runde.

»Vielen Mitgliedern würde es finanziell das Genick brechen, wenn sie sich an der Rückzahlung beteiligen müssten«, beginnt sie. »Wir alle wissen, dass die meisten Schrebergärtner entweder in Rente oder arbeitslos sind. Oder eben kein allzu hohes Gehalt haben. Nur die wenigsten hier stehen finanziell super da.« Sie sagt das ohne Regung. Irgendwie – professionell und gut durchdacht.

»Und auch die Rücklagen des Vereins sind gelinde gesagt mickrig.« Klaus Hünken nickt zustimmend. »Deswegen müssen wir sehen, wie wir bis spätestens 31. August so viel Geld wie möglich sammeln können. Natürlich meine ich nicht, dass wir uns mit Blechbüchsen bewaffnen und von Haus zu Haus ziehen. Aber es muss Geld fließen. Deswegen habe ich zusammengefasst, welches die Stärken der ›Wonne‹ sind.«

Sandra nickt Bernd zu und der holt aus seiner Ledermappe einen kleinen Stapel gelber Papiere.

»Ich habe versucht, es grafisch darzustellen«, erklärt Sandra. Und mit einem Mal kann ich mir sehr gut vorstellen, was sie den lieben langen Jobtag tut: Ich habe von Werbung oder Public Relations nicht den Hauch eines Schimmers, doch was Arnes Ex hier abliefert ist sehr, sehr professionell. Sie zieht eine Grafik nach der anderen hervor, und wir hören schweigend und gebannt zu. Sogar die Hunde scheinen wie erstarrt zu sein und haben die Blicke auf die Rednerin gerichtet. Dann und wann scheint es, als ob Earl mit seiner Halskrause wackelt, was aussieht, als würde er zustimmend nicken.

»Und wenn ich das dann zusammenfasse, komme ich zu dem Schluss: Lasst uns feiern und bei diesem Fest Gelder sammeln!«

Sekundenlang schweigen alle. Starren Sandra an. Dann hebt Klaus Hünken die Hände und applaudiert. Olga fällt ein, dann meine Jungs. Der Mops bellt und Mudel rennt um den Tisch.

»Bravo!«, rufe ich. Ich hätte echt nicht gedacht, dass DAS in der Frau steckt. Alle Achtung, sie kann was. Vor allem überzeugen. Uns hat sie jedenfalls schon um den Finger gewickelt, und nun geht es eigentlich nur noch darum, für unser Vorhaben eine Mehrheit bei den Pächtern zu bekommen. Klaus beschließt, zu einer weiteren außerordentlichen Sitzung einzuladen.

»Nicht aufgeben ohne Kampf«, fasst Olga zusammen. Klaus strahlt sie an.

»Ja, so machen wir das«, pflichtet er ihr bei.

»Na, dann lafft unf mal anstoßen!« Nasenbär Chris steht auf. »Ich habe Profecco dabei!«

»Super Idee«, rufe ich. »Und übrigens müssen Arne
und ich euch was erzählen. Wir sind heute quasi Eltern
geworden.«

Tag 3: Mit viel gutem Willen kann man dem Patienten
versichern, dass die Nase deutlich abgeschwollen sei.
Ehrlich gesagt glaube ich, dass weder die Salbe noch
die Globuli gewirkt haben. Die Nase nimmt jetzt eine
Blaufärbung an, was zu Chris' Augenfarbe sehr hübsch
aussieht. Seine Sprache wird deutlicher, die Schmerzen
lassen langsam nach. Arbeiten kann und will er aber
noch nicht. »Fo kann ich doch nicht auf die Fraffe
gehen, ich seh auf wie ein Monfter!« Leider müssen
wir ihm recht geben. Rolf verlängert telefonisch die
Krankmeldung.

Unser erster Patient am nächsten Morgen heißt Earl
of Cockwood. Ausnahmsweise haben Arne und ich
uns ein Stündchen Schlaf mehr als sonst gegönnt und
kriechen erst gegen acht aus den Federn. Die Jungs sitzen schon in der Küche.
    »Na, schwänzt ihr schon wieder?«, necke ich sie.
»Chris, du könntest eine Vertretung übernehmen.«
    »Waf?«
    »In der Wilhelma hat der Nasenbär heute seinen freien
Tag.«
    »Daf ift nicht witfig!« Er streckt mir die Zunge raus.
Ich strecke zurück.

»Gibt's Kaffee für die liebe, liebe Tanja?«, will ich wissen und lasse mich auf den nächstbesten Stuhl plumpsen. Rolf nickt und setzt die Saeco in Gang. Wenig später steht ein dampfender Becher vor mir. Und Mudel zu meinen Füßen. Er beißt in meine Pyjamahose und zerrt an meinem Bein.

»Neee, ich mag jetzt nicht spielen«, gähne ich und will nach der Milch angeln, die in einem blau getupften Kännchen auf dem Tisch steht. Aber das Fellbündel lässt nicht locker.

»Mudel, nein!«, sage ich streng. Ohne Erfolg. Er zieht jetzt so stark, dass mein rechtes Bein in seine Richtung flutscht. Dabei fiept er und sieht mich an.

»Willst du mir was zeigen?«, dämmert es mir. Mudel zieht weiter an meiner Hose und hört erst auf damit, als ich aufstehe. Sofort saust er mit lautem Gebell aus der Küche.

»Also nach Fangespielen sieht das nicht aus.« Arne, der eben vom Klo kommt, kann gerade noch ausweichen, als der Hund an ihm vorbei schießt. Seufzend folge ich dem Tier in Rolfs Zimmer. Mudel bleibt an der Wand stehen und bellt.

»Was ist … Ach herrjeh!« Zwischen schwarzer Ledercouch und Wand steckt der Mops. Keine Ahnung, was er da hinten will, aber jetzt will er ganz offensichtlich raus aus der Klemme. Allerdings klemmt der Plastiktrichter, und der Hund hängt sehr unglücklich in der Falle. Earl sieht mich aus schreckgeweiteten schwarzen Kulleraugen an. ›Hilf mir‹, sagt sein Blick. Und gleichzeitig kommuniziert er: ›Und wehe, du lachst!‹

Natürlich muss ich lachen.

»Hier klemmt was!«, lache ich Arne an, als der gefolgt von den Jungs ins Zimmer kommt.

»Süßer!« Rolf kniet neben Earl, der seinem Herrchen dankbar die Hand leckt. Arne und Chris ziehen am Sofa. Das Teil ist verdammt schwer, aber auf dem Parkett flutscht es. Sogar mit Mudel darauf, der wild kläffend auf die Couch springt. Allerdings nur ein paar Zentimeter, dann klemmt es am schräg gestellten Kleiderschrank. Der ist so prall gefüllt, dass er mehr wiegt als ein Lkw und sich keinen Millimeter rücken lässt. Earl jammert, und ich gehe zur anderen Seite, klemme mich irgendwie zwischen Schrank und Sitzmöbel, gebe Earl einen Klaps auf den Mops-Popo. Der Kleine macht einen Schritt vorwärts, Rolf drückt den Trichter ein wenig zusammen.

»Pressen«, ruft Arne grinsend. Das Plastik schrappt an der Tapete. Dann macht der Mops ein Geräusch, das wie ein lang gezogenes Stöhnen klingt. Ich schiebe weiter, der Plastiktrichter dehnt sich mit einem leisen ›Plopp‹ wieder aus und unser Patient ist befreit.

»Ein Mops! Es ist ein Mops!« Arne hält sich den Bauch vor Lachen. Rolf hält Earl im Arm. Der Mops sieht ziemlich bedröppelt aus, reckt aber sein süßes

Doppelkinn in die Höhe, als wolle er sagen ›Ihr könnt mich mal!‹.

»Du armer, armer Schatz.« Rolf drückt den Hund an sich, was wegen der Halskrause nicht ganz einfach ist. »Geht es dir gut?«

»Ein Arzt! Ist ein Arzt an Bord?«, rufe ich lachend.

»Setz ihn mal hin«, verlangt Chris. Rolf packt den Hund auf die Couch. Arne tastet die mit einem Pflaster abgedeckte Wunde ab.

»Tanja, Koffer!« Ich sause in den Flur, hole den Notfallkoffer und bin Sekunden später wieder zurück. Arne streift sich Handschuhe über und hebt vorsichtig das Pflaster von der Wunde. Auf der rasierten Haut um den etwa drei Zentimeter langen Schnitt wachsen schon wieder Fellstoppeln. Mein Tierdoc überprüft die Nahtfäden, schmiert Wundsalbe darauf und klebt ein frisches Pflaster auf die Wunde.

»Ist schon super verheilt«, erklärt er. »Kann eigentlich nicht mehr viel passieren.«

»Was heißt das?«, fragt Rolf trotz allem besorgt.

»Dass wir Earl von seiner Halskrause befreien können.« Chris atmet hörbar auf. Ich reiche Arne eine Schere. Er schneidet die Mullbinde, mit der der Kragen um den Mopshals gebunden ist, auf, öffnet die Steckverbindungen – und ZACK ist Earl frei. Der Mops bellt begeistert, schüttelt sich, dass die Ohren schlackern, und springt von der Couch. Mudel hinterher. Die beiden sausen auf direktem Weg in die Küche und machen sich über den mit Trockenfutter gefüllten Napf her. Allerdings legt Earl im Flur noch einen Zwischenstopp ein und tut, was ein Rüde tun muss und was er wegen des Kragens seit Tagen nicht mehr konnte – er inspiziert hingebungsvoll sein bestes Stück.

»Frühstück?«, fragt Arne.

»Schon fertig«, sagt Rolf erleichtert.

Viel Zeit zum Essen bleibt uns nach der Befreiungsaktion nicht. Schließlich haben wir ein Date – und das wartet pünktlich um halb zehn beim Quadrat, einem Verwaltungsgebäude der Stadtverwaltung in der Heustraße.

»So, dann wollen wir mal.« Bernd Othmer sieht siegessicher aus. Klaus Hünken weniger. In der Bundfaltenhose und dem ausgeleierten Jackett aus Opas Zeiten fühlt er sich sichtlich unwohl. Bernd voran macht sich unsere kleine Prozession auf den Weg in den grauen Betonbau, dessen Architekt meiner Meinung nach nachträglich einen Tritt in den Hintern verdient: Direkt hinter dem Anwalt marschiert Hünken, dann folgen Hand in Hand die Jungs, und das Schlusslicht bilden Arne und ich. Bernd kennt sich von Berufs wegen aus und führt uns zielstrebig in den dritten Stock. Mein Herz klopft bis zum Hals und ich bin froh, dass ich mich an Arne festhalten kann. An der vorletzten Tür im rechten Gang stoppt Bernd.

»Bereit?«, fragt er uns. Wir alle nicken. Er drückt ohne anzuklopfen die Klinke runter.

»Guten Morgen«, ruft er übertrieben fröhlich.

»Was?«, höre ich Pukallus' ungehaltene Stimme. Hünken wird von den Jungs ins Büro geschoben, Arne und ich rücken nach. Der relativ kleine Raum, an dessen Längsseite Rolltorschränke stehen, ist übervoll. Pukallus springt auf und macht einen Schritt rückwärts. Mehr geht nicht, denn jetzt steht er mit dem Rücken zur Wand.

»Ich habe Ihnen etwas mitgebracht«, säuselt Bernd und legt eine Abschrift der Akten auf den Schreibtisch.

»Was wollen Sie?«, herrscht Pukallus uns an, mühsam um Fassung bemüht.

»Sie können alles nachlesen«, erklärt unser Anwalt. »Oder ich fasse es für Sie zusammen.«

»Sie haben hier nichts zu suchen«, blafft der Beamte uns an. Sein Blick bleibt zwei Sekunden auf Chris' Nase hängen und ich erkenne Genugtuung. Allerdings hat er auf dem Arm ein großes Pflaster. Gefällt mir, denke ich und hoffe, dass es schön wehtut.

»Das würde ich so nicht sagen«, sagt Bernd ganz ruhig. »Wir haben Ihnen einen Vorschlag zu machen.«

»Sie? Mir?« Pukallus lacht scheppernd. Doch als Bernd weiterspricht, verstummt er augenblicklich. Seine Gesichtsfarbe wechselt von rot zu blass und zurück auf rot.

»Das wagen Sie nicht«, japst er schließlich.

»Ach, ich kenne den Staatsanwalt sehr gut, er joggt übrigens immer im Rosensteinpark«, säuselt Bernd. »Und ich denke, auch Ihr Arbeitgeber dürfte nicht amüsiert sein, wenn er von Ihrer Nebentätigkeit erfährt.«

»Ich zeige Sie an«, versucht Pukallus eine Drohung. »Sie halten Kampfhunde!«

Rolf prustet los. »Ja, klar, ein Kampfmops. Sie ticken doch nicht ganz sauber!«

»Bitte!« Bernd wendet sich an Rolf. »Ich denke, wir sollten uns vernünftig unterhalten.«

»Sie und vernünftig?« Pukallus' Stimme trieft vor Ironie.

»Na, wenn Sie nicht wollen, dann …« Bernd macht einen Schritt auf den Schreibtisch zu und will nach den Papieren schnappen. Aber Pukallus ist schneller. Das muss man ihm lassen, flink ist er ja. Er hält das Schreiben umklammert.

»Also gut«, knirscht er schließlich. »Was schlagen Sie vor?« Man sieht ihm an, dass er in diesem Moment lieber einen Teller voller gerösteter Kakerlaken essen würde. Aber noch zeigt er ein halbwegs glaubhaftes Pokerface.

»Wir haben zwei Möglichkeiten«, setzt Bernd an. »Entweder teilen wir der Stadt und der Staatsanwaltschaft mit, dass Sie ein Grundstück verkaufen wollen, das gar nicht zum Verkauf steht. Ihrem ›Arbeitgeber‹ dürfte das nicht mehr als eine Schramme verpassen, die

May-Immobilien sind bundesweit tätig und Sie, mein Lieber, für die ganz bestimmt nur ein kleiner Fisch.«

Pukallus schluckt trocken.

»Oder aber wir vergessen das Ganze. Weil Sie ja ein netter Mensch sind, der sich für die Gemeinschaft einsetzt.«

Pukallus starrt Bernd mit offenem Mund an.

»Und da Sie ja der Kolonie familiär verbunden sind ...«

»Ich bin WAS?«

»Na, Kiki«, erkläre ich. »Immerhin hat das geliebte Haustier Ihrer Tochter bei uns die letzte Ruhestätte gefunden.«

Pukallus stöhnt.

»Ja und genau deswegen machen Sie als treusorgender Vater eine großzügige Spende.«

»Ich ... mache ... was?«

»Na, die Kohle haben Sie doch«, platzt Rolf raus. »Statt Boot auf dem See gibt's dann eben Bestattung im Schrebergarten.«

»Herr Schröder meint, dass Sie die bislang erfolgten Boni-Zahlungen der May-Immobilien als großzügige Spende absetzen. Nach meinen Schätzungen müssten das an die 15.000 € sein.«

»Woher ... Scheiße.« Pukallus tappt nach der Lehne des schwarzen Drehstuhles und lässt sich schwerfällig in die Polster fallen. »Scheiße.«

Wir schweigen alle und sehen dem Beamten beim

Nachdenken zu. Man kann förmlich hören, wie es in seinem Kopf rattert und er die Möglichkeiten abwiegt: Verlust des Arbeitsplatzes, Versetzung in die Teeküche – oder weitermachen wie gehabt. In beiden Fällen natürlich ohne Jacht in Konstanz. Schließlich gibt er sich einen Ruck, zieht die Schublade unter der Schreibtischplatte auf und nimmt einen braunen Umschlag heraus.

»Bitte«, sagt er mit einer Miene, die an Gallespucken erinnert. Bernd nimmt den Umschlag und schaut hinein. Dann pfeift er durch die Zähne.

»Donnerwetter!«

»17.000«, knurrt Pukallus. Klar, der hat die Kohle im Büro versteckt, wer würde schon einen so großen Batzen Schwarzgeld in einem miefigen Amt vermuten!

»Sehr großzügig, herzlichen Dank«, sagt Bernd. Dann nimmt er zwei 100-Euro-Scheine aus dem Umschlag und legt sie auf den Schreibtisch. »Ihre Tochter freut sich bestimmt über ein großes Rattengehege. Und vom Rest kaufen Sie ihr schöne Klamotten.«

Pukallus starrt ihn mit unbeweglicher Miene an.

»Darf ich?« Bernd nimmt ihm das Schreiben aus der Hand und zerreißt es mit theatralischer Geste.

»Hat mich gefreut, Sie kennenzulernen.« Er nickt erst Pukallus, dann uns zu. Schweigend machen wir uns auf den Rückzug.

»Sie Arschloch!«, brüllt Pukallus uns hinterher.

Wir brüllen auch. Als wir auf der Straße stehen. Vor Lachen. Und Erleichterung: Jetzt fehlen ja nur noch 25.000 € in der Schrebergartenkasse!

Tag 4: Chris' Nase ist phänomenal. Über Nacht ist sie beinahe komplett abgeschwollen. Er hat wieder Augen und auch im Mittelgesicht eine Kontur. Vielleicht liegt's aber nur an der Farbe. Schwarz macht ja bekanntlich schlank und das Hämatom glänzt in modernem braun-schwarz. Doc Arne erklärt ihm, dass das vom Hämoglobin kommt, das durch Enzyme in Gallenfarbstoff umgewandelt wird. Chris interessiert das nicht die Bohne. Sein Versuch, den Zinken mit meinem Make-up zu kaschieren, misslingt total. Leider benutzt er die komplette Tube – und ich habe nichts, um den Pickel auf der rechten Wange abzudecken.

Noch immer fehlen 25.000 €. Das muss Klaus Hünken der versammelten Gärtnerschar erst einmal beibringen. Arne und ich haben mit Olga, die von Klaus eingeladen wurde, und Mariam einen Sechsertisch in der Nähe der Theke im Vereinsheim besetzt. Mudel und Earl haben sich unter den Tisch verkrochen und schaffen es, trotz der hereinströmenden Leute und des anschwellenden Stimmengewirrs ein Nickerchen zu halten. Meine Jungs halten hinter dem Tresen die Stellung – und sehen dabei sehr happy aus. Rolf zapft ein Bier nach dem anderen, Chris balanciert Limo und Kaffee auf einem runden Tablett zu den Tischen, als hätte er nie etwas anderes gemacht. Während ich versuche, mit einer Haarsträhne den ekligen Pickel auf meiner Wange zu verstecken, hält er stolz seine geschwollene Nase in die Luft. Und wer immer fragt – und es fragen viele! –, wie er zu diesem außerordentlichen Zinken gekommen ist, dem erzählt er gern und stolz die Geschichte, die wir uns gemeinsam ausgedacht haben: Eine undurchsichtige Gestalt undurchsichtiger Herkunft habe sich in der Kolonie herumgetrieben. Als unser Kampfmops Alarm schlug, sei Chris aufgesprungen. Der Eindringling habe angesichts des Gebells sofort die Flucht ergriffen – Chris wollte ihm nachrennen, sei dabei gestolpert und habe mit dem Gesicht auf einer steinernen Beeteinfassung gebremst.

Fünf Minuten, ehe die Versammlung offiziell beginnen soll, kommen Sandra und unser Anwalt – gefolgt von einer strahlenden Nina und einem griesgrämigen Pukallus. Sandra und Bernd schlängeln sich zur Längsseite des Saales durch und beginnen, ein Laptop und einen Beamer aufzubauen. Die schmucklose angegilbte Wand soll als Leinwand dienen. Bernd trägt ein lindgrünes Poloshirt zur Jeans – Sandra ein Kostüm in fast derselben Farbe. Ich muss zugeben, dass sie verdammt gut aussieht, und das zur Banane hochgesteckte Haar steht ihr enorm gut. Ich könnte glatt ein bisschen eifersüchtig werden, aber Arne haucht mir ein Küsschen auf die Wange und ich entspanne mich. Wir winken Pukallus und seine Tochter zu uns an den Tisch.

Nina hat ein schrillpinkes Shirt an, auf dem der weltberühmte Rolling-Stones-Mund aus Pailletten prangt. Dazu trägt sie einen schwarzen Tüllrock, kunstvoll durchlöcherte Leggings und pinke Sneaker. Sie sieht süß aus. Was ich ihr sagen will, als der Pailletten-Mund sich plötzlich bewegt.

»Dein Shirt wackelt!«, rufe ich. Nina strahlt so breit, wie es nur geht. Dann langt sie unter das Top und holt eine schneeweiße Ratte hervor.

»Das ist Pink«, stellt sie das Tier vor. Die Ratte klettert auf ihre Schulter.

»Ist nicht pink. Ist weiß«, kommentiert Olga.

»Nein, sie heißt nur so«, erklärt Nina. »Pink wie die Sängerin.«

»Und wie deine Lieblingsfarbe?«, rät Arne.

»Das auch.«

»Das finde ich aber mächtig lieb, dass Sie Nina eine Ratte gekauft haben«, sage ich zu Pukallus und grinse ihn an. Der verzieht keine Miene.

»Ja, sogar einen sowas von obergeilen Käfig. Megagroß!« Nina freut sich wie ein Honigkuchenpferd und rutscht auf den Stuhl neben mir. Ihr Vater sieht ziemlich unglücklich aus, aber es bleibt ihm wohl nichts anderes übrig, als sich neben seine Tochter und Olga zu setzen.

»Wer ist denn das?«, zischt Mariam Arne ins Ohr.

»Erklärt sich gleich von selbst«, flüstert der zurück. Hinter uns rattert die Kaffeemaschine, dann der Zapfhahn. Als beide Geräte schweigen und Chris sich mit dem Tablett zu einem Tisch bei den Fenstern aufmacht, geht Klaus Hünken zu Bernd und Sandra. Olga reckt den Hals und ihre Augen blitzen, als sie unseren Vorsitzenden mit ihrem Blick verfolgt.

Hünken räuspert sich. Tuscheln. Husten. Dann sind alle still und starren gebannt auf das Trio.

»Liebe Vereinskollegen«, beginnt Klaus. »Dass ich euch schon wieder zu einer Versammlung bitte, hat einen sehr guten Grund.«

»Das will ich hoffen!«, ruft ein Mann mit weißem Bart und Strohhut auf dem Kopf. Ich glaube, dem gehört Parzelle 33, die mit den akkurat gesetzten Tomaten und Bohnen.

»Die allerbeste Nachricht will ich euch sofort mitteilen. Dank Herrn Rechtsanwalt Othmer wurde der Pachtvertrag für die Kolonie um weitere 25 Jahre verlängert!« Hünken hält triumphierend eine Abschrift des Mietvertrags in die Höhe. Applaus brandet auf, Bravo-Rufe und Pfiffe. Minutenlang freuen sich die Laubenpieper lautstark, ehe der Vorsitzende es schafft, die Meute zur Ruhe zu bringen. Olga strahlt mit ihm um die Wette. Die beiden scheint etwas zu verbinden, denke ich und drücke Arnes Hand. Er drückt zurück und zwinkert mir zu.

Chris stellt ungefragt eine Cola vor Nina und ein Pils vor Pukallus. Der leert sein Glas in einem Zug.

»Leider steht noch immer die Steuernachforderung im Raum. Sollten wir den geforderten Betrag nicht aufbringen können, muss der Verein aufgelöst werden. Was das für euch bedeutet, muss ich nicht sagen.« Ein Raunen geht durch das Vereinsheim. Die eben noch lachenden Gesichter verdunkeln sich.

»Zur Erinnerung: Die Forderung, angehäuft durch die Misswirtschaft meiner Vorgänger – wobei ich niemandem einen Vorwurf machen will –, beläuft sich auf rund 42.000 €. Eigentlich. Denn durch eine großzügige Spende in Höhe von sage und schreibe 16.800 € sind wir der Gesamtsumme ein gewaltiges Stück näher gekommen.«

»Wer hat denn so viel Kohle?«, will der Weißbart wissen. Sein Nebenmann grinst.

»Vielleicht hat der Klaus im Lotto gewonnen?« Die Umsitzenden lachen.

»Nein, das nicht«, erklärt Hünken. Aber ich darf um einen kräftigen Applaus für unseren Förderer Herrn Pukallus bitten!«

Olga gibt Pukallus einen Stoß. Der erhebt sich wie in Zeitlupe.

»Papa? Du?« Nina sieht ihn aus kugelrunden Augen an. »Mensch Papa, du bist toll!«

»Genau, das ist toll!«, fällt der Weißbart ein.

Steht auf und klatscht. Pukallus wird knallrot und grinst schief, als schließlich alle die Stühle nach hinten rücken, klatschen und Bravo rufen. Ungelenk hebt er die Hände, um die Menge zum Schweigen zu bringen. Aber er hat keine Chance, und nach kurzer Zeit scheint er die Situation sogar zu genießen. Chris schlängelt sich zu uns durch und überreicht Pukallus eine Flasche Champagner. Dass die aus der Speisekammer des Vereinsheims stammt und ursprünglich ›Für Doris – von Deinem Horst, 13. September 1998‹ war, wie auf der angeklebten Karte stand, muss ja keiner wissen.

Pukallus hält die Flasche wie einen Säugling im Arm. Nina zupft ihn am Pullover und er setzt sich.

»Mensch Papa, und das Boot?«

Pukallus zuckt mit den Schultern und schweigt. Die Leute setzen sich auch wieder und tuscheln miteinander. Klaus Hünken klatscht in die Hände.

»Leute, Leute! Wir sind noch nicht fertig!«, ruft er. »Da bleiben noch immer knapp 25.000 €, die wir dem Finanzamt schulden.«

»Diese Geier«, brüllt der Weißbart. Klaus ignoriert ihn und fährt fort.

»Ich darf euch Frau Sandra Magister vorstellen. Sie ist Werbe… dings also, sie hat da eine Idee.« Hünken atmet auf, als er das Wort an Sandra abgeben kann. Große Reden sind nicht sein Ding und erleichtert kommt er an unseren Tisch, zieht einen freien Stuhl heran und setzt sich in die Lücke zwischen Olga und Pukallus. Chris platziert ein großes Glas Wasser vor ihm, aus dem er gierig trinkt. Derweil flammt an der Wand die in lindgrün unterlegte Powerpoint-Präsentation auf, die Sandra vorbereitet hat.

»Mein Name ist Sandra Magister. Ich bin PR-Beraterin, aber keine Sorge, genauso wie Bernd … also Herr Othmer trete ich hier pro bono auf.«

»Hä?«, macht der Weißbart.

»Koschd nix!«, übersetzt sein Nebenmann. Weißbart nickt zufrieden.

»Gut. Was brauchen wir? Geld. Eine ganze Menge davon.« Die Präsentation läuft ab und Sandra erklärt dazu die von ihr ausgetüftelte Idee. Sie läuft vor der Wand auf und ab, spricht hoch konzentriert und alle hängen an ihren perfekt geschminkten Lippen. Sie macht das verdammt gut, wie ich eingestehen muss. Zunächst analysiert sie die Lage. Die ist nicht berauschend, aber das wissen wir ja alle. Dann schließt sie einige Möglichkeiten aus ihrem Plan aus: Aufgabe der Kolonie, Zahlungen durch private Einlagen der Mitglieder, Erhöhung des Pachtzinses. Damit punktet sie bei den Schrebergärtnern natürlich gewaltig. Ehe sie zum Schluss kommt und damit zu ihrem Plan, macht sie eine Kunstpause. Sie scheint jeden im Raum für Sekundenbruchteile direkt anzusehen. Schließlich haben alle, ich eingeschlossen, das Gefühl, Sandra spräche zu einem ganz persönlich.

»Wir werden ein Fest organisieren. Aber nicht irgendein Fest!« Mit einem Kopfnicken, bei dem sich eine Strähne aus der Hochsteckfrisur löst und ihr sexy über die Schulter fällt, bittet sie Bernd, die nächste Seite der Präsentation aufzurufen.

»Natürlich wird es im Vereinsheim Bewirtung geben. Mit Kaffee, Kuchen und einem Grillabend. Dazu eine Hüpfburg für die Kinder, Klaus Hünken hat Beziehungen zu einem Verleiher.«

Ich muss grinsen. Olga lächelt ihren Klaus stolz an.

»Außerdem natürlich Kinderschminken, ein Gartenquiz, bei dem man Essensgutscheine gewinnen kann, eine Rallye durch die Kolonie. Da sind wir mit den Ideen noch nicht am Ende, wer noch etwas beitragen will, kann das nachher sehr gern tun.« Sandra blickt aufmunternd in die Menge und an den Gesichtern der anderen Gärtner erkenne ich, dass der eine oder die andere durchaus noch Einfälle hat, wie man das Publikum am Festwochenende bespaßen kann.

»Aber egal, was wir auch anbieten – es wäre normal, ohne Langzeitwirkung und vor allem würde es niemals genug Geld einbringen«, gibt Sandra zu. Weißbart zieht die Stirn kraus.

»Wozu dann das Ganze?«, murrt er.

»Jetzt ward halt erschdmal, bis des Mädle fertig gschwätzt hot!«, herrscht ihn sein Kumpel an.

»Wir werden Patenschaften verkaufen!«, verkündet Sandra strahlend.

»Den Kerle will doch koin Mensch adoptiera!«,
lacht Weißbart und alle stimmen ein.

»Den nicht – aber vielleicht Ihre Bohnen?«

»Bitte? Meine was?«

»Sie haben schon richtig gehört! Jeder pflanzt doch
in seinem Garten herrliches Gemüse an. Und wun-
derbares Obst. Alles in Bioqualität und, seien wir mal
ehrlich, jedes Jahr viel zu viel, als dass man alles allein
essen könnte.«

Die Mehrzahl der Gärtner nickt. Sonnenhang und
bestes Klima sei Dank, sprießen Zucchini, Äpfel und
Möhren wie Unkraut in der Kolonie. Was nicht sofort
gegessen oder eingeweckt werden kann, bleibt für die
Vögel hängen oder landet auf dem Kompost, wo es zu
Dünger für die nächste Riesenernte wird.

»Wir werden Obst- und Gemüse-Patenschaften verkaufen«, erklärt Sandra. »Die Besucher können sich
alle Gärten in Ruhe ansehen, lernen die Gärtner kennen und sehen, wo das Obst und Gemüse wächst und
wie es herangezogen und gepflegt wird. Dann entscheiden sie sich für eine Patenschaft. Das kann ein
halbes Salatbeet sein, ein Viertel Apfelbaum oder auch
nur eine Erdbeerpflanze. Mit Hilfe von Klaus Hünken, der ja Gartenfachmann ist, habe ich eine Preisliste erarbeitet, gestaffelt nach Sorten und Mengen.
Die Leute bezahlen also die Grundgebühr. Haben sie
Glück und es wird ein famoses Jahr, bekommen sie
eine fette Ernte, die sie, sobald alles reif ist, abholen

können. Haben sie nicht so viel Glück, fällt der Inhalt des Obstkistchens eben weniger aus, ist aber immer noch günstiger als im Bioladen.«

Schweigen.

Niemand sagt ein Wort.

Alle schauen zum Nebenmann.

Weißbart steht wie in Zeitlupe auf. Dann hebt er ebenso langsam die Hände und … klatscht!

»Bravo, Mädle!«, ruft er. Sein Kumpel fällt in den Applaus ein, und wenig später strahlt Sandra, als sie Standing Ovations bekommt. Ich gönne es ihr von ganzem Herzen. So kann, toi, toi, toi, genug Geld gesammelt werden, um die mistige Steuer zu löhnen.

»Wollen wir ein paar Himbeeren adoptieren?«, flüstert Arne mir ins Ohr. Ich nicke glücklich und drücke Earl, der vom Lärm nun doch wach geworden ist und auf meinen Schoß hüpft, an mich.

»Mit dir will ich Himbeeren haben«, flüstere ich zurück.

Tag 5: »Grün steht dir, Schatz!«, kommentiert Rolf Chris' Gesichtsfärbung. Unser Nasenbär trägt ein ins dunkelgrün tendierendes Riechorgan zur Schau.

»So gehe ich ganz bestimmt nicht raus!«, jammert er. Rolf verlängert seine Krankmeldung. Als wir am Abend in der Küche zusammensitzen, demonstriert Chris uns, dass er schon wieder popeln kann.

»Igitt!« Rolf verzieht das Gesicht.

»Was denn? Ich mach doch nichts«, schmollt Chris.

»Doch, du popelst.«

»Nein, ich habe euch nur gezeigt, dass ich die Finger wieder in die Nase stecken kann. Weil sie ab-ge-schwol-len ist. Kapiert?« Chris brummt unwillig. »Aber wenn sich hier keiner für mich freut.«

»Ach Schatz«, lenkt Rolf ein und stellt eine Schale mit fluffiger Mousse au Chocolat auf den Tisch. In einer zweiten Schale sind Erdbeeren. Als Abschluss für das Osso Bucco eine grandiose Idee, wie ich finde. Und auch Chris ist rasch versöhnt, als Rolf ihm das erste Dessertschälchen füllt und mit einem Küsschen reicht.

Sandra und Bernd füttern sich gegenseitig. Arne gibt mir unter dem Tisch einen sanften Tritt und verdreht die Augen. Wir sind über so was längst raus, aber die Turteltauben stecken noch mitten in der ersten Verliebtheitsphase. Mein Tierarzt und ich sind in Phase drei bis vier. Phase zwei war das Feststellen, dass wir auch über einen längeren Zeitraum kompatibel sind. In Phase drei stehen gemeinsame Interessen im Mittelpunkt und Phase vier läutet die Zukunftspläne ein. Die gemeinsamen, wohlgemerkt. Und die haben wir schließlich, nicht nur wegen der Tierrettung, sondern auch wegen der Himbeeren. Ich würde wirklich nicht mit jedem Mann einen Himbeerbusch aus Parzelle 34 adoptieren!

»Ich muss euch übrigens was sagen«, beginnt Sandra, nachdem sie sich mit Bernd die letzte Erdbeere geteilt hat. »Ich bin raus.«

»Raus? Wie raus?« Arne sieht seine Ex fragend an. Sandra schüttelt bedauernd den Kopf. »Na, weg eben.«

»Aber du bist doch da?« Ich sehe sie ziemlich bedeppert an, wie ich annehme.

»Aber nicht mehr lange.«

»Gehst du zurück auf die Insel?« Noch vor Kurzem wäre mir nichts lieber gewesen, als dass sie dahin verschwindet, wo sie herkam. Aber mittlerweile ... »Das ist aber schade«, gebe ich zu.

»Na, ganz so weit ist es nicht!« Bernd legt seinen Arm um Sandras Schulter. »Ein paar Kilometer in diese Richtung.« Er zeigt auf die Dusche in der Küchenecke.

»Hä?«

»Ich ziehe zu Bernd.« Sandra strahlt mit ihren Ohrringen um de Wette.

»Das ist ja toll!« Ich freue mich für die beiden.

»Na dann.« Arne sieht das Paar ein wenig skeptisch an.

»Sag schon, was du denkst«, fordert ihn Sandra auf. Da kann man machen, was man will – die beiden kennen sich nun mal von Kindesbeinen an und merken sofort, wenn der andere was hat. Und Arne hat Bedenken, wie er unumwunden zugibt.

»Ihr kennt euch doch kaum!«

»Stimmt«, antwortet Bernd. »Aber das kann man ja ändern.«

»Aber … ach scheiße. Ich wünsche euch viel Glück!« Arne hebt sein Glas und prostet den beiden zu.

»Grad noch mal die Kurve gekriegt, was? Ich dachte schon, jetzt kommt ein väterlicher Vortrag«, neckt ihn Sandra.

Mir kommt da eine ganz andere Idee. Wenn Sandra nicht mehr bei Arne wohnt – sollte ich dann?

»Untersteh dich!« Chris droht mir mit erhobenem Zeigefinger.

»Was?«

»Ich sehe doch genau, was du denkst, aber nein, Prinzessin, so schnell ziehst du hier nicht aus.«

»Das würde ich nicht zulassen«, stimmt Rolf ihm zu.

Ich sehe Arne entschuldigend an. Himbeeren hin oder her – das hier ist die perfekte WG. So was gibt man nicht so einfach auf. Und außerdem hat die Frage ›Zu dir oder zu mir‹ durchaus ihren Reiz.

»Ich hab's geahnt, dass ich mich besser nicht mit einer Frau einlassen sollte, die schon zwei Männer hat.« Earl meldet sich mit einem Wuff. Mudel macht es ihm nach. »Vier Männer«, korrigiert Arne lachend.

»Na, ein bisschen lasse ich sie euch noch, meine Herren. Aber …«

Der Rest geht in einem Hustenanfall unter. Ich klopfe meinem Schatz auf den Rücken. Als er wieder Luft bekommt, verabschieden sich unser Staranwalt und seine Liebste. Zu viert schaffen wir es im Handumdrehen, alles Geschirr in die Spülmaschine zu packen. Dann quetschen wir uns auf den kleinen Küchenbalkon und rauchen schweigend vor uns hin. Der Straßenlärm ist hier im Innenhof kaum zu hören. Im Fenster gegenüber flimmert Fernsehlicht. Ansonsten liegt der Hof im Dunkeln.

»Ich muss euch auch was beichten«, sagt Rolf schließlich sehr leise.

»Du?« Chris sieht ihn verwundert an.

»Keine Sorge, es hat nichts mit dir zu tun!« Chris atmet auf.

»Oder na ja, irgendwie schon.«

»Jetzt lass es schon raus, so schlimm kann's ja nicht sein«, ermuntere ich ihn.

»Ich hoffe«, sagt Rolf zerknirscht. Dann holt er tief Luft. »Ich habe gekündigt. Zum nächsten Ersten.«

Erleichtert, dass es raus ist, pustet er die Luft zwischen den Lippen hervor.

»Du hast … das … und wie …?«, stammelt Chris.

»Ja. Ich weiß. Das ist scheiße.«

»Hast du einen neuen Job?«, frage ich. Das wäre ja ein gutes Argument, um das Post-Handtuch zu werfen.

»Nein.«

»Nein?« Ach herrjeh.

»Das mit der Miete kriegen wir schon hin«, sage

ich und meine das auch so. Schließlich waren meine Jungs auch für mich da, als ich arbeitslos wurde und mich an den monatlichen Kosten nicht mehr beteiligen konnte.

»Du bist lieb, Prinzessin. Und ganz so planlos war das nicht, wie ihr jetzt vielleicht glaubt.«

»Und darf man dann auch wissen, was dein Plan ist?«, nörgelt Chris. Ich an seiner Stelle wäre auch ein bisschen eingeschnappt, wenn Arne so mir nichts, dir nichts sein Leben ändert, ohne vorher mit mir zu sprechen.

»Na ja, ich habe schon länger so eine Idee. Und ich dachte mir – wenn nicht jetzt, wann dann? Ich bin ja nicht mehr der Jüngste.«

»Midlife-Crisis, fuck«, mischt sich Arne ein.

»Na und?«, fragt Rolf ein bisschen schnippisch. »Ich habe keine Lust, mein Leben lang Briefe … ach scheiße.« Er zündet sich eine neue Kippe an und bläst den Rauch wütend in den Nachthimmel.

»Ja, und was machst du jetzt?«, insistiert Chris. Rolf schnippt die Zigarette über das Geländer.

»Jetzt gehe ich erst mal ins Bett.« Er macht auf der Hacke kehrt und verschwindet.

»Was war das denn?«, fragt Chris ratlos.

»Ich habe keine Ahnung«, gebe ich zu. »Morgen, darum kümmern wir uns morgen, ja?« Bei Scarlett O'Hara hat das schließlich auch immer geklappt.

»Na, der kann was erleben«, zischt Chris.

»Lass ihn.« Arne hält ihn am Ärmel zurück. »Da war doch noch ein Fläschchen Weißwein im Kühlschrank? Das trinken wir jetzt und ... keine Ahnung. Jedenfalls werden wir sicher bald erfahren, was los ist.«

Chris nickt ergeben. »Wenn nicht, dann verkaufe ich seine Anlage und fahre von dem Geld in Urlaub, ich schwör's euch.« Oha. Er ist wirklich mächtig sauer. Die Stereoanlage ist Rolfs Heiligtum – ich will mir gar nicht vorstellen, was passiert, wenn Rolf uns nicht bald einen sehr, sehr guten Plan präsentiert.

Tag 6: Im richtigen Licht sieht Chris' Näschen beinahe normal aus. Nur auf dem Nasenrücken ist sie etwas dunkler. Die Nasenflügel sind dunkelgelb, was bei Kerzenschein fast wie gesunde Solarienbräune wirkt. Ich habe ihm einen Concealer geschenkt. Wenn er den aufträgt, sieht man fast nichts mehr von seiner Blessur. Rolf weigert sich, ihn noch einen weiteren Tag krankzumelden.

Der Weißwein war von der billigen Sorte, und obwohl wir zu dritt nur ein Fläschchen gezwitschert haben, habe ich am nächsten Morgen einen Brummschädel. Ich bin froh, dass das Einsatzhandy still bleibt. Das bedeutet zwar auch, dass wir in der Zeit keinen Cent verdienen – und ich ahne, dass wir wegen Rolfs Kündigung jeden Cent brauchen werden. Das heißt aber auch, dass Arne und ich uns um den lästigen Papier-

kram kümmern können. Wir dokumentieren jeden
Fall und Patienten, um auch bei eventuellen Spendern
Rechenschaft ablegen zu können. Außerdem müssen
dringend Rechnungen geschrieben, die Arzneimittel-
bestände überprüft und Spritzen sowie Verbandsmate-
rial nachbestellt werden. Wir haben in meinem Zimmer
Position bezogen, da Rolf und Chris beide unterwegs
sind und wir die Hunde nicht unnötig allein lassen
wollen. Chris musste heute Morgen wohl oder übel
mit geschminkter Nase ins Callcenter. Rolf ist verschwunden. Chris sagt, er habe nicht bemerkt, wann
er aus dem Haus ging. Vielleicht steckt ja doch so viel
Postbotenblut in ihm, dass er ohne einen morgendlichen Spaziergang an den Briefkästen der Stadt vorbei
nicht sein kann?

»Sag mal, die alte Wutz, haben wir da Vitamine dage-
lassen?«, frage ich Arne, als wir bei der Rechnung für
den Wellensittich von Frau Knümann ankommen. Arne
grübelt, wird aber durch Earls freudiges Gebell unterbrochen. Mops und Mudel sausen aus dem Zimmer.

»Ja, meine Lieben, ich bin wieder da.«

»Chris?« Fragend sehe ich Arne an und rappele mich
vom Boden hoch, wo ich inmitten eines Papierbergs
sitze. Arne hört auf, Daten in seinen Laptop zu tip-
pen und folgt mir in den Flur.

»Was machst du denn hier?«, frage ich Chris, der
eben seine Jacke auszieht.

»Ich wohne hier«, knurrt er mich an.

»Haha.«

»Sorry, Tanja. Ich … die … scheiße, die haben mir gekündigt. Fristlos!« Chris' Unterlippe zittert und zwei dicke Tränen kullern ihm über die Wangen. Ich gehe auf ihn zu, nehme ihn in den Arm und führe ihn in die Küche, wo er hemmungslos heult. Während ich Kaffee mache und Arne die Hunde, die wie wild um den heulenden Chris herumspringen, zu einem Spaziergang entführt, erfahre ich in Bruchstücken, was passiert ist. Das Callcenter baut Personal ab, und da Chris nicht verheiratet ist, steht er natürlich auf der Abschussliste ganz oben. Dazu kommt, dass er in der vergangenen Woche gefehlt hat, ohne ein ärztliches Attest zu bringen.

»Die haben nur einen Vorwand gesucht«, jammert er.

»Das kann man doch sicher anfechten?«, frage ich und reiße eine Packung Schoko-Nuss-Kekse auf. Chris lehnt ab, ich beiße wütend ins Gebäck, sodass die Krümel nur so über den Tisch fliegen.

»Ich kriege ein astreines Zeugnis, haben die mir versprochen. Aber Kacke, ich hab doch keine Lust, zum Amt zu gehen und mich bei Hinz und Kunz zu bewerben.«

»Du hast den Job doch sowieso gehasst«, erinnere ich ihn.

»Schon, aber die Kohle nicht. Und wenn Rolf jetzt auch keinen Cent mehr verdient.«

Das sieht dann allerdings finster aus, denke ich. Sage aber erst mal nichts.

»Die Wohnung kann man dann ja gerade noch so zahlen von Hartz IV. Aber der Garten? Der ist dann futsch.« Chris schnäuzt sich und knetet dann das Taschentuch so fest, als wolle er es atomisieren.

»Na ja, irgendeine Lösung findet sich immer«, sage ich lahm.

»Pffft«, macht Chris. Ich streichele ihm über den Arm, dann sitzen wir schweigend und grübelnd da. Auf noch einen Keks habe ich jetzt auch keinen Appetit.

Plötzlich schießt Earl in die Küche. Ich habe gar nicht gehört, dass Arne wieder da ist! Mudel folgt seinem Vater auf den Fersen. Beide springen begeistert an uns hoch und bellen.

»Ist ja gut«, sage ich und will eben nachsehen, ob die beiden noch Futter im Napf haben, als ich laut aufschreie. Hinter der offenen Küchentür ist plötzlich eine graue Wand!

»Was?« Chris hebt den Kopf und springt erschrocken auf. Die Wand wackelt ein bisschen. Dann ertönt ein gesungener Tusch. Ich höre Arnes Stimme, die ruft:

»Lady and Gentleman, Rolf proudly presents ...« Die graue Wand kommt in Bewegung, wird verrückt, dreht sich und wir starren auf ein mannsgroßes Schild.

»Das ist mein Plan, wozu hab ich denn eine Lebensversicherung!«, ruft Rolf hinter der Pappwand hervor. »Bist du dabei, Schatz?« Chris greift meine Hand. Wieder kullern ihm Tränen über das Gesicht, aber dieses Mal aus Freude.

»Ja, ja, ich bin dabei!«, ruft er und drängt sich zur Tür hinaus. Arne muss das Schild auffangen, denn Rolf wird beinahe von Chris umgeworfen, als der ihm um den Hals fällt. Ich schlucke die Tränen runter und kuschele mich in Arnes Arme.

»Habe ich dir heute schon gesagt, wie lieb ich dich habe?«, flüstert er mir ins Ohr. Ich schüttele stumm und glücklich den Kopf und lese wieder und wieder das Schild. In goldenen Lettern steht da:

Zum fidelen Mops – Vereinsheim der Kolonie ›Zur Wonne‹, Inhaber Rolf Schröder & Chris Berger

»Hört mal auf zu knutschen!«, ruft Rolf uns zu. »In vier Wochen ist Eröffnung und wir haben jede Menge zu tun!«

»Jawoll, Scheff«, necke ich ihn.

»Sonnengelb, wir streichen die Wände sonnengelb!« Chris strahlt und entwirft innerhalb weniger Minuten einen kompletten Renovierungs- und Einrichtungsplan. Bei dem Arne und ich eine tragende Rolle spielen – beim Möbelschleppen und Malern.

Das Piepsen des Notrufhandys reißt uns aus unserer

Begeisterung. Alice. Die Katze und Frau Jirak brauchen unsere besondere tierärztliche Betreuung. Wir schnappen uns den Koffer, schlüpfen in unsere Jacken und lassen die Herren Pächter allein. Earl kläfft uns zum Abschied hinterher.

»Ich glaube, wir sollten auch noch ein paar Erdbeeren adoptieren«, sagt Arne, als wir im Bulli sitzen. Ich nicke und drehe das Radio an. Mit den ›Fantastischen Vier‹ gondeln wir los.

*Weitere Romane finden Sie auf den
folgenden Seiten und im Internet:
www.gmeiner-verlag.de*

Silke Porath
Nicht ohne meinen Mops
978-3-8392-1207-3

»Ein turbulenter WG-Roman um nervige Nachbarn, schwule Freunde und natürlich Liebe! Zum Bellen komisch!«

Tanja hat ihre Traumwohnung in Stuttgart gefunden: Altbau, drei Zimmer, beste Lage. Der Haken ist nur: Allein kann sie sich die Wohnung niemals leisten. So ruft sie kurzerhand ein Mitbewohner-Casting aus. Und entscheidet sich schließlich für Chris, der im Callcenter arbeitet, und Rolf, einen Postboten, der samt seinem Mops »Earl of Cockwood« einzieht. Tanja ist hin und weg von diesen Prachtkerlen. Klar, dass sie als Letzte bemerkt, dass Rolf und Chris ein Paar werden. Der Katzenjammer ist groß – erst recht, als Marc, Tanjas Ex, mit seiner schwangeren Freundin vor ihr steht. Tanja, die Jungs und der Mops schwören Rache ...

Wir machen's spannend

Silke Porath, Andreas
Braun, Zoran Zivkovic
Klosterbräu
978-3-8392-1315-5

»Der zweite Fall des ungewöhnlichen Ordensbruders führt den Leser vom Schwäbischen bis nach Berlin. Ein Buch, das gute Laune garantiert.«

»Und jetzt ein kühles Spöttinger Bräu!« – Die Leute lieben das Spaichinger Bier, den Inhaber der Brauerei aber offensichtlich nicht: Er wird erwürgt. Mitten in der Klosterkirche. Pater Pius' detektivischer Verstand arbeitet auf Hochtouren und als Kommissarin Verena Hälble einen Undercover-Mann braucht, schickt sie kurzerhand den Ordensmann nach Berlin. Und der gerät mitten hinein in einen Strudel aus Bier, Bonzentum und bitteren Wahrheiten …

Wir machen's spannend

Silke Porath
Andreas Braun
Klostergeist
978-3-8392-1124-3

»Pater Pius' Mörderjagd in der schwäbischen Provinz überzeugt auf ganzer Linie! Beste Krimiunterhaltung, bei der auch der Humor nicht zu kurz kommt.«

Pater Pius, Superior des Spaichinger Konvents, feiert mit seinen Brüdern die Morgenmesse auf dem Dreifaltigkeitsberg. Als die Mönche in den kühlen Novembermorgen hinaustreten, fällt ein Mensch vom Klosterturm, direkt vor Pius' Füße: Es ist Hans-Jürgen Engel, der Bürgermeister der kleinen Stadt. Kommissarin Verena Hälble aus Rottweil und ihr Kollege Thorben Fischer leiten die Ermittlungen. Als dem neugierigen Pater Pius beim Trauergespräch mit der Witwe »zufällig« ein Kontoauszug in die Tasche seiner Kutte flattert, mischt auch er sich ein …

Wir machen's spannend

Karolin Park
Hi, Society!
978-3-8392-1341-4

»Von der Autorin des Bestsellers ›Stilettoholic‹«

Stilettoholic-Heaven – das denkt Elli Weitzman zumindest. Sie sitzt in der begehrten Front Row bei Chanel, plant die Glamourhochzeit ihrer besten Freundin und ihr Terminkalender ist randvoll mit Promipatienten der High Society. Dies verdankt sie Marie von Stetten, hinreißendster Hollywoodexport, die beim Verlassen von Ellis Wiener Innenstadtpraxis direkt vor die Paparazzi-Linsen stöckelte. Doch dann wird die berühmte Patientin tot aufgefunden. Niemand vermutet ein Verbrechen, außer Elli …

Wir machen's spannend

Sigrid Hunold-Reime
Hab keine Angst, mein Mädchen
978-3-8392-1347-6

»Mit humorvollen Untertönen und authentischen Interviews!«

Michelle kommt nicht über den Tod ihrer Schwester hinweg und überlässt nichts mehr dem Zufall. Sie plant ihr Leben bis hin zur Partnerwahl und der Geburt der zwei Kinder. Um sie zur Besinnung zu bringen, verzaubert sie die Freundin ihrer Mutter: Im Körper einer alten Frau wird sie zur Ruhe gezwungen. Aber der Zauber hat seine Tücken. Michelle landet in einem Pflegeheim für Demenzkranke. Dort lernt sie die 82-jährige Magdalene kennen. Die will den Mörder ihres Mannes stellen. Michelle flüchtet mit ihr ...

Wir machen's spannend

Gabriele Diechler
Geheime Liebe auf Sylt
978-3-8392-1343-8

»Gibt es das Schicksal? Und müssen wir uns daran halten?«

Mathilde, die immer nur mit Bastian zusammen sein wollte – laut Horoskop der »Mann ihres Lebens« –, verlässt eines Morgens ihr hübsches Haus auf Sylt, um in Hamburg ein neues Leben zu beginnen. In der Anonymität der Großstadt trifft sie auf den Schuhfabrikanten Jonas, ihren Sylter Nachbar. Die beiden beginnen eine Affäre. Doch da ist auch noch Markus, der ihr einen Job in seiner PR-Agentur anbietet und den Mathilde seit der Schulzeit kennt. Zwei Zufälle, die Mathilde sich erneut die Frage stellen lassen, ob es das Schicksal gibt …

Wir machen's spannend

Petra Klikovits
Inselsturm
978-3-8392-1345-2

»Amüsantes aus der Psychoszene, charmant verpackt mit dem Zauber Ibizas.«

Der Vollmondstrand lockt. Rosa Talbot verlässt das Psychoseminar »Glücklichsein für Anfänger« mit der Erkenntnis: nichts wie weg hier! Sie startet von Wien nach Ibiza, wo nicht nur unbekannte Seiten der Insel, sondern auch neuartige Facetten ihres Liebeslebens auf sie warten. In entspannter Hippie-Atmosphäre erscheint vieles möglich, sogar ein Kind. Wieso nur ist alles anders, als sie es erwartet hatte? Das Geld wird knapp und mit dem Job in einer Autovermietung gerät sie in mysteriöse Verstrickungen …

GMEINER

Wir machen's spannend

Elli Sand
Bolero Mortale mit Pastis
978-3-8392-1340-7

»Der spannende Roman ist zugleich ein unterhaltsamer Reiseführer durch das Languedoc, der mit vielen Insidertipps zu den verborgenen Schauplätzen der Handlung führt.«

Jahrelang haben sich Valmira aus Tübingen und die Südfranzösin Claire unwissentlich den Mann geteilt. Als sie erfahren, dass sie beide betrogen werden, verbünden die Frauen sich gegen den Fremdgänger. Zu Rachegöttinnen mutiert, teilen sie. den Triumph der gemeinsamen Vergeltung und schöpfen viel Kraft aus der ungewöhnlichen Frauenfreundschaft. Doch wie agiert ein Mann, der wie die Spinne im Netz in einem solchen Lügengeflecht lebt?

Wir machen's spannend

Unsere Lesermagazine
2 x jährlich das Neueste aus der Gmeiner-Bibliothek

Alle Lesermagazine erhalten Sie in Ihrer Buchhandlung oder unter www.gmeiner-verlag.de.

24 x 35 cm, 32 S., farbig; inkl. Büchermagazin »nicht nur« für Frauen

10 x 18 cm, 16 S., farbig

GmeinerNewsletter
Neues aus der Welt der Gmeiner-Romane

Haben Sie schon unsere GmeinerNewsletter abonniert?

Monatlich erhalten Sie per E-Mail aktuelle Informationen aus der Welt der Krimis, der historischen Romane und der Frauenromane: Buchtipps, Berichte über Autoren und ihre Arbeit, Veranstaltungshinweise, neue Literaturseiten im Internet und interessante Neuigkeiten.

Die Anmeldung zu den GmeinerNewslettern ist ganz einfach. Direkt auf der Homepage des Gmeiner-Verlags (www.gmeiner-verlag.de) finden Sie das entsprechende Anmeldeformular.

Ihre Meinung ist gefragt!
Mitmachen und gewinnen

Wir möchten Ihnen mit unseren Romanen immer beste Unterhaltung bieten. Sie können uns dabei unterstützen, indem Sie uns Ihre Meinung zu den Gmeiner-Romanen sagen! Senden Sie eine E-Mail an gewinnspiel@gmeiner-verlag.de und teilen Sie uns mit, welches Buch Sie gelesen haben und wie es Ihnen gefallen hat. Alle Einsendungen nehmen automatisch am großen Jahresgewinnspiel mit attraktiven Buchpreisen teil.

GMEINER

Wir machen's spannend